④

거서 오세요 **실력지상주의 교실에**　키누가사 쇼고 지음
　　　　　　　　　　　　　　　　　토모세 슌사쿠 일러스트

조민정 옮김

이부키 미오

C반. 독재적으로 C반을 지배하고 계속해서 평소와는 다른 전략을 펼치는 류엔을 진심으로 싫어한다.

"그럼 **지금** 여기서
다시 붙어볼까?"

"학력? 시시하군. 그런 건 아무런 가치도 없어."

류엔 카케루

C반의 리더. 무척 영리하지만, 결과를 중시하여 수단과 방법을 가리지 않는 면이 있어 많은 사람을 불행하게 만든다.

그러기 위해
필요한 일이라면
무엇이든 하겠다.

중요한 건
나 자신을
지키는 일.

청춘 따위 필요 없다.
친구 따위 필요 없다.

"……우대자를
찾아냈다는 소리야?"

"이길 거야."

호리키타는
짧게 대답했다.

④

어서 오세요 실력지상주의교실에

어서 오세요
실력지상주의 교실에
4

키누가사 쇼고 지음 | **토모세 슌사쿠** 일러스트 | **조민정** 옮김

c o n t e n t s

○카루이자와 케이의 독백

결국 나는 이 학교에 들어왔어도 달라진 것이 하나도 없다.

아니, 어쩌면 처음부터 달라질 생각 같은 건 없었을지도 모른다.

좋은 의미로든 나쁜 의미로든, 그때 그대로인 나.

그 이유는 너무도 간단하다.

나는 나를 너무 잘 아는 것이다. 장점도 단점도, 모두.

남녀 할 것 없이 다들 나를 좋아하지 않는다는 사실도 잘 안다.

다 알고 있는데도 바뀌려고 하지 않는다.

하지만 그래도 상관없다.

왜냐하면 난 이제 그게 고통스럽다는 생각이 안 드니까.

왜냐하면 난 그걸 바라고 있으니까.

객실 안에 있는 샤워부스에서 나온 나는 몸에 묻은 물기도 닦지 않은 채 알몸으로 화장실 거울 앞에 섰다. 지금까지 그 얼마나 거울을 깨부수고 싶다고 생각해왔던가.

옆구리에 나 있는 오래된 상처를 볼 때마다 몸서리쳐질 만큼 역겨운 과거가 고개를 들이민다.

현기증과 함께 속이 메슥거려 세면대를 손으로 짚고 구토했다.

왜 내가 그런 일을 당해야만 했을까.

왜 내가 지금도 이런 식으로 계속해서 괴로워해야만 하는 걸까.

왜, 왜, 왜. 계속 되풀이되는 말.

의미 없는 말.

과거는 바뀌지 않는다.

어느 누구도 바꿀 수 없다.

신은 잔혹하다.

그날의 악몽을 기점으로 인격은 파괴되었고, 청춘도 친구도 그리고 나 자신까지도 잃어버렸다.

그 잘못을 바로잡아야 한다.

아무리 미움 받아도, 또 같은 일을 당하는 것보다야 낫다.

청춘 따위 필요 없다.

친구 따위 필요 없다.

중요한 건 나 자신을 지키는 일.

그러기 위해 필요한 일이라면 무엇이든 하겠다.

나는—— 기생충. 혼자서는 살아갈 수 없는, 연약한 생물이다.

이름	이치노세 호나미
반	1학년 B반
학적번호	S01T004620
동아리	무소속
생일	7월 20일

평가

학력	B+
지성	A
판단력	B
신체능력	C
협조성	A−

면접관 코멘트

고등학교 1학년치고 상당히 높은 능력을 갖췄다. 같은 학년의 카츠라기, 사카야나기 등 A반 학생과 다를 바 없는 잠재력을 가지고 있다고 판단되지만, 중학교 시절에 있었던 장기 결석 등 불안한 점도 있기 때문에 B반에 배속한다.

담임 메모

내가 전폭적인 신뢰를 보내는 여학생. 제각각 따로 놀았던 B반을 순식간에 하나로 뭉치게 만들 만큼 성격이 올곧고 높은 능력을 갖췄어요. A반에 있어도 전혀 이상하지 않은 여학생이에요.

○평온한 일상은 느닷없이······

무인도에서의 특별시험이 끝난 지 3일. 우리 고도 육성 고등학교 학생들을 실은 호화 여객선에서는 아무런 사건 없이 평온한 시간이 흐르고 있었다.

무인도 서바이벌 따위, 청춘을 노래하는 학생들이 냉정한 판단력을 잃기 쉬운 시험이었다는 사실은 이제 와서 굳이 말할 필요도 없으리라.

우리 남자들은 기본적으로 야수이자 성에 굶주린 육식동물이다. 꺄르르거리며 모여 있는 초식동물, 아니 여자들을 보면서 남자들은 앞으로 어떠한 운명적인 전개가 펼쳐지는 것은 아닌지 기대에 가득 차곤 했다. 이곳은 모든 것이 갖춰진 초호화 여객선. 싫은 기억도 전부 잊게 되는 꿈만 같은 여행 중에 누구누구가 사랑에 빠져도 전혀 이상하지 않았다.

풍문이기는 하지만 몇몇 커플이 탄생했더라 하는 이야기도 귀에 들어왔다. 안타깝게도 그 소문의 주인공이 나일 리는 없어서, 나는 대부분 고독한 시간을 보냈다.

시험 전과 상황이 하나도 달라지지 않았다.

아니······ 나를 둘러싼 환경은 확실히 변화하기 시작했나.

본의는 아니지만 입학 때 세웠던 계획은 대대적인 궤도 수정을 강요받게 되었다. 원래 나는 어떤 이유 때문에 이 학교를 골라 입학했다.

'졸업하기 전까지 바깥세상과의 접촉을 강제적으로 끊고 외출도 금한다.'

그 교칙이 내 눈길을 사로잡았다.

그런데 지금 '어떤 남자'가 억지로 바깥세상에서 접촉해오려 하고 있다. 그런 징후가 있다고 담임인 차바시라 선생님이 알려주었다. 그리고 차바시라 선생님은 어이없게도 A반으로 올라가는 데 협력하지 않으면 강제로 나를 퇴학시켜 이 낙원에서 추방하겠노라고 협박했다. 교직자로서 해서는 안 될 비도덕적인 이야기지만, 힘없는 나는 받아들이는 것 말고 다른 선택지가 없었다. 왜냐하면 그 이야기가 진실인지 거짓인지 확인할 방법이 없으니까. 그렇다면 싫어도 진실이라고 가정하고 행동할 수밖에 없다.

하지만 언제까지고 담임의 의도대로 움직일 생각은 없다. 필요한 정보를 모으면서 때에 따라서는 내 쪽에서 손을 쓰는 것도 검토할 필요가 있겠지.

머릿속에서 악마가 속삭인다. 당하기 전에 먼저 치면 그만이라고.

교직생활을 그만두게 내몰 수단은 얼마든지 생각할 수 있잖아?라고.

그런 위험한 생각은 불과 한순간. 금세 평화주의자인 나답게 평상심을 되찾는다.

"하아…… 나한테 지축을 움직일 만한 펀치력이라도 있으면 좋겠다…….”

그럼 이렇게 세세한 일에 고민하지 않고 당당하게 살아갈 수 있을 텐데.

나는 현실에 존재하지 않는 드래곤볼 같은 세계를 상상하면서 창밖을 쳐다보았다.

무인도 시험 종료 후로 벌써 3일이나 지났지만, 상황은 무엇 하나 달라진 것이 없었다.

서바이벌이 끝난 직후에는 학생 대부분이 이것으로 시험이 끝났다고 생각하지 않고, 학교 측에 뭔가 또 어떤 꿍꿍이가 있을 거라고 짐작했다. 하지만 그럴 기색은 전혀 없었다. 진짜 여름방학을 맞이한 것처럼 평온하고 즐거운 여행을 만끽하도록 되어 있었다.

당연히 학생들도 서서히 긴장을 풀기 시작했고, 시험이 정말 끝났다는 낙관적인 분위기가 점차 형성되었다. 2주간의 여행에서 후반 일주일은 학생들을 위한 순수한 소풍이구나 하고 말이다. 여행 첫날부터 무인도 생활을 강요받았던 탓에 더 마음이 느슨해지는 것이었다. 그러한 생각은 잘못되었다고 할 수 없었다. 그럴 때일수록 방심하면 더 위험한 것이 세상사라며 마음가짐을 단단히 한다고 해서 꼭 잘 극복한다는 법도 없다. 오히려 느긋한 마음으로 있다가 더 좋은 성적을 남기는 경우도 있다.

“어라? 설마 계속 방에 있으려고?”

객실 창문 너머로 보이는 바다를 혼자 물끄러미 감상하는 내게, 같은 선실 룸메이트 중 한 사람인 히라타 요스케가 말을 걸었다.

"별로 돌아다닐 이유도 없어. 딱히 같이 놀 상대도 없고."

"그건 아니지 않아? 스도 일행도 있고, 호리키타 같은 애들도 있잖아."

하긴 일단 그들의 '친구' 카테고리에는 내가 들어가 있고 나 역시 넣어둔 상태이긴 하다.

다만 친구 카테고리에서 가장 아래쪽에 위치한다면 다른 친구들과는 대하는 태도가 다르기 마련이다.

매번 같이 놀자고 말하는 상대가 있는가 하면 열 번 중에 한 번 꼴로 놀자고 말하는 상대도 있을 것이다.

나는 당연히 그 열 번 중에 한 번밖에 부르지 않는 존재다.

"아야노코지가 조금만 더 적극적이면 친구가 생길 거라고 생각해. 괜한 참견일지도 모르지만."

이 히라타라는 남자는 많은 학생들의 절대적인 지지를 받는 인기인이다.

특히 여자애들에게 전폭적인 신뢰를 얻고 있고 카루이자와라는 여자 친구도 있다. 그런 행복에 겨운 남자애는, 적극성을 드러내지 못하는 남자의 고민 따위 알 수 없겠지.

"아야노코지는 생각도 올곧으니까, 이제 사소한 계기만 남은 게 아닐까?"

그런 다정하게 들리지만 잔인한 말 따위는 필요 없다.

여자애들이 잘하는 "이상하네, ㅇㅇ는 인기 많을 것 같은

데~" 하는 말만큼이나 필요 없다. "그럼 나랑 사귀자" 하고
나오면 "그건 좀……" 하고 물러나는 흐름만큼이나 필요 없
다고.

친구도 여자 친구도 안 생기니까 이렇게 혼자 있는 거다.
바보 같은 놈.

"12시 반에 카루이자와 쪽 애들이랑 합류해서 같이 점심
먹을 예정인데, 같이 가는 건 어때? 아야노코지가 오면 분
위기가 훨씬 좋아질 거야."

"카루이자와 쪽 애들?"

"응. 카루이자와 이외에 여자애가 세 명 정도 더 있어. 싫
어?"

살짝 고민했다. 솔직히 말하면 카루이자와와 접점이 조금
생겼으면 하던 차였기 때문이다.

하지만 지금 이 타이밍에 서두를 필요는 없나? 게다가 다
른 여자애들도 함께라면 대화에 불이 붙기는커녕 분위기가
오히려 싸늘하게 식을 거라는 생각밖에 들지 않는다.

"미안하지만 사양할게. 내가 딱히 카루이자와 그룹이랑
사이가 좋은 것도 아니고."

1학기가 종료된 시점에서 이제 반 아이들의 관계성은 확
립되었다. 그런데 이제 와서 무슨 면목으로 새로운 교우관
계를 쌓으라는 소리인가. 카루이자와 그룹이 싫어하는 표
정이 눈에 선하다.

다른 사람과 관계 맺기를 두려워하는 내 감정을 아는지

모르는지, 히라타가 옆에 와서 앉았다.

"왠지 주저되는 마음이 드는 건 이해해. 그러니까 더욱 나를 믿고 의지했으면 좋겠다."

언제 어디서나 싱그러운 얼굴로 한 고마운 제안이었지만 나는 고개를 가로저었다.

"이제 약속 시간까지 10분도 채 안 남았잖아. 나는 그냥 내버려두는 게 나아."

"그렇게 서두르지 않아도 돼. 그리고 난 지금 이러고 있는 것도 즐거워."

옆에서 보기에는 내 말이 강한 척 혹은 변명처럼 들리겠지만 나는 정말로 지금 상태에 꽤 만족하고 있다. 물론 입학 초기에는 친구 100명 사귈 수 있을까? 하고 친구를 절실히 원하기도 했었지만, 사람마다 마음이 자연스레 편해지는 위치 같은 건 처음부터 정해져 있는 법이다. 바보 삼인조, 호리키타, 쿠시다, 사쿠라 등과 말할 수 있게 된 것만으로도 내 학교생활은 썩 나쁘지 않다고, 지금은 그렇게 순순히 받아들이고 있다. 하지만 히라타라는 남자는 혼자 있는 녀석을 그냥 보고 둘 수 없는 성질인 모양이다.

"그럼 그러지 말고 나랑 둘이 점심 먹는 건 어때? 그것도 싫어?"

단 둘만 있는 실내. 침대에 나란히 앉아 내게 진지한 눈빛을 보내는 히라타.

가볍게 몸을 밀어 나를 쿵 넘어뜨린 다음 끝없이 질주해

버릴지도 모른다.

"으음, 별로 싫은 건 아닌데…… 카루이자와랑 한 약속은
어쩌고?"

"카루이자와랑은 어느 때고 같이 먹을 수 있어. 하지만 아
야노코지랑은 이렇게 한방을 쓰게 되기도 했고, 같이 밥 먹
을 기회가 지금까지 별로 없었으니까."

보통은 억지를 부려서라도 여자와 밥을 먹고 싶어 하는
것이 건전한 남자의 사고방식이다.

하지만 히라타는 남자랑 둘이서만 밥을 먹는 것을 망설임
없이 우선해버렸다.

혹시 '그쪽' 성향이 있는 것 아닌지 의심이 들 정도로 말이다.

매번 히라타 때문에 정신이 혼미해지곤 하지만, 남자로서
이성을 단단히 붙잡는다.

"나중에 카루이자와한테 원망 받는 건 사양하고 싶은데."

어떻게든 거절하려고 살며시 계속 거부 의사를 밝혔지만
그것이 오히려 히라타의 양심을 자극한 모양이었다. 히라
타의 눈에는 내가 갓 태어나 한 걸음도 떼지 못하고 다리를
부들거리는 새끼 사슴처럼 보이겠지.

"괜찮아. 카루이자와는 그런 걸로 미워할 애가 아니니까."

아닌데, 웃으면서 말하지만 그런 애가 맞는데, 카루이자
와는. 히라타 앞에서는 얌전한 척 굴어도 다른 아이를 대할
때는 엄청나게 센 성격이라는 거 잘 알 텐데 말이다.

어쩌면 그것까지도 히라타는 그런 애가 아니라는 카테고

리에 분류하는 걸까.

꼭 밤거리를 헤매며 비행 청소년을 선도하고 넓은 마음으로 감싸주는 선생님을 방불케 한다.

"역시 카루이자와한테 안 되겠다고 말해야겠어."

히라타는 살짝 강하게 힘주어 말하며 카루이자와에게 전화를 걸었다.

말리려고 했지만 히라타가 눈과 손으로 저지했다.

"뭐 특별히 먹고 싶은 거라도 있어?"

통화가 연결되기 전까지 히라타가 그렇게 물었다.

"……뭐든 괜찮아. 너무 본격적인 메뉴는 좀 피하고 싶지만."

여객선 안에는 수많은 레스토랑이 줄지어 들어서 있었다. 종류도 라면, 햄버거 등 패스트푸드에서부터 프랑스 요리까지 폭넓었다.

아직 점심시간이라는 것을 생각하면 최대한 가벼운 음식으로 해결하고 싶었다.

히라타는 정말 카루이자와에게 전화를 걸어 다른 일정이 생겼다고 알렸다. 카루이자와의 목소리는 잘 들리지 않았지만, 히라타는 이야기를 일방적으로 끝내고 전화를 탁 끊어버렸다.

"……정말 그래도 괜찮아?"

"물론이지. 그럼 갑판으로 나가볼까? 가벼운 종류가 중심이니까 먹기 편할 거야."

침대에 편하게 누워 있던 나를 이끌듯 히라타가 문을 열었다.

말을 걸어 걱정해주고 친근하게 대하는 건 평소와 다름없었지만, 별로 생각 없다는 나를 굳이 데리고 나가다니. 눈치 빠른 히라타치고는 조금 강제적이다. 어쩌면 뭔가 다른 생각이 있는지도 모른다.

"무인도 시험 때는 도와줘서 고마웠어. 아야노코지가 범인을 찾을 수 있게 도와줬는데 난 고맙다는 말도 제대로 못해서 미안해."

"사과할 일은 아니지. 내가 별로 도움이 된 것도 아니고. 속옷 도둑을 찾아낸 건 호리키타잖아."

"결과적으로는 그렇지만, 싫어하지 않고 힘을 보태준 아야노코지한테 고마운 마음이야."

속옷 사건 이야기가 나오자 생각난 것이 있어 물어보기로 했다. 나는 주위에 사람이 없는 것을 확인한 다음 말을 꺼냈다.

"카루이자와의 속옷은 본인에게 돌려줬어?"

"응. 이부키가 범인이기도 했으니까 의외로 쉽게 풀렸어."

지난번 무인도 시험 때 일어난 절도사건. 카루이자와가 속옷을 도둑맞아 한때 시끄러웠었다. 그리고 그 속옷이 남학생의 가방에서 발견되어 D반 남학생과 여학생의 사이에 갈등이 생겼는데, 히라타가 그 속옷을 보관하는 기지를 발휘해서 별 탈 없이 무사히 마무리되었다. 어쨌든 다행이었다. 상당히 민감한 부분이어서 그 후로 어떻게 되었는지 궁금했는데.

역시 천하의 히라타도 돌려줄 타이밍을 놓쳤나 싶었었다.

태연하게 속옷을 돌려주는 사이였다면 그건 그거대로 어른의 단계까지 갔다는 증거일지도 모르지만. 어쨌든 우리는 선내 엘리베이터를 타고 가장 위에 있는 갑판으로 향했다.

수많은 동급생이 저마다 편한 옷차림으로 여름방학을 만끽하고 있었다.

근처에 수영장도 있어서 수영복을 입고 대담하게 오가는 남녀도 있었다. 시험 분위기에서 완전히 해방되었으니 그러는 것도 무리는 아니다. 무인도에서 욕구를 억압당한 반동이 이러한 현상을 낳았다고도 할 수 있다.

게다가 선내 시설을 이용하거나 음식을 사 먹을 때 포인트를 쓸 필요가 없었다. 다시 말해서 돈이 있든 없든 모두 무료. 노는 것도 먹는 것도 전부 공짜이니 도를 넘지 말라고 하는 것이 오히려 무리였다. 수영복과 물놀이 도구는 빌려야 하는 모양이지만 그 정도쯤이야. 큰 불만은 없으리라.

목적지인 가게에 도착하자 자리가 이미 반 이상 차 있었다.

우리는 인파에 휩쓸려가며 아직 비어 있는 두 자리를 확보했다.

"사실은…… 상의하고 싶은 게 좀 있어."

자리에 앉아 메뉴판으로 시선을 보내자마자 히라타가 약

간 미안하다는 듯 이야기를 꺼냈다.

"상의?"

역시 다른 속내가 있었군. 그래서 나랑 마주보고 앉아 식사하는 시간이 필요했던 것인가. 그건 오히려 고맙다고 할까, 같이 밥을 먹자고 권하는 충분히 납득할 만한 이유여서 불만 없었다.

"상담자로 적합하지 않은 나한테 말한다는 건…… 나랑 관련된 내용이야?"

말 잘하고 남의 말도 잘 들어주는 사람이 절대 아닌 나를 굳이 선택한 데에는 다 이유가 있으리라.

"나랑 호리키타랑 다리를 좀 놔줄 수 없을까? 아무래도 앞으로 우리 D반이 일치단결해서 노력하려면 호리키타가 반드시 필요하다고 생각하거든."

그런 이야기군. 내가 고개를 끄덕이자 히라타는 양해를 구하면서 계속 말을 이었다.

"지난번에 호리키타의 활약으로 우리 D반은 생각하지도 못한 성과를 얻었어. 반의 사기가 단숨에 올라갔고, 무엇보다도 호리키타를 좋게 보는 사람도 늘었다고 생각해. 이건 커다란 변화야."

"뭐, 그렇지."

호리키타 스즈네라는 소녀는 D반 학생이자 내가 입학 후에 처음 사귄 친구이기도 하다. 그쪽 입장에서도 내가 첫 친구일 테고, 지금 현재도 나 말고는 친구다운 친구가 없는 고

고한 인물이다. 종합적 능력이 높은 문무를 고루 갖춘 우등생. 단점은 고고한 태도가 지나쳐 어느 누구와도 얽히려 하지 않는 성격 그리고 인간관계가 서툴러서 고압적으로 행동할 때가 많다는 점일까.

"이 기회에 그 애가 나를 포함해 우리 반 아이들과 친해졌으면 좋겠어. 서로 힘을 합하면 C반이나 B반, 아니, A반이라고 해도 얼마든지 올라갈 수 있을 것만 같은 느낌이야."

이 말을 만약 모르는 다른 사람이 했다면 말로는 뭘 못해? 생각했을지도 모른다. 하지만 히라타는 입학한 지 얼마 안 된 단계에서부터 호리키타를 높이 평가하는 면이 있었다. 처음부터 높은 잠재력을 알아보았겠지. 듣기 거북한 느낌은 아니다.

그의 요청을 받아들여도 상관없다고는 생각한다. 그것 자체는 간단하다. 히라타와 호리키타를 만나게 해주는 거야 나도 가능하니까. 하지만 그것이 문제 해결로 이어지지는 않는다.

"하지만 다리를 놔준다고 해서 만사가 술술 풀린다면 고생도 안 하겠지. 호리키타는 그런 녀석이야."

내가 아무리 주위 아이들과 부드러운 관계를 만들어 주려고 해도 괜한 오지랖 부리지 말라고 거부하면 그걸로 끝이다. 오히려 뒤에서 꾸몄다는 사실을 알면 호리키타는 더욱 거리를 두려고 할지도 모른다. 1학기에 쿠시다와 카페에서 만나게 했을 때 그녀가 보였던 행동이 그것을 증명해준다.

"응. 물론 나도 그건 이해해. 호리키타는 아야노코지 이외의 다른 사람에게는 마음을 열지 않아. 그걸 억지로 열고 싶은 생각도 없고. 그래서 말인데, 내 의사를 아야노코지가 나름대로 변환해서 호리키타에게 전해줬으면 좋겠어. 내 존재는 숨기고."

그러니까 나보고 호리키타에게 자기의 뜻을 전해달라는 말인가.

반대도 역시 마찬가지겠지. 호리키타의 의견을 들으면 다시 히라타에게 상세하게 전달해달라는 거다.

그러면 호리키타가 모르게 보이지 않는 협력 관계를 구축할 수 있다는 얘기다.

"듣기에는 간단하지만 그리 쉽지 않을걸. 평소에 나는 호리키타가 말하는 대로……는 좀 어폐가 있지만, 특별히 의견을 내지 않는 편이야. 그런데 내가 갑자기 이런저런 의견을 막 내버리면 수상하게 느낄 거 아냐. 요점에서 좀 빗나간 의견이라면 모를까, 네 생각이면 정당성이나 구실도 제대로일 테고."

"하지만 지금은 그 방법 말고는 생각이 안 나. 나랑 호리키타가 만나 대화를 나눈다고 해도 호리키타가 순순히 받아들이게 설득할 자신은 솔직히 말해서 없어. 고육지책이야."

"이 단계에서 벌써 그런 방법을 쓰는 건 너무 성급하지 않아?"

호리키타와 의기투합하고 싶은 마음이야 충분히 알겠지

만, 그렇다면 호리키타와 정면으로 부딪쳐보는 수밖에 없다. 그것이 힘들다는 점도 잘 알지만, 남과 서로 협력한다는 건 보통 그런 의미다.

그런 당연한 사실은 히라타도 잘 알 것이다. 이 녀석만큼 반을 생각하고, 우정을 소중히 여기는 녀석은 또 없으니까. 그렇게 생각하면 이번 제안에는 의문점이 남는다.

어떤 이유 때문에 초조해져서 본래의 자신을 잃어버린 것 같달까. 자연스레 무인도에서 히라타가 보였던 이상한 모습이 떠올랐다. D반이 여러 사건에 휘말려 결속력에 위기가 찾아왔을 때, 히라타는 반쯤 정신줄을 놓은 상태였다. 그건 예삿일이 아니었으니까 말이지.

나는 먹기 편한 샌드위치와 음료를 주문했다. 갑판 옆 수영장에서 헤엄치는 학생들, 수영복 차림으로 밥을 먹는 사람도 있었다. 학생들은 무척 즐거워 보였다.

이케와 야마우치가 있었으면 밥보다도 수영복을 입은 여자애들에게 시선을 빼앗겼겠지. 눈앞의 히라타는 밥에도 여자에게도 눈길조차 주지 않고, 나를 쳐다보며 생각에 잠겼다.

"그러네. 아야노코지, 네 말이 맞아. 내가 생각이 너무 짧았나 봐."

자신의 판단 오류를 곧바로 인정하는 솔직하고 유연한 대처 자세. 이것 역시 히라타의 매력이리라.

그래도 호리키타와 협력 관계가 되고 싶은 마음이 강한

지, 포기하려는 모습은 전혀 보이지 않았다.

"접근 방법을 더 꼼꼼하게 고민하는 게 나을 것 같아. 호리키타는 많이 까다로운 타입인데 아야노코지는 어떻게 해서 친해졌어?"

히라타는 호리키타와 더 가까운 관계가 되기 위해 우선은 친구로 다가가고 싶은 모양이었다.

그 긍정적인 태도는 참으로 바람직하고 내가 할 수 있는 일이 있다면 얼마든지 도와주고 싶지만…….

"그 부분은 꾸준히 부정하고 있는데 말이야, 호리키타랑 딱히 친하지 않거든? 최근 들어서 겨우 친구로 인정해주는 건가 어떤가 하는 수준인데."

"호리키타가 가깝게 지내는 사람은 아야노코지뿐이니까. 넌 특별한 존재야."

특별한 존재라니. 내가 겨우 한 사람이랑 친해질 때 마흔 명은 거뜬히 친해지는 남자가 할 소리는 아니다. 아니면 마흔 명이랑 친해질 수 있는 만큼 오히려 특정한 아이와 가까워지지 못하는 게 애가 타는 건지도 모르겠지만.

"그렇게 초조해할 필요는 없지 않아? 이제 겨우 1학기가 끝났을 뿐인데."

기본적으로 같은 시간을 공유하지 않으면 결속력이 강해지지 않는다. 혹은 무인도 시험처럼 돌발적이면서 가혹한 상황 아래에 같이 놓였을 때 비로소 결속력이 강해지는 법이다. 물론 행동을 통해 강해지는 경우도 있겠지만, 그렇게 쌓은 결속력은 대체로 쉽게 무너지고 만다.

"호리키타가 성급하게 친구를 성급하게 만드는 타입이 아니라는 것도 참작하는 편이 좋아."

그렇게 말해주는 게 히라타의 이해를 돕는 가장 빠른 길이라고 생각했다.

"……그럴지도 모르겠네."

역시 초조하게 생각했던 것 같다며 히라타가 다시 반성하는 기색을 보였다.

"호리키타의 기분도 고려하지 않고 내 생각만 일방적으로 밀어붙이려고 한 건가……."

자신에게 들려주듯 말한 히라타는 이번에야말로 정말 납득했는지 고개를 크게 끄덕이며 웃었다.

"미안해. 같이 밥 먹자고 끌고 나와서 내 멋대로 상담만 하고. 자, 그럼 먹을까?"

히라타는 기분을 전환한 눈치였다. 그리고 잠시 후 나온 메뉴를 둘이서 먹기 시작했다. 하지만 금세 누군가가 접근해오는 것을 알아차린 히라타가 당황한 표정으로 내게 눈짓했다.

"아, 역시 여기 있었네. 히라타. 우리도 같이 먹자."

기쁜 목소리가 갑판 위에 울리더니, 카루이자와를 중심으로 한 여자애들이 다가온 것이다.

"으음…… 카루이자와, 아까 분명히 전화로 안 되겠다고 말했던 것 같은데……?"

곤란해 하는 히라타의 모습은 아랑곳하지 않고, 카루이자와 그룹은 다른 테이블의 의자를 끌고 와 나를 옆으로 밀어내고 히라타를 빙 에워쌌다. 차분했던 식사 자리가 갑자기 소란스러워졌다. 소통에 어려움을 느끼는 나지만, 걱정할 필요는 없다. 이런 순간에 어떻게 대처할지는 이미 익숙하니까. 1학기 때 익힌 특기인 '신속하게 퇴장하기'를 하면 된다.

나는 먹던 샌드위치를 손에 들고 소리 없이 일어섰다. 히라타와 순간 눈이 마주친 느낌이 들었지만, 곧바로 여자애들에게 둘러싸여 그의 모습이 보이지 않았다.

사이좋게 지내는 데 중점을 두면 발생하는 몇 안 되는 단점이군. 자기 시간을 남에게 할애하느라 자기만의 시간을 만족스럽게 확보할 수 없다는 것. 개인적인 고민이 있어도 카루이자와 그룹에게 상담할 수는 없는 노릇이니 비밀에 부치고 혼자 삭히게 된다.

1

카루이자와에게 붙잡힌 히라타는 내버려두고, 특별히 놀 상대도 대화를 나눌 상대도 없는 나는 다시 방에 돌아가기로 했다. 엘리베이터를 이용하지 않고 계단을 통해 선내에 들어가 내 방이 있는 3층에 도착했는데, 복도에 띄엄띄엄 얼룩이 져 있는 것을 발견했다.

그 얼룩은 내 방이 있는 곳까지 길게 이어져 있었다. 흔적을 뒤쫓아 가자 웃통을 벗고 수영복 바지만 걸친 남자가 우아한 걸음걸이로 걸어가는 모습이 보였다.

"소, 손님! 이러시면 곤란합니다. 물에 젖은 상태로 복도를 다니는 것은!"

비상사태를 알아차린 보이가 허겁지겁 남자에게 달려왔다. 어째서인지 이미 손에 수건이 들려 있었다. 너무 준비가 잘 되어 있다고 할까. 늘 가지고 돌아다니나 싶을 정도로 주도면밀했다.

"하하핫. 들켜버렸나?"

"들키고 자시고 이걸로 벌써 네 번째입니다! 몇 번이나 말씀드리지만, 수영장에서 나온 후에는 몸을 꼼꼼히 닦은 다음에 선내로 돌아가 주세요. 다른 손님들께 피해가 돌아갑니다."

보아하니 상습범인 것 같았다. 그렇다면 보이가 미리 수건을 준비해 둔 것도 이해가 가지.

"피해? 하지만 나는 단 한 번도 나 때문에 피해를 입었다는 이야기를 들어본 기억이 없는데. 공교롭게도 난 철들 무렵부터 몸을 안 닦는 주의라서 말이야. 왜, 그런 말 있잖아? 피부에 닿은 물도 방울져 떨어지는 싱그러운 남자?"

젖은 머리카락을 뒤로 확 쓸어 넘겨 사방에 물방울을 튀기는 코엔지. 그 모습을 본 보이는 허둥지둥 복도와 벽을 닦았다.

그 모습이 재미있었는지 코엔지가 발걸음을 멈췄다.

"펜이랑 종이 있어?"

"네? 아, 아, 네…… 일단 직업상 메모지랑 펜은 가지고 다닙니다만……"

이야기의 흐름이 이해되지 않는다는 표정으로, 보이가 주춤거리며 메모지와 볼펜을 꺼냈다.

"유명인의 사인에 때로는 엄청난 프리미엄 가격이 붙는다는 거 알아? 해외에서는 수백만 엔에서 수천만 엔까지 가기도 한다지."

"그게…… 왜요?"

코엔지는 메모지에 뭔가를 스윽 휘갈기더니 보이에게 건넸다. 멀리서 보긴 했지만 종이에 알아보기 힘든 글씨로 '코엔지 로쿠스케'라고 적혀 있는 것이 보였다.

"뭐, 뭡니까, 이게……"

"보면 몰라? 사인이야, 사인. 아무리 싸구려 메모장이라고 해도 앞으로 분명 가치가 확 뛸 거야. 그대에게 선물하지, 감사한 마음으로 보관하도록."

아무래도 코엔지는 헌신적?으로 일하는 보이에게 사례로 사인을 해준 모양이다. 하지만 달갑지 않은 친절이란 바로 이런 걸 두고 하는 말인가, 싶을 정도로 전혀 갖고 싶지 않았다.

오히려 볼펜과 메모지가 아까울 지경이다.

"그렇게 의아한 표정은 짓지 말아줘. 난 장차 일본을 등에 짊어질 남자가 될 거야. 큰 배에 탔다는 생각으로 마음 푹 놓고 그날이 오길 기다려. 물론 지금 타고 있는 이런 민간 여객선보다 훨씬 고급 초호화 여객선."

초호화 여객선은 초호화 여객선이라도, 가라앉을 운명인 타이타닉호가 아니면 좋겠는데 말이지.

코엔지는 만족스럽다며 웃었다. 어이없는 표정을 지은 보이는 제멋대로 구는 그의 폭주를 막을 자신이 사라지고 말았는지 점점 더 젖어가는 바닥을 바라보았다. 이제는 엮이는 것 자체가 몸서리쳐지게 싫은 눈치였다.

발 없는 말처럼 빠르게 퍼진 소문에, 그의 제멋대로인 성격에 휘둘리는 것을 사양하겠다며 동급생 중 그 누구도 코엔지를 거들떠보지 않았다. 요컨대 보이와 같은 상황을 반 아이들은 이미 겪었던 것이다.

그나마 히라타는 코엔지를 보면 다소 말을 거는 편이었지만, 뭐라고 지적하는 일도 없고 만약 지적했더라도 코엔지는 그냥 한 귀로 흘리거나 방금 보이에게 그랬듯 적당히 대하는 것이 고작이었다.

코엔지라는 남자는 독 같은 존재로, 적이든 아군이든 상관없이 그를 상대하는 사람은 괴로워진다.

나는 귀찮은 일에 휘말리지 않기 위해, 두 사람 옆을 조용히 스쳐 지나갔다.

자고로 군자는 위험한 것에 가까이 가지 않는 법이니까.

"어라? 아야노코지 보이~잖아? 이런 우연이?"

허걱……. 무심코 그런 말이 목구멍으로 나올 뻔했다. 설마 나를 아는 척할 줄이야. 타깃이 자신에서 나로 바뀌었다는 것을 알아챈 순간 보이는 환한 미소를 지었다.

아, 드디어 해방이다! 하는.

아니, 승무원의 일원으로서 이건 좀 아니지……. 어떤 승객이든 가리지 않고 끝까지 철두철미하게 봉사해야 하는 것 아닌가? 이건 마치 키울 만큼 키우다가 싫증난 애완 물고기를 무단으로 강에 방류하는 것이나 다름없다. 하물며 외래종인 흉포한 코엔지는 강에 사는 재래종을 한 마리도 빠짐없이 몰아내고 잠식해버리리라.

"나한테 무슨 할 말이라도?"

"아니 아니, 꼭 그런 건 아니고. 어디까지나 스쿨 메이트로서 말 걸어봤을 뿐이야. 어울리지 않는 신분이라고 해도 너는 나의 룸메이트이기도 하니까 말이야."

그가 다시 머리를 확 쓸어 넘기자 물방울이 산탄총처럼 내 얼굴과 교복에 마구 튀었다. 물론 본인은 자신의 머리 모양만 신경 쓸 뿐 피해자에는 조금도 관심 없어 보였다.

보이는 자기도 똑같이 당한 주제에 히죽거리며 내가 당한 참사를 구경했다.

그래 그래, 그쪽 기분은 뼈저리게 잘 알……기는 개뿔.

"그럼 저는 이만 실례하겠습니다. 앞으로 조심해 주세요."

도망칠 기회를 잡은 보이는 한 번 주의를 주고 최소한의 역할을 끝내려는 속셈 같았다. 물론 이 자리에 코엔지랑 둘만 남는 것은 나도 사양이다.

"그런데 코엔지랑 무슨 이야기 중이었죠?"

순간 보이의 표정이 미소에서 짜증으로 바뀌었지만 코엔지가 보이를 쳐다본 순간 다시 미소로 돌아왔다. 꼭 근육맨에 나오는 아수라맨 같다.

"그게, 으음, 보시다시피 물이 떨어져서 수건을——."

"그러니까 주의를 주러 왔다는 거네요. 제가 방해됐군요, 그럼 저는 이만."

나는 보이가 던진 공을 강속구로 다시 되돌려준 후 자리를 피했다.

"보이는 나한테 주의를 주러 온 건가?"

"아아 그게, 그러니까……."

코엔지에게서 겨우 벗어난 나는 방으로 가려고 했다.

"그런데…… 이대로 들어가면 코엔지랑 또 마주치려나."

그렇게 되면 좀 불편한 공간이 될 것 같았다. 이번 여행 중에 몇 번인가 둘만 있었던 시간이 있었는데 나조차 믿어지지 않을 정도로 바늘방석이었지.

어색한 분위기를 피하고 싶었던 나는 다시 뒤돌아 방으로 돌아가는 시간을 늦추기로 했다.

같은 방을 쓰는 히라타나 유키무라가 돌아올 것 같은 시간에 맞춰서 가고 싶었다. 근처에 있는 안내판에는 선내 지도가 한 눈에 들어오게 벽에 붙어 있었다. 고작 지도일 뿐인데도 금테를 두른 액자 안에 들어 있어 과연 초호화 여객선다웠다. 나는 가볍게 시간을 때울 수 있는 루트를 머릿속에 그린 다음, 곧바로 엘리베이터를 타고 2층으로 내려갔다.

배는 총 9층과 최상위 갑판으로 나뉘었다. 지상 5층 지하 4층으로 되어 있었고 1층은 라운지, 연회용 플로어, 최상위 갑판에는 수영장, 카페 등이 있었다. 3층부터 5층까지는 객실층으로 남학생이 3층, 여학생이 4층을 썼다. 남녀 비율은 교사까지 포함해 정확히 반반이었다. 한편 3층과 4층 사이에 특별히 이동 제한은 없어서 남자가 여자 구역을 돌아다녀도 문제될 것은 없었다. 굳이 따지자면 밤 12시 이후에 머무르거나 출입하는 것이 금지된 정도랄까. 참고로 다른 구역은 지하 1층에서 지하 3층까지는 영화, 연극 등 다양한 오락 시설이 갖춰져 있었고, 배의 가장 아래층인 지하 4층에는 배전반실 등이 있다. 지하 4층은 학생들과 아무 상관없는 곳이라고 할 수 있으리라.

그리고 24시간 이용 가능한 라운지는 원래 심야에도 출입이 자유지만, 최대한 이용을 삼가라는 학교 측의 통보가 있었다.

지금 내가 걷고 있는 2층 구역은 다른 객실과 분위기가 다른 방이 여러 개 있었는데, 어떨 때 이용하는지는 알 수 없었다. 통로도 폐쇄되어 있어서 학생들의 모습이 거의 보이지 않았다.

그때 주머니에 든 휴대폰이 울렸다.

휴대폰을 꺼내 확인하자 문자가 들어와 있었다. 어떤 소녀의 호출이었다. 마침 잘됐다고 할까, 시간을 때울 수 있는 일정이 들어온 셈이다. 나는 거부할 이유가 하나도 없어서 흔쾌히 승낙했다.

2

"하아…… 하아——……하아아아아——……."

문자를 보낸 장본인 사쿠라에게 다가가니 무슨 고민이 그리 깊은지 계속 한숨을 내쉬고 있었다.

"왜 그래?"

"으악! 아, 아야노코지!"

그렇게 놀랄 정도로 말을 건 것 같지는 않은데, 사쿠라는 너무 갑작스러웠는지 늘 웅크리고 있던 등을 순간 쭉 펴며 허둥거렸다.

"놀라게 해서 미안."

"아, 아니야. 내가 좀 이상하게 긴장한 거지, 뭐"

고작 친구랑 만날 약속을 한 것 정도로 긴장하다니, 아직 사생활이 좀 힘들어 보인다.

"아야노코지는 같은 방 사람이 히라타, 코엔지, 유키무라…… 맞지?"

"나 말이야? 응, 그런데 왜?"

그런 걸 묻다니 의외였다.

"그게…… 실은 그러니까…… 나, 같은 방 사람들 때문에 좀……."

룸메이트들과의 사이 때문에 힘들다는 거겠지. 과연 인간 관계에 어려움을 느끼는 사쿠라답다. 그것이 심각한 고민이라는 건 표정을 보아 잘 알 수 있었다.

"그러니까 친해지고 싶은데 그게 잘 안 되서 고민이라는 거야?"

"글쎄……. 친해지고 싶은 마음과 혼자 있고 싶은 마음, 둘 다 있어. 그래서…… 구제불능이지, 나란 아이."

많이 주눅 들어 있었다. 목소리 톤도 그렇지만, 불안한 눈동자를 보는 것만으로도 금세 알았다. 사쿠라의 룸메이트가 누구인지 모르는 지금의 나로서는 뭐라고 조언해주기도 힘들었다.

"같은 방에 누구누구 있는데?"

"흐흑…… 들어줄래? 시노하라, 이치하시, 마에조노……."

사쿠라는 상당히 의기소침한 모습으로 같은 방 아이들의 이름을 알려주었다.

모두 다 개성 강한 멤버였다. 시노하라는 D반에서 카루이자와와 친한 여자애들의 대표격인 인물이었다. 고집이 세고 남학생들과 언쟁을 벌일 때도 정면으로 맞서는 듬직한 구석이 있는 아이였는데, 자신과 안 맞는 상대에게는 인정사정없는 면이 있으니까 말이지……. 사쿠라에게는 아무런 감정도 없겠지만, 서로가 친해지고 싶은 타입은 아니리라. 이치하시도 평소에는 얌전하지만 시노하라와 비슷하게 성격이 강한 타입이다. 마에조노는 잘 모르지만 걸핏

하면 싸우려 드는 말투와 태도여서 안 좋은 인상이다. 사쿠라의 입장에서는 제일 대하기 힘든 유형 중 하나이리라. 이런 멤버들을 상대로 사쿠라가 열심히 거리를 좁혀보려고 해도, 그런 사쿠라의 자세가 오히려 그들 마음에 들지 않아 싫어하게 되는 경우도 충분히 생각해볼 수 있다. 지금까지 울지 않은 것만으로도 장하다고 머리를 쓰다듬어주고 싶을 정도다.

"그런데 특별히 나를 부른 건 어째서?"

"……아야노코지라면 뭔가 조언을 해주지 않을까, 싶어서……."

사쿠라가 웅얼거리면서 고개를 살짝 끄덕였다.

뜻밖에도 내가 의지가 되는 모양이었다. 그녀는 곧바로 사과를 덧붙였다.

"내, 내 마음대로 너한테 기대려고 해서 미안해. 아야노코지도 바쁠 텐데."

"아니, 괜찮아. 나한테 의논한다고 내가 곤란해지는 것도 아닌데 뭐. 다만 내가 도움이 될지는 별개의 문제지만."

슬프구나, 나 역시 사쿠라와 같은 방인 여자애들 중 아무하고도 가깝지 않기 때문에 사쿠라를 잘 도와줄 수 있다고 보기는 어렵다. 무슨 방법이 없을지 고민하고 있을 때 객실 문이 열렸다.

"어머? 아야노코지랑 사쿠라잖아? 여기서 뭐해?"

객실에서 불쑥 모습을 드러낸 사람은 같은 반 쿠시다 키

교였다.

환했던 사쿠라의 얼굴이 순간 구름 사이로 사라지고 불편한 분위기로 바뀌었다. 자기감정 조절을 잘 못 하나……. 쿠시다의 등장에 노골적으로 거부 반응을 보였는데, 쿠시다는 전혀 신경 쓰지 않고 이야기를 계속 이어나갔다.

"아, 방해하려던 건 아니야. 친구랑 합류하기로 한 것뿐이거든."

"……나는 그만 방으로 돌아갈게."

쿠시다가 당황하며 말리려고 했지만, 사쿠라는 재빨리 선내로 들어가 버렸다.

"윽…… 미안해. 타이밍이 안 좋았네. 말 걸지 말 걸 그랬나?"

두 손 모아 사과하는 쿠시다. 딱히 사과할 이유는 없다. 그저 사쿠라가 사람을 대하는 데 서툰 탓이다.

"그리고 보니 배로 돌아오고 쿠시다랑 처음 얘기해보는 것 같네. 여러 애들이랑 어울리는 건 멀리서 보긴 했는데."

쿠시다는 D반에서 가장 인기가 많은 아이였다. 아니, 학년 제일이라고 할까.

입학식 날 모두와 친해지고 싶다고 공언했던 것을 현시점에서 완수하려고 하고 있었다. 사쿠라 등 극히 일부의 아이는 제외하고 말이지만.

"오늘은 C반 애들이랑 놀기로 약속했어. 아야노코지도 같이 갈래?"

"뭐……? 나도 가도 돼?"

"엥? 진짜 오려고?"

………… . 이상한 정적이 흘렀다.

가고 싶다는 진심이 살짝 나오고 말았는데, 쿠시다 또한 순간적으로 정말 당황한 것 같았다.

쿠시다가 건넨 건 겉치레 말. 그러니까 나도 겉치레 말로 사양하는 것이 예의다.

"농담이야. 내가 따라갈 성격이 아니란 건 너도 잘 알잖아."

"아 정말, 그렇지? 깜짝 놀랐잖아. 아야노코지는 참 재미 있단 말이야."

"그, 그런가?"

진짜 재미있다고 생각하는 건 아니겠지만, 쿠시다가 말하면 진짜처럼 들려서 무섭다.

"그럼 난 이만 갈게."

우리는 서로 가벼운 인사를 주고받았다. 그때 갑자기 나와 쿠시다의 휴대폰이 동시에 울렸다.

삐익 하는 날카로운 소리. 그것은 학교 측에서 지시 혹은 행사 변경 등이 있을 때 보내는 문자 수신음이었다. 매너 모드로 해놨어도 소리가 강제로 나오는 것을 보아 상당히 중요한 내용임을 짐작했다.

"무슨 일일까?"

쿠시다가 발걸음을 멈추고 의아해하는 것도 무리가 아니었다. 입학 후에 설명을 듣긴 했지만 오늘날까지 중요 문자가 온 적은 단 한 번도 없었기 때문이다. 그 첫 번째가 여름 방학 때일 줄이야.

그와 거의 동시에 선내 방송도 시작되었다.

'학생 여러분에게 알립니다. 조금 전 모든 학생 여러분 앞으로 학교 측의 연락 사항이 담긴 문자가 발송되었습니다. 각자 휴대전화를 확인한 다음 그 지시에 따라주시기 바랍니다. 또한, 문자가 발송되지 않았을 경우에는 다소 번거롭더라도 가까운 곳에 있는 선생님에게 알려주시기 바랍니다. 매우 중요한 내용이므로 빠짐없이 확인하길 당부합니다. 다시 한번 알립니다──.'

"……방금 온 문자를 말하는 거지?"

"아마도."

각각 동시에 온 학교 측의 통지.

방송에서 알린 대로 휴대폰을 열어 확인해보니 다음과 같은 내용이 들어 있었다.

'잠시 후 특별시험을 시작합니다. 각자 지정된 방에 지정된 시간까지 집합하기 바랍니다. 10분 이상 지각한 학생에게는 페널티를 부과할 수 있습니다. 오늘 저녁 6시까지 2층 204호실에서 집합합니다. 소요 시간은 20분 정도이므로 미리 화장실 등에 다녀온 뒤 휴대전화를 매너 모드로 하거나 전원을 끈 후 모이기 바랍니다.'

"특별시험이라니."

필기시험이나 체력 특정 같은 것은 아니겠지, 아무래도.

무인도 서바이벌처럼 일반적인 학교에서는 하지 않을 무엇일 거라는 예감이 들었다.

그밖에 시험 내용에 대한 것은 하나도 적혀 있지 않았다. 이 문자를 가지고 뭔가를 파악하라는 뜻일까, 아니면 단순히 마음의 준비를 하고 오라는 뜻인가. 아직은 아무것도 알 수 없었다.

그것보다도 문자를 보니 신경 쓰이는 점이 있었다. 집합 시각이 저녁 6시라고 되어 있는데, 소요 시간이 20분 정도로 상당히 짧고 애매모호하다는 것. 또 지정된 장소가 선내의 객실인 것은 왜일까? 도저히 시험에 적합한 환경이라는 생각은 들지 않는데 말이다.

"잠깐 봐도 될까?"

나는 미리 양해를 구하고 쿠시다에게 온 문자를 보여 달라고 부탁했다. 기본 문장은 똑같았지만 지정된 장소와 시간이 내 것과 달랐다. 집합은 저녁 8시 40분이었고 소요 시간은 똑같이 20분 정도. 그리고 장소도 방 두 개 정도 건너서 있는 객실이었다.

"왜 이렇게 이상한 방법으로 부르는 걸까?"

"……짐작도 안 간다."

좋은 예감이 들지 않는다는 것만은 분명했다.

이대로 크루즈 여행이 끝날 거라고는 생각하지 않았지만, 정말 그런 모양이다.

선내에서 1학년 학생 전원이 모일 수 있을 만한 장소……

영화관이나 파티 회장, 뷔페 레스토랑 등에는 미리 가보았었다. 수상한 움직임이나 시험 내용을 추측할 수 있기를 기대했지만 아쉽게도 그때는 아무런 징후도 읽어낼 수 없었다.

그런데 설마 학생을 격리, 한정해서 시험 개시를 알릴 줄이야.

휴대폰 메신저로 호리키타에게 채팅 메시지를 보내자 웬일인지 금세 확인 표시가 되었다. 보통은 보내면 반나절, 심하면 며칠 동안이나 읽지 않고 방치해둘 때도 많다. 같은 타이밍에 학교에서 보낸 문자를 받았기 때문일까. 그것도 같이 물어보기로 했다.

'오늘 학교에서 보낸 문자, 너도 받았어?'

'받았어.'

'난 저녁 6시까지 오라고 되어 있던데 너는?'

'난 저녁 8시 40분까지. 시간 차이가 꽤 많이 나네.'

"저녁 8시 40분이란 말이지……."

쿠시다와는 같은 시간이었다. 그렇다면 남자와 여자로 갈린다는 뜻인가?

현재 짐작해볼 수 있는 것은 그 정도다.

'시간대가 다른 점이 신경 쓰이네. 시험 개시 시각이 다르면 문제를 먼저 접하는 사람과 나중에 접하는 사람으로 나뉘니까 불공평한 것 같은데.'

'아직은 뭐라고 말하기 이르지.'

그런 내용의 메시지를 서로 주고받고 있는데, 또 곧바로 호리키타의 메시지가 날아왔다.

'여러 가지로 신경 쓰이는 건 많지만, 일단 시간이 되면 가보는 수밖에. 네가 먼저니까 보고 부탁해.'

'알았어.'

짧게 대답했지만 이번에는 바로 읽을 기색이 없었다. 아무래도 휴대폰 화면을 끈 것 같았다.

"아야노코지?"

채팅에 집중하는 내 모습이 신경 쓰였는지, 쿠시다가 상태를 살피듯 가까이에서 얼굴을 내밀었다. 호출이 끝나면 쿠시다에게도 이야기를 듣고 싶은 마음이었지만, 괜히 피해가 갈 것 같아 그만두었다. 일단 당분간은 상황을 살펴보기로 하자.

그런 후에 물어도 늦지 않을 것이다.

3

학교 측에서 보낸 문자에 따라 나는 2층으로 향했다. 지정된 시각까지 5분 정도 남았을 무렵 목적지에 도착했다.

평소 학생이 전혀 출입하지 않는 이곳에 몇몇 학생이 어슬렁거리고 있었다. 누구인지 확인할 수는 없었는데 가까이에 있는 방에 들어가는 모습이 보였다. 그 수가 한두 사람이 아니었고, 어떤 사람은 그대로 스쳐지나 또 다른 방으로 들어갔다.

"다른 반 학생인가……."

처음에는 입구 앞에서 기다릴까 생각했지만, 이미 안에서 뭔가가 시작되었을 가능성도 있다. 무엇보다도 다른 학생에게 모습을 보이는 것도 좀 꺼려져서 바로 움직이기로 했다. 문을 노크하자 곧바로 대답이 돌아왔다.

"들어와."

허락을 구한 나는 방 안으로 들어갔다. 그곳에는 건장한 체격에 양복을 걸친 A반 담임 마시마 선생님이 앉아 있었다. 그는 작은 테이블 위에 있는 자료에서 시선을 떼지 않았다.

그리고 마시마 선생님의 앞에는 두 남학생이 의자에 앉아 있었다.

두 사람 모두 내가 아는 D반 학생이었다.

"나머지 두 의자 중 하나가 아야노코지 님의 몫이었단 말이옵니까. 코포!"

기묘한 의성어를 내뱉은 것은 소토무라라는 학생으로 남자애들은 그를 박사라고 부르며 좋아했다. 고등학교 1학년 치고는 살짝 심하게 통통한 몸에 안경을 쓴, 이미지만 보면 오타쿠에 가까운 남자였는데, 사실 겉모습대로 오타쿠가 맞았다. 역사와 기계에 박식했고, 행동이나 말의 어미에 이해 불가능한 부분은 많지만 의외로 소통 능력이 뛰어난 인물이었다.

"일이 묘하게 돌아가네, 아야노코지."

그리고 박사 옆에 앉아 있는 사람은 선실 룸메이트이기도 한 유키무라였다.

박사와 유키무라. 두 사람은 그리 친한 사이가 아닌데 대체 이건 무슨 조합일까. 이 멤버로 도대체 뭘 시작하려는 거지?

"뭐해. 어서 앉지 않고."

마시마 선생님은 고개를 들지도 않고 앉으라고 지시했다. 나는 조용히 유키무라의 옆 의자에 앉았다.

신경 쓰이는 것은 내 옆에 빈 의자가 하나 더 준비되어 있다는 사실이었다.

상황으로 미루어 짐작하건대 선생님 한 사람과 학생 네 명이서 치르는 시험인 듯하다만……. 어째서 소수일까.

또 한 사람이 오면 지금까지 보이지 않던 네 사람의 공통점과 그 이유를 알 수 있게 되려나?

"마지막 한 사람이 도착할 때까지 기다린다. 조용히 있도록."

흐르는 분위기를 봤을 때 틀림없이 예삿일은 아니다. 새로운 폭풍우, 시험의 막이 열릴 것이라는 예감.

이것이 만약 시험을 설명하는 자리라면 그것이 이질적인 내용이라는 점은 명백하다. 일반적인 시험은 공평성을 기하기 위해 전원이 동시에 설명을 듣는 것이 보통이다. 책상 앞에 앉아 치르는 필기시험이든 무인도 서바이벌이든 마찬가지다. 그런데도 불구하고 이 공간은 폐쇄된 환경. 소수라는 의미는 도대체 무엇일까? 아니면 나의 지나친 걱정일 뿐이고, 그냥 그 전 단계에 불과한 걸까.

어쨌든 지금 속으로 이런저런 생각을 해봐야 답은 안 나온다.

의자에 앉아 있어도 세 사람과 선생님 사이에 쓸데없는 대화가 오고갈 리 없어서 무거운 침묵만이 계속되었다. 예정 시각까지 아직 조금 남았다고는 하지만 나머지 한 사람이 빨리 와주기를 바랐다. 모든 방에 있는 오르골 모양의 탁상시계는 이 방에도 있었는데, 무음이나 다름없는 실내에 째깍째깍 초침이 움직이는 소리만 들렸다. 이윽고 약속된 저녁 6시가 되었다. 그때까지 꿈쩍도 하지 않던 마시마 선생님이 딱 한 번 시계를 보았다. 그와 동시에 누군가가 문을 노크했다. 내가 그랬을 때와 똑같이 선생님이 들어와 하고 말하자, 문이 천천히 열렸다.

"실례합니다아~."

잠시 후 끝을 길게 늘이는 목소리가 들리더니 카루이자와가 실내로 들어왔다. D반 학생 중 하나일 거라고 예상은 했지만, 설마 카루이자와일 줄이야. 남자 중에 누구일 줄 알았는데 완전히 예상을 깨는 인물이었다.

"엥? 뭐야? 왜 유키무라랑 너희가 여기 있어?"

그건 내가 묻고 싶은 소리다. 이 기묘한 조합에 나 역시 당혹감을 감출 수 없었다. 박사는 그렇게까지 깊이 생각하지는 않는 모습이었지만, 유키무라도 이상하게 여기는 것 같았다.

"분명히 시간 엄수라고 전달했을 텐데. 지각이야. 빨리 자리에 앉도록."

"네에~."

우리의 존재, 그리고 마시마 선생님의 말에 살짝 불만스럽게 대답한 카루이자와가 의자 앞으로 왔다. 그녀는 우리를 힐끔 쳐다보더니 의자를 가볍게 들어 우리에게서 거리를 조금 더 띄운 다음에야 자리에 앉았다. 고작 몇 센티미터였지만, 1밀리미터라도 더 멀리 있고 싶다니 약간 의기소침해지는군……

"D반의 소토무라, 유키무라, 아야노코지, 카루이자와. 그럼 지금부터 특별시험 설명을 시작하겠다."

문자가 온 시점에서 이미 짐작했지만…… 역시 시험 설명이 맞았다는 말인가.

그런데 이 4대 1이라는 의문의 멤버. 개별실의 상황. 성가신 예감을 지울 수 없다.

"자, 잠깐만요. 지금 이 상황이 이해가 안 되는데요. 시험 설명이라니요? 시험은 이미 끝났잖아요? 그리고 다른 사람들은요? 너무 이상해요."

남이 하는 이야기를 잠자코 들을 수 없는지 즉시 의문을 제기하는 카루이자와.

이 녀석은 문자 내용도 제대로 확인 안 했나.

"지금은 질문을 일절 받지 않는다. 잠자코 듣도록."

아니나 다를까 마시마 선생님은 질렸다는 듯 싸늘한 시선을 카루이자와에게 보냈다.

학교 측이 그런 질문에 쉽사리 대답해줄 리가 없지.

"우왓, 나왔다. 또 바로 싸늘해지시네."

마시마 선생님은 평소에 학생들로부터 차갑다는 소리를 많이 들었다. 지금 시험을 설명하는 자리에서도 그 성격은 어김없이 나왔다. 차바시라 선생님도 차갑고 냉정해서 반에 별 도움을 안 주는 선생님인데, 마시마 선생님 역시 A반에 특별히 힘을 보태주는 선생님이 아니었다. 다만 결정적으로 차바시라 선생님과 다른 점은, 의욕 없고 비협조적인 차바시라 선생님에 비해 마시마 선생님은 늘 예외 없이 똑같은 태도였다. 누구에게나 일정한 거리를 둔다고 할까.

"이번 특별시험은 1학년 전원을 12간지에 따라 열두 그룹으로 나누고, 그 그룹 내에서 시험을 치르는 방식이다. 시험의 목적은 씽킹 능력을 보기 위함이야."

간지에 따라 열두 그룹으로? 요컨대 D반을 세 그룹으로 나누고 12개의 간지 중 적당한 어느 것 3개에 끼워 맞춘다는 뜻인가?

그리고 테스트하는 것은 '씽킹'.

요컨대 생각하는 힘, 깊은 사고력이라는 의미다. 그것과 관련된 시험이란 말인가.

"씽킹이라니, 그게 뭐죠?"

불과 조금 전에 얌전히 들으라는 주의를 들었던 카루이자와가 그새를 못 참고 또 질문했다.

자동반사적으로 자꾸 묻게 되는가 보다.

"말했을 텐데. 질문은 받지 않는다고."

마시마 선생님에게 재차 주의받자 카루이자와도 과연 상황의 심각성을 느낀 모양이었다. 얼굴에 불만이 노골적으로 드러났지만 순순히 입을 닫고 듣는 자세를 보였다.

유키무라와 박사도 어디까지 진지하게 생각하는지는 잘 모르겠지만 조용히 귀를 기울였다.

"사회인에게 요구되는 기초적 능력에는 크게 세 종류가 있다. 액션, 씽킹, 팀워크. 그것을 모두 갖춘 자가 비로소 우수한 성인이 될 자격을 얻는 거야. 지난번 무인도 시험은 팀워크에 비중을 둔 시험이었다. 그리고 이번에는 씽킹, 깊은 사고력이 반드시 필요한 시험이지. 깊은 사고력이란 현 상황을 분석하고 과제를 분명히 밝혀내는 능력. 문제 해결 과정을 명백히 하고 준비하는 능력. 창조력을 발휘해 새로운 가치를 만들어내는 능력. 그런 것이 필요하다."

상세한 설명이었지만 너무 한꺼번에 이야기를 들은 세 사람의 머리 위에는 많은 물음표가 떠 있는 듯 보였다. 그건 나 역시 마찬가지였다. 아직 이해되지 않는 부분이 많았다.

"이번 시험은 그룹을 12개로 나누어 치르게 된다."

거기서 한 번 호흡을 가다듬은 선생님은 드디어 카루이자와가 기다리던 말을 꺼냈다.

"여기까지 질문은?"

"정말 하나도 이해가 안 되는데요. 좀 더 쉽게 설명해요. 그룹을 12개로 나눈다는 건 알겠는데, 제가 왜 얘네랑 같이 있는 거죠? 히라타는요? 다른 여자애들은? 게다가 뭘 시험 친다는 건지도 잘 모르겠는데. 알려줘. 아니, 알려주시라고요."

마지막에만 억지로 말을 고쳤지만 어느 것 하나 경어로 성립하지 않는 느낌이 들었다.

하지만 카루이자와의 의문도 타당했다. 질문을 받는다고 하지만 지금까지 한 애매한 설명으로는 물을 수 있는 내용이 극히 한정적이었다. 모인 멤버의 공통점, 다른 학생들은 어떻게 되었는지, 그리고 명백하게 적은 인원수 정도밖에 물을 것이 없었다.

만약 반을 세 그룹으로 나눈다면 12~15명 정도를 한 장소에 모아 설명해야 말이 맞는데, 그렇게 하지 않았다. 단순히 방 크기 때문인가?

아니다. 이 여객선에는 중간 규모의 인원을 모을 수 있는 방이 여러 개 있다.

요컨대── 일부러 조금씩 나눠서 부른 이유가 있다는 의미일까.

"먼저 당연한 말이지만 여기에 있는 네 사람은 같은 그룹이다. 그리고 지금 이 시간에, 다른 방에서도 똑같이 『너희와 같은 그룹이 될』 멤버들에게 설명이 진행되고 있어."

우리와 같은 그룹이 될 멤버라고? 그 말을 듣자 한 가지 짐작 가는 바가 있었다.

이 자리에 우리 네 사람밖에 없는 것. 나머지 멤버는 또 다른 방에 나누어 들어가 설명을 듣고 있다는 사실…… 그러니까 이 시험, 같은 그룹이 될 나머지 학생들은…….

"그럼 멤버 전원을 모아 한 번에 설명하는 게 훨씬 빠르고 간편하잖아요. 그리고 나를 이 세 사람이랑 같은 그룹으로 묶은 이유는요? 어째서 내가 이 기분 나…… 남자애들이랑 같은 팀이어야 하는 거죠? 솔직히 말해서 싫은데, 히라타가 좋은데."

카루이자와가 제멋대로 말을 줄줄 늘어놓자 그때까지 참고 있던 유키무라가 마침내 터졌다.

"입 좀 다물고 이야기를 마저 듣지? 시험은 이미 시작된 건지도 몰라. 쓸데없는 말을 해서 감점이라도 당하면 네가 책임질 거야? 무인도 때도 넌 남들보다 몇 배로 우리 반의 발목을 잡았어. 더 이상은 반에 민폐 좀 끼치지 마라."

"뭐라고? 내가 언제 어디서 민폐를 끼쳤는데? 진짜 열 받게 하네."

남녀가 서로 으르렁대는 모습은 앞 시험에서도 자주 봤던 광경이다. 그래서 나와 박사는 아무 말 하지 않고 그냥 내버려 두었다.

"두 사람 모두 진정해라. 일단 유키무라의 걱정은 기우다. 지금은 아직 시험이 시작되지 않았기 때문에 영향은 없어.

그리고 이번 시험은 그런 태도를 두고 채점할 계획이 애초에 없다."

"거봐~. 이제 알겠니?"

카루이자와가 의기양양한 표정을 지으며 유키무라를 깔봤다. 분하다는 듯 노려보는 유키무라. 여기서 언성을 높일 수도 없어 꾹 참고 있는 것일까.

"다만 카루이자와. 선생님을 대하는 태도가 계속 그런 식이면 조서로 기록을 남길 수도 있다. 그럼 너한테 좋지 않다는 것쯤은 말 안 해도 잘 알겠지?"

"윽——."

이번에는 유키무라가 소리 없이 코웃음 치며 카루이자와를 깔봤다. 초등학생처럼 유치하게 싸우는 모습에 마시마 선생님은 두통이 찾아왔는지 머리를 손으로 가볍게 눌렀다.

"잘 들어, 너희가 한 그룹인 것은 확정된 사항이다. 마음대로 바꿀 수 없어. 이런 데서 너희들끼리 싸우면 시험에서 좋은 결과를 남기기 어렵지 않을까."

"아, 정말! 최악! 세 사람 다 별론데! 히라타였어야 됐는데!"

"후훗. 세 사람이 모이면 문수보살 못지않은 지혜가 나온다는 말도 있으니, 우리 셋이면 히라타 님 하나 정도는 될 수도 있지 않겠사옵니까?"

"뭐래? 기분 나빠. 너희가 백 명이 모여도 이백 명이 모여도, 히라타의 머리카락 한 올조차 못 되거든?"

무시당하는 건 별로 상관없지만, 앞에 있는데 대놓고 그렇게 말하면 좀 슬퍼진다. 카루이자와는 여자애들끼리 모일 때 이외에는 비가 오나 눈이 오나 히라타에게 껌딱지처럼 찰싹 달라붙어 있으니까 말이지. 역시 그 대역은 감당할 수 없는데…….

"하아…… 일단 나중에 히라타한테 보고해둬야지……."

정말 싫다는 듯 한숨을 푹 내쉰 카루이자와는 우리를 흘긋 쳐다본 후 바로 시선을 피했다.

"슬슬 만족했나? 그럼 설명을 계속 하지."

"아, 네네. 그룹을 나누는 것까지는 잘 알겠는데요, 어째서 우리 네 사람만 그 설명을 듣는 거죠? 그룹이 모두 다 모였을 때 해도 될 것 같은데. 음모라든가 짓궂은 짓 같은 거라면 진짜 좀 안 했으면 좋겠는데요!"

무표정으로 빠르게, 조금이라도 기분 나쁘게 만들 작정인지 카루이자와가 마구 떠들어댔다.

"보아하니 소수로 모인 게 신경 쓰여 견딜 수 없는 모양이군. 그럼 그 의문에 대답해주지. 음모론도 짓궂은 짓도 아닌 단순한 이야기야. 그룹은 한 반으로 구성되는 게 아니라 각 반에서 적게는 셋, 많게는 다섯 사람씩 모아 만들어진다. 그래서 미리 이렇게 설명해두지 않으면 혼란을 불러올 위험이 있으니까."

역시 그것이 방에 소수로 모이게 한 이유였던가.

아직 세 사람 모두 이야기의 의미를 이해하지 못해 잠시 마시마 선생님의 이야기를 되새기듯 침묵했다.

물론 나 역시도 금방 소화할 수 있는 이야기는 아니었다.

또 방 시계의 초침이 움직이는 소리만 크게 들려왔다.

"자, 잠깐만요. 뭐예요, 그게? 점점 더 의미를 모르겠는데요. 다른 반이랑 그룹이 되다니, 그게 말이 돼요? 경쟁자잖아요?"

"맞아요, 선생님. 우린 지금까지 다른 반이랑 계속 경쟁해왔어요. 그런데 이제 와서 갑자기 다른 반이랑 같은 그룹을 하라는 건 좀 이해하기 어려워요."

카루이자와 다른 아이들이 하고 싶은 말이 뭔지도 잘 알겠지만, 규칙은 학교 측에서 정한다.

"지금까지 경쟁해왔다고? 너희의 학교생활은 이제 막 시작되었을 뿐이다. 이 단계에서 벌써 우왕좌왕하다니 앞날이 심히 염려되는구나, 유키무라."

"으…… 제, 제가 생각이 짧았습니다."

"지금 필요한 건 이해가 아니라 생각이다. 너희가 배속된 그룹은 『묘(卯)』. 여기 그 멤버 리스트가 있다. 이건 퇴실 시에 반납해야 하니 필요할 것 같다면 지금 이 자리에서 외워두도록."

나눠 받은 엽서 크기의 종이에는 그룹 이름과 총 14명의 이름이 적혀 있었다. 마시마 선생님의 말대로 우리 네 사람을 제외하고 모두 A~C반으로 구성되어 있었다.

'묘'라고 했지만 그룹명에는 괄호 속에 같은 의미를 지닌

'토끼'라는 단어도 적혀 있었다. 아무래도 읽기 편한 쪽으로 쓰는 편이 좋겠지.

A반: 타케모토 시게루, 마치다 코지, 모리시게 타쿠로
B반: 이치노세 호나미, 하마구치 테츠야, 벳푸 료타
C반: 이부키 미오, 마나베 시호, 야부 나나미, 야마시타 사키
D반: 아야노코지 키요타카, 카루이자와 케이, 소토무라 히데오, 유키무라 테루히코

그중에는 내가 아는 학생의 이름도 있었다. B반의 이치노세와 C반의 이부키였다.

이 두 사람도 나와 같은 그룹인 모양이다.

지금 단계에서는 어떤 시험이 될지 상상도 가지 않는다. 카루이자와와 유키무라가 걱정하는 것처럼 다른 반과 같은 그룹이 되는 상황에서 서로 경쟁하는 것이 가능할까.

옆에 앉은 카루이자와의 상태를 곁눈질로 확인하니, 조금 당황한 눈치였다.

이부키와 같은 그룹이 되어 버린 것은 기구한 운명이라고 밖에 설명할 길이 없다.

"안심해라. 의문스럽게 생각하는 부분은 지금부터 설명할 테니. 그럼 아마도 이해가 될 거다."

아마도, 라고 덧붙인 것은 지금까지 카루이자와가 했던

발언을 듣고 있으면 어쩔 수 없는 일이다. 마시마 선생님은
이 영문 모를 그룹 조합의 이유를 설명했다.

"이번 시험은 A반에서 D반까지의 관계성을 일단 무시하
는 것이 대전제다. 그게 시험을 클리어하기 위한 지름길이
라고 미리 말해두마."

"관계성을 무시하라니…… 그게 무슨?"

"부탁이니까 제발 입 다물고 들어, 카루이자와. 집중해서
시험 내용을 들을 수가 없잖아."

매번 끼어드는 카루이자와에게 유키무라가 좀 작작하라
며 씩씩거렸다.

"지금부터 너희는 D반으로서가 아니라 토끼 그룹으로
서 행동하게 된다. 그리고 시험 결과는 그룹별로 설정되어
있어."

……조금씩 알 것도 같지만 아직 그 전모가 보이지는 않
았다.

"특별시험의 각 그룹에서 결과는 네 종류밖에 존재하지
않는다. 예외는 없으며 반드시 네 개 중 어떤 결과가 되도
록 설정되어 있어. 이해를 돕기 위해 결과 내용을 쓴 프린
트도 준비해두었다. 이 프린트 역시 가지고 나가거나 촬영
따위가 금지되어 있다. 이 자리에서 꼼꼼하게 확인하도록."

네 사람 용으로 준비된 종이의 끄트머리가 살짝 구겨져
있었다.

아마 우리보다 앞에 호출되었던 학생들이 봤겠지.

종이에 적힌 기본 규칙은 다음과 같았다.

『하계 그룹별 특별시험 설명』

본 시험은 각 그룹에 할당된 '우대자'를 기준점으로 하는 과제다. 정해진 방법으로 학교에 답을 제출하면 네 개의 결과중 하나를 반드시 획득하게 된다.

○시험 개시 당일 오전 8시에 일제히 문자가 전송된다. '우대자'로 뽑힌 사람에게는 동시에 그 사실이 통보된다.

○시험 일정은 내일부터 4일 후 오후 9시까지(완전 자유일 1일을 포함한다).

○하루에 2번, 정해진 시각에 그룹별로 정해진 방에 모여 한 시간 동안 회의를 진행할 것.

○회의 내용은 온전히 그룹의 자주성에 맡기기로 한다.

○시험 종료 후 오후 9시 30분~오후 10시 사이에 한해 우대자가 누구인지 답을 제출한다. 또한 답은 한 사람당 한 번으로 제한한다.

○답은 자신의 휴대전화를 사용해서 소정의 주소로 보낸 것만 인정된다.

○'우대자'는 문자로 답을 보낼 권리가 없다.

○자신이 배속된 간지 그룹 이외의 답은 전부 무효 처리된다.

○시험 결과의 자세한 내용은 최종일 오후 11시에 모든

학생에게 문자로 전달된다.

이러한 내용이 기본 규칙으로 일목요연하게 적혀 있었다. 게다가 규칙 설명과 금지사항 등도 자세히 기재되어 있었다. 무인도 시험보다 정해져 있는 항목과 세세한 주의사항이 많았다.

그리고 다음은 네 가지 종류의 '결과'다.

○결과 1: 그룹 내에서 우대자 및 우대자가 소속된 반 학생들을 제외한 전원의 답이 정답일 경우, 그룹 전원에 프라이빗 포인트를 지급한다. (우대자가 소속된 반 학생도 각각 똑같은 포인트를 얻는다)
○결과 2: 우대자 및 소속 반 학생을 제외한 전원 중 한 사람이라도 답을 제출하지 않았거나 답이 틀렸을 경우, 우대자에게 50만 프라이빗 포인트를 지급한다.

참 독특한 규칙이군……. 무엇보다 내용 설명을 아직 듣지 못해 시험의 구조가 불분명했다. 박사와 카루이자와도 모르겠는지 몇 번이나 고개를 갸우뚱거렸다.

그 모습을 본 마시마 선생님은 변함없는 말투로 보충 설명에 들어갔다.

"이 시험에서 핵심은 하나다. 그걸 이해하면 어려울 거 하나도 없어. 그 핵심이란 『우대자』의 존재다. 그룹에는 반드시 우대자가 딱 한 사람 존재한다. 그리고 그 우대자의 이름이 곧 시험의 정답이야. 간단한 이야기지. 예를 들어 유키무라, 네가 우대자로 뽑혔다고 해보자. 토끼 그룹의 정답은 『유키무라』가 된다. 남은 건 그 정답을 그룹 전원이 공유하면 끝이야. 그리고 시험 3일째 되는 최종일 오후 9시에 시험이 끝난 후, 오후 9시 30분부터 10시 사이에 그룹 전원이 『유키무라』라는 답을 써서 학교에 문자를 보내면 되는 거지. 그럼 그룹 합격이고 결과 1이 확정되어 모두에게 보수 50만 포인트가 지급되는 구조다. 게다가 우대자는 결과 1로 이끈 보상으로 그 두 배인 100만 포인트가 지급된다."

"배, 백만?! 굉장해……."

"모두 50만 포인트나 받을 수 있다니……. 게다가 우대자는 그 두 배……."

이는 어느 반의 누구라도 탐낼 만한 엄청난 액수다. 우대자는 두 배로 보수를 받게 되니, 학년에서도 자산가로 단숨에 최고의 자리에까지 도약하게 되리라.

"그리고 결과 2는…… 이건 우대자라고 학교 측에 전달받은 자가 그걸 아무에게도 알려주지 않거나 혹은 가짜 우대자로 유도하는 등, 시험 종료 시까지 정체를 들키지 않았을 경우다. 종이에 나와 있듯 우대자에게만 포인트가 지급된다. 그 금액은 50만 포인트다."

이게 과연 시험으로 성립할까? 결과 1과 결과 2는 살짝 과장해서 말하면 그리 큰 차이가 없었다. 둘 다 우대자가 속한 반은 거금을 얻게 되니까 말이다. 따라서 다른 반에 포인트를 주고 싶지 않은 이유가 아니라면 굳이 결과 2를 고를 이점이 없었다.

"우대자의 역할이 부럽다고 할까 좀 치사하네요! 안 뽑히는 쪽이 손해 아닌가요? 어떤 결과가 됐든 포인트를 다 받을 수 있는데! 게다가 한 쪽은 백만이나 되고!"

카루이자와는 우대자로 뽑히고 싶어 안달이 난 모습이었다.

그건 당연한 반응이다. 우대자인만큼 지금 시점에서 보면 특별 취급을 받는 것 같으니까.

아니, 우대자가 얻는 게 지나치게 많다. 유리해서 '우대자'인가?

하지만 결과는 2개가 아니라 4개. 아직 밝혀지지 않은 나머지 2개에 어떤 계략이 숨어 있을 것이다.

"선생님, 그럼 세 번째랑 네 번째 결과는 뭐죠? 그걸 아직 말씀 안 해주셨는데요."

"지금 설명한 두 가지 결과는 이해했나? 이걸 이해하지 못 했으면 다음으로 넘어갈 수 없으니까."

"네, 괜찮아요…… 알려 주세요."

한 번 심호흡한 마시마 선생님은 이렇게 말했다.

"나머지 결과 설명은 프린트 뒷장에 나와 있다. 하지만 아직은 뒤로 넘기지 마라."

무심코 프린트를 뒤집으려던 우리는 손을 멈췄다.

조금씩 규칙을 파악해가는 우리를 마시마 선생님은 예리한 눈빛으로 바라보았다. 이미 이 단계에서 시험이 시작되었다고 말하기라도 하는 듯한 눈빛이었다.

"아, 잠깐만요. 난 아직 잘 모르겠어요."

간단한 설명인데 말을 절반 밖에 귀담아 듣지 않은 카루이자와는 아직 완전히 이해하지 못했다.

시험 성적 자체는 스도, 이케 무리에 비해 나쁜 편은 아닌데 말이지.

진지하게 임하지 않아서인지 이해력이 상당히 부족했다.

"조금 더 쉽게 설명해주지. 인랑 게임을 해본 적 있나?"

"인랑 게임? 한동안 유행했었죠, 있어요, 있어. 해본 적 있어요. 재밌어요."

나는 처음 듣는 명칭에 조금이지만 당혹감을 감출 수 없었다.

"잠깐만, 아야노코지. 설마 인랑 게임을 모르는 거야? 맙소사, 믿어지지가 않는다."

그런 말을 들어도 정말 들어본 적이 없으니까 어쩔 수 없다. 애초에 '게임'이라고 이름 붙은 것들은 대부분 여럿이서 즐기는 것 아닌가. 나랑은 인연이 먼데……

카루이자와도 그것을 깨달았는지 가엾다는 듯한 눈빛으로 쳐다보았다.

"뭐랄까, 친구가 없다는 건 슬픈 일이구나."

거만하게 팔짱을 낀 카루이자와가 이때다 싶어 인랑 게임

설명을 해주었다.

"친구들이 모여서 마을 사람과 늑대 역할을 나눠 맡아. 그리고 살아남은 쪽이 이기는 게임이야. 알겠니?"

아니, 하나도 모르겠는데!

그 설명을 듣고 이해했다면 나는 하느님 혹은 부처님일지도 모른다. 아니면 그 이상의 존재이던가.

보다 못한 마시마 선생님이 살짝 내키지 않아 하면서도 자세한 설명에 들어갔다. 정리하면 이랬다.

원래 인랑 게임은 미국의 어떤 게임 회사가 만든 파티 게임이라고 한다. 플레이어의 수는 원칙적으로 무제한이고, 최소 인원이면 성립한다. 인원수에 따라 '마을 사람'과 '늑대' 등의 역할이 있고, 플레이어는 그중에서 한 역을 맡는다. 그밖에도 다양한 역할이 존재하지만 중요한 것은 '마을 사람'이 살아남느냐 '늑대'가 살아남느냐이다. 늑대는 기본적으로 인간으로 위장해서 마을 사람을 덮친다. 게임에는 두 가지 시간이 존재하는데, 낮에는 늑대가 위장한 마을 사람까지 포함한 모두가 회의해서 늑대로 짐작되는 용의자를 처형한다. 밤이 되면 이번에는 늑대가 마을 사람을 한 명 잡아먹을 수 있다. 그것을 반복하며 인원수를 점점 줄여나간다. 그리고 최종적으로 게임이 끝나는 인원수까지 줄어들었을 때, 승패가 결정된다. 쉽게 말하면 그런 게임이다.

그런데 어째서 인랑 게임에 비유한 걸까? 지금 주어진 규칙으로 생각해보면 늑대와 인간이 서로 협력해서 결과 1을 노리면 그만이다. 즉, 이 시험 내용은 인간 대 늑대라고 볼 수 있는 뭔가가 아직 숨겨져 있다는 의미가 아닌가.

"그룹에 우대자가 한 사람만 존재한다고 설명했는데, 우대자를 빨리 밝혀내는 경우 제3, 제4의 결과가 새로 등장한다."

"그 내용이…… 프린트 뒷면에 나와 있다는 건가요? 이제 뒤집어도 되나요?"

카루이자와의 질문에 마시마 선생님이 고개를 끄덕였다. 우리는 일제히 프린트를 뒤집었다.

거기에 적혀 있는 나머지 두 결과는 이랬다.

이하의 두 결과에 관해서만은 시험 중 24시간 어느 때나 정답을 제출하는 것이 가능하다. 또한, 시험 종료 후 30분 동안에도 마찬가지로 정답을 제출할 수 있지만, 그 이외에 다른 시간대에는 페널티가 발생한다.

○ 결과 3: 우대자 이외의 자가 시험 종료를 기다리지 않고 학교에 답을 알려 맞혔을 경우. 정답자가 소속된 반은 반 포인트를 50포인트 얻음과 동시에, 정답자는 프라이빗 포인트를 50만 포인트 받는다. 또, 우대자를 들킨 반은 반대로 마이너스 50 반 포인트라는 페널티를 받는다. 그리고 이

시점에서 그룹 시험이 종료된다. 한편 우대자와 같은 반 학생이 정답을 맞혔을 경우는 답을 무효로 하고 시험이 속행된다.

○결과 4: 우대자 이외의 자가 시험 종료를 기다리지 않고 학교에 답을 알렸는데 틀렸을 경우. 답을 틀린 학생이 소속된 반은 반 포인트를 50포인트 잃는 페널티를 받고, 우대자는 프라이빗 포인트를 50만 포인트를 획득함과 동시에 우대자가 소속된 반은 반 포인트를 50포인트 받는다. 그리고 답을 틀린 시점에서 그룹 시험은 종료된다. 한편 우대자와 같은 반 학생이 답을 틀렸을 경우는 답을 무효로 하여 받아들이지 않는다.

나머지 두 결과로 시험의 전모가 드러났다.

결과 1과 2만 보면 우대자는 모두와 답을 공유하든 혼자 입을 다물고 있든 자유였다. 답을 틀렸을 경우에도 페널티는 존재하지 않았다.

하지만 여기에 '배신자'가 규칙으로 추가되자 시험 내용이 단번에 확 바뀌었다.

자칫 잘못해서 자신이 우대자라는 사실을 들키면 곧 배신자에게 잡아먹히고 만다. 시험 중에는 24시간 답을 제출할 수 있는 이상 어느 누구도 바보같이 정직하게 결과 1을 노리거나 기다리지는 않을 것이다. 서로 앞 다투어 포인트를 얻으려 행동에 나서겠지.

그리고 우대자는 자신의 승리와 다른 반을 함정에 빠트리기 위해 다른 사람을 우대자로 보이게 획책할 수도 있다. 보수금은 줄어들지언정 다른 반에 페널티를 부가할 수 있으니까.

"이번에 학교 측은 익명성도 고려할 예정이다. 시험 종료 시에 각 그룹의 결과와 반 단위의 포인트 증감만 발표할 거야. 즉 우대자와 정답자의 이름은 공표하지 않아. 또한 원한다면 포인트를 넣은 임시 ID를 일시적으로 발행하거나 분할해서 받는 것도 가능하다. 본인만 입 다물고 있으면 시험 후에 발각될 염려는 없어. 물론 숨길 필요가 없으면 당당히 포인트를 받아도 상관없고."

더할 나위 없는 배려지만, 어쨌든 시험에서 우대자를 찾기란 하늘의 별 따기라고 할 수 있다. 자기 혼자 막대한 포인트를 받으려고 같은 반 친구들에게도 '우대자'라는 사실을 말하지 않을 가능성도 있거니와, 답을 공유한 다음 다 같이 거짓말을 늘어놓을 수도 있다. 사실은 유키무라가 우대자인데 박사나 카루이자와가 우대자라고 유도하거나, 다른 반 학생이 우대자라고 오해하게 만드는 것도 가능하다. 한편 자기 반에 우대자가 있는지 없는지에 따라 시험의 난이도가 극단적으로 바뀐다. 지독한 눈치 싸움, 서로 속고 속이는 게임을 요구하는 셈이다.

"세 번째, 네 번째 결과는 다른 두 결과와는 다르다. 따라서 뒷면에 기재했어. 그럼 그렇게 알고 이번 시험 설명을 마치도록 하겠다."

"으음, 그게, 으음…… 알 것 같기도 하고 모를 것 같기도 한데."

"후후, 소인도 조금 혼란스럽사옵니다."

"이해력이라고는 도통 찾아볼 수 없는 녀석들이네. 나중에 내가 설명해줄 테니까 더는 마시마 선생님을 괴롭히지 마."

유키무라가 내신 점수를 잘 받고 싶은지 카루이자와와 박사에게 그렇게 못 박았다.

과연 인랑 게임과 설명이 비슷할지도 모르겠지만, 완전히 똑같다고 단언할 수는 없다. 늑대가 유리한 것은 사실이지만 마을 사람에게도 대상을 사살할 수 있는 생살여탈의 권리가 부여된다. 게다가 잘못하면 마을 사람들끼리 서로 죽고 죽이는 형태로 발전할 수도 있다.

나는 다시금 규칙을 머릿속으로 곱씹어 보았다.

먼저 시험 기간은 휴일인 하루를 제외하고 총 3일로, 무인도 시험에 비하면 단기간이었다.

학교 측은 1학년을 일정 인원수로 나누고 간지에 따라 12그룹으로 만들었다. 각 그룹마다 모든 반이 뒤섞여 한 팀으로 기능한다. 그룹의 인원수는 약간씩 다르지만, 평균 15명 전후로 편성되어 있다. 그리고 각 그룹에 '우대자'라는 역할을 부여받은 학생이 딱 한 사람 존재한다. 그 우대자는 처음부터 '자신이 우대자라는 사실, 자신이 곧 정답'이라는 것을 알고 있다. 다시 말해, 시험에 참여하지 않아도 승리가 약속된다.

그래서 나머지 학생들은 우대자를 찾아내지 않으면 정답을 맞힐 수 없는 구조로 되어 있다.

물론 범위를 좁힌 다음 아무 근거 없이 답을 찍어 맞히는 것도 가능하지만, 틀렸을 때 받을 불이익이 상당하다. 지난번 무인도와 같은 무게의 페널티가 부과된다.

구체적인 시험 클리어 방법을 간략하게 정리하면 다음 네 가지와 같다.

- 그룹 전체가 우대자를 공유해 시험을 클리어한다
- 최후의 정답을 누군가가 틀리면 우대자가 승리한다
- 배신자가 우대자를 찾아낸다
- 배신자가 우대자 판단을 그르친다

문제는 여기서부터인데, 네 가지 결과마다 보수가 다르다.

먼저 '그룹 전체가 우대자를 공유해 시험을 클리어한다'의 경우는 시험 완료 시각과 배신자에게만 허용된 시간이 지나기를 기다린 후에 대상자 전원이 정답을 말해야만 한다는 것이 대전제로 깔린다. 우대자가 100만, 나머지 전원이 50만 포인트를 얻는 파격적인 보수지만, 난이도가 상당히 높다. 그룹 내에서 각 반의 인원이 조금씩 다른 것으로도 우위성을 드러낼 수 있기는 하지만, 확실한 답을 알면 누가 됐든 배신할 가능성이 높다. 배신당하기 전에 먼저 배신해서 보수를 받고 싶다고 생각하리라. 그래서 현실적으로 성립하기는 어려워 보인다.

다음으로 '최후의 정답을 누군가가 틀리면 우대자가 승리한다'는 그룹 내에서 우대자를 아무리 찾아도 정체를 알 수 없는 경우이다. 이는 결과로 충분히 일어날 법하리라. 많은 학생은 위험을 짊어지는 걸 꺼리기 때문에 확신이 없으면 배신자가 될 수 없다. 게다가 전원이 답을 일치시키기도 어렵고, 우대자가 정체를 숨기는 것이 간단하기 때문이다. 입만 다물고 있으면 정체가 발각될 일은 없으리라. 또한, 보수로 50만이나 되는 프라이빗 포인트가 지급된다. 우대자로 뽑히는 것이 행복으로 향하는 티켓임은 틀림없다. 다만 눈에 보이지 않는 불이익도 존재한다. 시험 형식상, 그룹 내에서 많은 회의와 견제가 기다리고 있을 테니까. 그 자리에서 자신이 우대자가 아니라고 거짓말해야 한다는 것은 아무리 익명성이 완벽하게 보장된다고 해도 마음먹기 나름이다. 어쩌면 자기 반 혹은 다른 반의 원한을 살 가능성도 있다.

세 번째는 '배신자가 우대자를 찾아낸다'라는 것. 어떠한 방법을 써서 '우대자'의 정체를 알아낸 학생이 시험 종료 시각까지 기다리지 않고, 혹은 시험 종료 후 오후 9시 30분이 되기 전에 학교에 문자를 보내 정답을 맞히는 방법이다. 이 결과의 대단한 점은 시험 개시 직후에도 시험을 끝낼 수 있는데다가 배신자가 반의 우열을 정하는 반 포인트 50을 받을 수 있다는 것이다. 그리고 개인 보수로 50만이나 되는 프라이빗 포인트를 받는다. 즉, 다른 반을 속여 자신의 반에 공헌할 수 있다는 의미다. 누구나 이상적으로 여기는 결과 중 하나이리라.

또 하나는 '배신자가 우대자 판단을 그르친다'라는, 가장 불이익이 높은 결과이다.

만약 우대자 판단을 그르치게 되면 결국 답을 틀린 사람의 반이 마이너스 50포인트의 벌칙을 받고, 우대자의 반은 반 포인트와 프라이빗 포인트를 부여받는다. 가장 피하고 싶은 결과이기도 하다.

이 시험은 씽킹…… 생각하는 능력이 요구된다고 하는데, 정말 그랬다. 게다가 무인도 때와 비교도 안 되는 위험성을 품고 있었다. 12개의 그룹이 있다는 것은 곧 12개의 결과가 있다는 의미다. 최악의 경우 이번 시험 결과 여부에 따라서는 회복이 불가능한 거대 포인트 차이가 생길 가능성이 있었다. 반대로 한 방에 A반과 D반이 뒤바뀔 수도 있고……. 물론 그런 일이 쉽게 일어나지야 않겠지만, 가능성이 있다는 것만으로도 굉장하다.

그렇기 때문에 학교가 정한 규칙도 무인도 시험보다 훨씬 엄격했다.

"금지 사항 등이 자세하게 적혀 있지. 꼼꼼하게 확인해 두도록."

금지 사항에 따르면 예컨대 타인의 휴대전화를 훔치거나

협박 행위 등으로 우대자에 관한 정보를 확인하는 것, 마음대로 남의 휴대전화를 사용해서 답을 제출하는 것 등의 행위를 했을 시 '퇴학'이라는 최대 처벌이 기다리고 있다. 이는 지난번 무인도 시험에서도 없었던 규칙이다.

게다가 수상한 행위가 발각되었을 경우 철저한 조사가 이루어진다고 분명히 명시되어 있기 때문에 아마 규칙 위반을 하는 사람은 아무도 없으리라. 물론 협박당했다고 거짓말할 경우도 마찬가지로 퇴학당할 가능성이 있다. 뒤에서 모든 데이터를 감시하고 있다고 보는 게 좋다.

그밖에도 최종 시험 완료 후에는 즉시 해산하고 일정 시간 동안 다른 반 아이들과 의논하는 것을 금지한다는 내용도 있었다. 이 역시 어기면 퇴학이라는 중죄다.

무인도 시험과 비슷한 금지 사항이어서 그런지 내용이 머리에 쏙쏙 들어왔다.

"내일부터 오후 1시, 오후 8시에 지시한 방에 가도록 한다. 당일이 되면 방 앞에 각각 그룹명이 적힌 팻말이 걸려 있을 거다. 방에서 다른 멤버들과 처음 만날 때에는 반드시 자기소개를 하도록. 방에 들어간 이후 시험 시간 내의 퇴실은 기본적으로 인정하지 않는다. 화장실 등은 미리 다녀오도록. 만일 도저히 못 참겠다거나 몸에 어떤 이상이 생겼을 경우에는 곧바로 담임 선생님에게 연락하고."

"방을 나가면 안 된다니, 그럼 언제까지 거기 있으면 되는데요?"

"설명에 나와 있었을 텐데. 매회 1시간이다. 다만 첫 회 때는 자기소개를 마치고 남는 시간을 마음대로 써도 좋다. 그리고 1시간이 지나면 방에 남아 이야기를 계속하든 퇴실하든 전부 자유야."

행동과 회의 내용은 전부 학생에게 일임한다는 소리인가.

"귀찮지만 그럭저럭 이해했어요. 하아, 좀 더 재미있는 시험이었으면 좋았을 텐데."

"그리고 그룹의 우대자는 학교에서 공평성을 기해 엄정하게 결정한다. 우대자로 뽑혔든 안 뽑혔든 간에 변경 요청 등은 일절 받지 않아. 또한 학교에서 보낸 문자의 복사 및 삭제, 전달, 수정 등의 행위를 일절 금한다. 이 점을 잘 인식하도록."

그것은 금지 사항에도 분명하게 적혀 있었다. 요컨대 학교에서 보낸 문자에 함부로 손대서 가짜로 악용하는 것을 인정하지 않겠다는 뜻이다. 반대로 생각하면 이 문자는 백퍼센트 진실을 증명해준다. 정보를 공유할 때 등에 보여주면 확실한 신뢰를 얻을 수 있다.

"…………."

"어이, 아야노코지. 시종일관 아무 말이 없는데 제대로 이해하긴 했냐?"

왼편에 앉은 유키무라가 걱정하는 것 같기도 하고 화내는 것 같기도 한 목소리로 물었다.

"대충은……. 모르겠는 건 나중에 다시 가르쳐 주라."

"정말이지, 어째서 내가 속한 그룹은 이런 먹통들만 모여 있는 거야……."

해산해도 좋다는 말에 우리는 일제히 방을 빠져나갔다. 옆에서 혐오를 담은 분위기가 느껴져 마음을 쿡쿡 찔렀지만 신경 쓰지 않는 척 했다.

"원해서 이렇게 된 건 아니지만 어쨌든 같은 그룹이 되었으니, 일단 결속력부터 다지는 게 반드시 필요해. 내일 우대자 발표가 되면 또 달라지겠지만 지금부터 조금만 더 우리 넷이 의논을 했으면——."

복도로 나오자 선생님 없이 우리끼리 의논을 하자고 제안하는 유키무라. 그렇게 미래를 위한 발언 따위 한 귀로 흘린 카루이자와는 휴대전화를 손에 쥐고 뒤돌아 걸음을 옮겼다.

"야, 카루이자와. 내 이야기 못 들었어?!"

하지만 카루이자와는 그 말을 완전히 무시하고 통화하기 시작했다. 강철 멘탈이랄까, 전혀 개의치 않는다고 할까.

"아, 여보세요, 히라타? 좀 들어줬으면 하는 얘기가 있는데."

히라타에게 불평불만을 늘어놓을 생각이겠지. 거침없이 걸어 어느새 모습을 감추고 말았다.

"정말이지, 어째서 내가 속한 그룹은 이런 먹통들만 모여 있는 거야……?"

"그 대사, 조금 전에 한 토시도 안 틀리고 그대로 말하지 않았소이까? 두훗."

이렇게 해서 즐거웠던 크루즈 여행은 막이 내리고, 제2라운드가 시작된 것일까.

예상했던 일이라지만 너무도 갑작스러운 사태여서 한숨을 푹 쉰 나는 일단 방에 돌아가기로 했다.

"영 귀찮게 되어버렸지 뭐요. 저런 비치랑 같은 조가 되다니."

카루이자와가 사라지자마자 박사가 독설을 내뱉었다. 평소에도 2차원 세계에 가고 싶다거나 아내는 2차원이어야 완벽하다는 둥 말했으니까 말이지. 리얼 여고생인 카루이자와에게 거부 반응이 생기는 것도 모르는 바는 아니다.

"나도 솔직히 싫어. 아무리 생각해봐도 우리 발목 잡을 것같아."

"그러하오. 도저히 용서할 수 없는 비치. 비치 오브 비치라오."

유키무라의 말에 동의하는지 박사가 흥흥 콧방귀를 끼고는, 볼록 튀어나온 배를 쓰다듬으며 말했다.

"어쩌면 내일 아침에 우리 중 누군가가 우대자로 뽑혔다고 통보 받을지도 몰라. 만약에 그렇다고 해도 조심성 없이 서로 알려주고 그러진 말자. 누가 어디서 엿듣고 있을지 모르잖아. 확실하게 안전한 장소에 가서 서로 보고하는 거야."

그 제안에는 찬성이다. 넓은 배 안이라고는 하지만 생각지도 못한 장소에서 누가 귀를 쫑긋 세우고 있을지 모른다.

"카루이자와는 가버렸지만 내일 시험에 대비해 의논했으면 좋겠어. 우리 셋이서 의논하는 것도 의미가 있다고 생각해. 조금만 더 같이 얘기해보자."

"송구하오나, 그 기대에는 부흥할 수 없지 싶소. 소인은 지금부터 러브러브 어라이브 애니를 봐야 하는 관계로 먼저 실례하겠소이다. 그럼 이만. 휘리릭."

닌자처럼 사라진…… 건 아니고 느릿느릿 걸어서 박사도 사라졌다. 남은 나를 쳐다본 유키무라는 포기했다는 듯 한숨을 푹 내쉬더니 고개를 가로저었다. 나는 필요 없나 보다.

이렇게 회의는 무산된 듯하니 나도 호리키타에게 보고해둘까. 호리키타도 토끼 그룹과 같은 내용을 받았는지 알고 싶다. 자세한 내용을 채팅 메시지로 보내두어야겠다.

나머지는 호리키타의 보고를 기다렸다가 작전을 세우기로 하자.

4

방에 돌아온 나는 빈둥거리며 잠시 잠을 청했다. 그러다 잠결에 어떤 소리를 듣고 침대에서 몸을 일으켰다. 같은 방을 쓰는 유키무라와 코엔지는 아니었다.

"아, 미안. 나 때문에 깼어?"

옆에서 짐을 정리하던 히라타가 미안하다는 듯 고개를 들었다.

밖에 나갈 채비를 하던 중이었는지 교복을 입고 있었다.

"깊이 잔 것도 아니니까 너무 신경 쓰지 마. 안 그래도 목이 말라서 일어나려던 차야."

말은 안 했지만 잠시 뒤에 울리게 설정했던 알람을 먼저 껐다. 어쨌든 호리키타의 상태를 살피러 가려고 생각했으니 문제는 없었다.

"같이 나갈까? 너도 오늘 학교에서 보낸 문자를 받았겠지만, 이제 곧 시간이 다 돼서."

시각은 저녁 8시 30분 전. 우연인지 필연인지, 호리키타가 호출 받은 것과 같은 시각이었다.

특별히 거절할 이유도 없어서 나는 히라타의 제안을 받아들이고 체육복 차림 그대로 함께 복도로 나갔다.

"특이한 시험이 시작되려는 것 같아. 역시, 하는 느낌이 드는데."

먼저 설명을 들은 학생에게 이야기를 들었는지 이미 그 내용을 이해하고 있는 듯했다.

"유키무라가 아까 밥 먹으면서 말해주더라. 토끼 그룹에 대한 것도. 다들 차례차례 시험 설명을 듣는 모양인데, 몇 명이 나한테 상의하러 왔어."

유키무라도 히라타를 썩 좋아하지는 않을 텐데 이기기 위한 확률을 조금이라도 더 높이기 위해서일까. 미리 시험 내용까지 이해하고 있다면 설명을 들었을 때 힌트도 얻기 쉽다. 히라타의 이야기를 들으면 유키무라도 깨닫게 되는 부분이 있을지도 모르고.

당연한 말이지만 그런 유키무라의 행동은 의외로 쉽사리 하기 어렵다.

자신보다 우수하고 인망이 두터운 상대에게 솔직하게 도움을 구하는 태도는 배우고 싶은 부분이다.

"아야노코지, 너 나름대로 알게 된 건 뭐 없었어? 괜찮으면 알려줬으면 좋겠는데."

"글쎄. 난 호리키타랑 히라타, 유키무라처럼 이것저것 생각하면서 시험을 치는 것도 아니고 머리가 썩 좋은 편도 아니어서…… 특별한 건 없는데."

고개를 갸우뚱거리며 떠오르는 것이 없다고 대답했다. 히라타도 더는 묻지 않았다.

"내가 신경 쓰이는 부분은 어째서 설명이 제각각인지…… 하는 거야. 혼합 그룹인 만큼 혼란과 갈등을 피하기 위해서라는 것도 한 가지 이유라고 생각하지만, 효율성을 따지면 전체적으로 설명을 마친 다음에 개별적으로 그룹을 발표하는 편이 더 편하지 않나?"

"히라타가 그렇게 말하니까 확실히 그런 것 같아. 일괄적으로 개요를 설명하고, 나중에 그룹별로 통지하는 편이 훨씬 효율적인 것 같은데 말이지."

히라타의 의문은 옳았다. 학교 측은 정말로 효율이 떨어지는 방법을 택하고 있었다. 변덕이나 즉흥적인 것이 아니라면 개별적으로 나누어 소집하는 이유가 무엇인지 깊이 생각해보는 게 좋을지도 모른다.

설명 단계에서 이미 '씽킹' 능력이 요구되는 것도 충분히 있을 법하다.

"그것까지 포함해서 선생님께 질문해볼 생각이야."

과연 뜻대로 순조롭게 될까? 평소 D반을 위해 분주히 움직이는 히라타가 다른 반과 조합하는 규칙을 어떻게 생각하고 행동할지 상상이 잘 가지 않았다.

5

설명회가 열리는 장소는 한 층 아래인 2층이기 때문에 나는 엘리베이터를 타지 않고 계단으로 내려갔다. 조금 전 내려왔을 때보다 훨씬 많은 학생이 그곳에 있었다. 그중에는 벽에 기댄 아이, 쭈그려 앉아 휴대폰을 만지작거리는 아이 등 지금부터 설명을 받을 거라고는 전혀 보이지 않는 모습도 있었다.

"모두 나랑 같은 그룹……은 아닌 것 같네."

대충 봐도 10명 남짓 되었다. 시간으로 봐서는 저녁 8시 40분 조 중에서 몇 명쯤은 이미 방 에 들어가 있어도 이상하지 않았다. 그렇다면 나머지 아이들은 뭔가 다른 목적이 있는 것일까. 누가 어느 그룹에 속했는지를 확인한다거나? 하지만 그런 수고와 시간을 들일 필요는 없다. 나중에 반 아이들과 의견 교환을 하면 곧 모든 그룹의 상세한 정보를 얻을 수 있다.

스쳐 지나가며 우리에게 시선을 보낸 학생들은 곧바로 휴
대폰 화면을 켜고 뭔가를 입력했다. 슬프게도 내게는 다른
반 학생에 관한 정보가 거의 없었다. 만나는 사람 대부분 처
음 보는 얼굴이었고, 굳이 외우려고 하지 않았기 때문에 몇
반인지도 알 수 없었다.

"방금 지나간 애들은?"

"A반의 모리미야야. 그리고 엘리베이터 가까이에 있는
애는 C반의 토키토."

발 넓은 남자는 역시 바로 대답하는군. 다른 반 학생의 얼
굴과 이름까지 잘 알고 있다.

그나저나 아까 이른 저녁에 내려왔을 때는 사람이 별로
없었는데 말이지.

아니면 이 아이들은 인기 있는 가게 예약을 기다리듯 빨
리 와서 대기하고 있지 않으면 성에 안 차나?

그런 거라면 편하겠는데, 하고 생각하며 앞으로 걸어갔다.

히라타와 함께 목적지에 다다르니 몇몇 남녀가 문 가까이
에 모여 있었다. 히라타와 같은 시각에 집합 연락을 받은, 낯
익은 같은 반 아이의 모습도 보였다. 집합 시간까지 조금 여
유가 있기도 해서, 우리는 조용히 그 일행 쪽으로 움직였다.

"내가 착각하는 게 아니라면 너 저녁 8시 40분 조 아니
야?"

처음에 들려온 것은 약간 낮고 무거운 목소리. A반 카츠

라기였다. 고등학교 1학년이라고는 믿어지지 않을 만큼 차분한 성격에 냉정한 인물로 체격도 좋았다. 처음 만나는 사람은 대학생으로 오해할지도 모른다. 가장 우수한 A반 중에서도 특히 그를 리더로 동경하는 아이가 많았다.

"그렇다면…… 그게 너랑 무슨 상관이 있니?"

그런 인물과 마주하고도 전혀 기죽지 않고 대답한 사람은 긴 흑발의 소녀였다.

"역시. 너랑은 다시 한번 대화를 나눠보고 싶은 참이었는데 잘됐군. 나도 저녁 8시 40분 조야. 내일부터 같은 그룹이 되어 서로 협력하게 되었어."

카츠라기가 시선을 보낸 소녀의 정체는 호리키타 스즈네였다.

아무래도 히라타는 호리키타뿐 아니라 카츠라기와도 같은 그룹이 된 모양이다.

"나랑 대화를 나누고 싶었다고? 이상한 얘기네. 저번에 만났을 때는 안중에도 없는 것 같더니?"

호리키타와 카츠라기는 무인도 시험 중에 딱 한 번 대립했었다. 하지만 그때 카츠라기는 호리키타에게 별다른 흥미를 보이지 않았고, 딱히 대화를 나누려고 하지도 않았다. 그런데 이제 와서 갑자기 카츠라기가 먼저 말을 건 것이다.

그곳에 모인 멤버는 카츠라기와 같은 A반으로 보이는 남녀 세 사람 그리고 살짝 떨어진 거리에서도 이야기에 귀를 기울이는, B반 혹은 C반 중 하나일 여학생 두 명이었다.

"물론 솔직히 지금까지 D반의 존재는 안중에도 없었어. 하지만 지난 시험의 경이로운 결과를 보면 주목하지 않을 수 없겠지. 무엇보다도 이기기 위한 포석을 깐 것이 너라는 걸 알았으니 더더욱."

1학기가 끝날 때까지는 본인도 상상하지 못했을 주목도. 카츠라기의 입장에서는 동굴 앞에서의 만남 역시도 호리키타가 짠 전략의 일환이었다고 느끼겠지.

D반에서 호리키타의 평판이 확 올라가 최근에는 그녀를 동경하는 여자애도 늘어났다. 안타깝게도 호리키타 쪽은 우정의 전조를 몽땅 꺾어버리는 것 같지만, 그래도 지금까지처럼 상대방이 상처받거나 화내는 일이 줄어들었다.

그건 아마 호리키타가 자기 나름대로 반을 생각한다고 반 아이들이 멋대로 오해해서일 것이다. 이렇게 되자 호리키타가 하는 거부도 전혀 다른 뉘앙스로 받아들여졌다. 아무리 냉정하게 거절해도 아이들은 화를 잘 내지 않고 오히려 조금 귀엽다고 생각하기까지 했다.

반대로 다른 반의 입장에서 호리키타는 단순히 성적만 좋은 우등생이 아니라 상대의 허를 찔러 결과물을 남기는 학생으로서 위험시하고 경계해야 할 존재가 되었다.

"앞으로 언제가 될지는 모르겠지만…… 네가 D반에서 C 반으로 올라오게 된다면 A반은 봐주지 않고 너를 공격하게 될 거다."

"상당히 제멋대로 말하는구나. 너희 A반한테는 대수롭지 않은 일 아니니? A 이하의 반은 포인트 차이가 크게 벌어져 있는걸."

"그건 그렇지. 하지만 네가 경계 대상인 건 틀림없어. 우열이 한 번 정해져버린 위치 관계에서의 역전은 쉽지 않아. 그러니 반이 뒤바뀔 정도의 사태가 된다면 경계할 수밖에. 그건 B반이랑 C반도 마찬가지 아닌가?"

마치 D반을 저격하는 것처럼 들렸다. 협박 같이 느껴져도 어쩔 수 없었다. 그 말에 동조하듯 카츠라기의 측근들이 호리키타를 위압적으로 노려보았다. 평범한 여자애라면 울음을 터트리고도 남을 상황이지만, 호리키타는 전혀 기죽지 않았다.

바로 그때, 한 사람의 등장으로 고립무원 같은 상황에 변화가 찾아왔다.

방관하던 여자아이들의 표정이 순식간에 환해졌다. 우리의 옆을 소리 없이 스쳐 지나간 남자.

"다른 반의 의향까지 멋대로 단정하다니 좀 어이가 없네."

그는 B반의 칸자키라는 학생이었다. 남학생 치고는 머리가 약간 긴 편이지만 경박한 이미지는 전혀 아니었고 외모와 성격도 성실하게 보였다. 나는 칸자키에 대해 자세히 알지는 못했지만, B반의 리더인 이치노세 역시 칸자키를 굳게 믿는 눈치였다. 여름방학 전에 호리키타와 한 번 안면을 트면서 칸자키는 호리키타가 머리 회전이 빠르다는 사실을 알아차렸다. 그런 그가 호리키타를 감싸며 카츠라기에게 주의를 주었다.

"억지로 카츠라기를 상대할 필요는 없어. 상황이 상황인 만큼."

잘 나가는 남자는 별로 가까운 사이가 아닌 호리키타에게도 신사적으로 구원의 말을 던지는구나.

"내 걱정은 사양할게. D반이 무시당했던 이야기를 깨끗이 지울 수 있다면 나도 환영이니까."

"그렇군. D반인 네 입장에서는 무시당했던 게 납득이 안 갔던 모양이지? 하긴 우리 반에는 D반을 깔보는 아이가 많긴 해. 하지만 무인도 사건으로 틀림없이 보는 시각이 조금 달라졌을 거다."

카츠라기가 D반을, 호리키타를 인정하는 발언을 하면서도 옷에 묻은 먼지를 털털 털어내는 동작을 보였다.

"하지만 어쩌다가 한 번 성공한 거 가지고 우리와 대등한 입장이라고 생각하지는 말아줬으면 좋겠군."

"……그게 무슨 의미지?"

"누구에게나 한 번쯤은 회심의 기회 같은 게 찾아오는 법이지. 전략이 어쩌다 한 번 먹힌 것 가지고 우쭐해하지 않는 게 좋다는 말이다. 반 포인트 차이가 여전히 크다는 걸 잊지 말아줬으면 하는군."

시험에서 한 번 결과를 남겼다고 해서 차이를 확 좁힐 수 있는 것은 아니다.

지극히 당연한 이야기를 새삼스럽게 하는 카츠라기였다. 당연히 호리키타도 잘 알고 있겠지.

　무엇보다 진짜 자신이 세운 공이 아닌 이상 지금의 호리키타에게 기쁨이라거나 들뜬 기분 따위는 전혀 없을 것이다. 그녀는 내 존재가 드러나지 않도록 일부러 더 크게 행동하고 있었다.

　물론 그렇게 해야 자신에게도 이익이라고 느꼈기 때문이겠지.

　"우리는 아직 입학한 지 얼마 되지 않았어. 너랑 내가 그정도로 차이가 난다고는 생각하지 않아. 학교 측이 제멋대로 판단해서 반을 나눴을 뿐이지. 그걸 잊지 마."

　그녀의 당당한 태도를 옆에서 지켜보던 칸자키는 괜히 끼어들었다고 생각하는 듯했다.

　"히라타, 너 힘든 그룹에 휩쓸려버린 것 같다."

　"그러게 말이야. 카츠라기, 칸자키랑 같은 그룹이면 고전을 면치 못할 것 같은데."

　"아니, 그게 다가 아니야."

　"뭐?"

　나는 등 뒤에서 어떠한 기운을 느끼고 조용히 중얼거렸다. 그 녀석은 자신의 존재를 강하게 주장하듯 바닥을 거칠게 밟으면서 칸자키가 지나갔던 곳을 그대로 걸어 호리키타가 있는 쪽으로 향했다.

　"크큭. 송사리 같은 것들이 죄다 모여 있잖아? 나도 견학 좀 하게 해주라."

"······류엔."

냉정했던 카츠라기의 음색이 살짝 험악해졌다. 칸자키도 표정이 굳었다.

"너도 이 시간에 소집됐어? 아니면 그냥 우연히 여길 지나가던 길인가?"

"안타깝게도 너희와 같은 시간인 것 같군."

류엔은 뒤에 학생 셋을 더 달고 왔다.

그 모습은 카츠라기와 흡사했지만, 느낌이 전혀 달랐다.

규모는 작아도 왕과 가신 같다고 할까. 가신은 겁에 잔뜩 질려 순종하는 모습이었다.

"지금부터 재미난 구경거리라도 보여주는 거야? 제목은 미녀와 야수 어때?"

그는 호리키타와 카츠라기를 번갈아 쳐다보며 키득거렸다. 그 도발에 카츠라기도 다시 냉정하게 맞받아쳤다.

"지금 딱 하나 알게 된 게 있어. 이 조는 학력이 높은 학생들을 모은 줄 알았는데, 너랑 너희 반 애들을 보니까 그건 아닐지도 모르겠다는 거다."

"학력? 시시하군. 그런 건 아무런 가치도 없어."

"그거야말로 안타까운 발언이군. 학업 성취도는 미래를 좌우하는 가장 중요한 요소야. 일본을 학력 사회라고 부른다는 건 너도 잘 알 텐데?"

시시덕거리는 태도에 카츠라기가 논리적으로 반박했다.

하지만 류엔이 쉽사리 받아들일 리 없었다.

이 바보는 이렇게 말하는데 어떻게 생각해? 하고 가신들에게 전하며 어이없어하는 류엔. 그리고 기계적으로 찬동하는 수하들.

"난 너의 비도덕적인 행동을 용서할 생각이 없어."

"뭐? 비도덕? 도대체 무슨 소릴 하는 거야. 전혀 모르겠는데, 나는~. 구체적으로 좀 설명해 줄래?"

"……뭐, 됐어. 이번에 같은 그룹이 된 것 같으니 천천히 말할 시간이 있겠지."

용과 호랑이의 대결이 시험 개시를 기다리지 못하고 벌써 시작되려 하고 있었다.

"어라, 히라타? 게다가 아야노코지까지. 다들 여기 모여서 뭐해?"

거리를 두고 대물들의 대화에 귀를 기울이고 있는데 쿠시다가 이상하다는 얼굴로 다가왔다. 아직 D반에는 이번 시험 내용이 퍼지지 않았나 보다. 이런 내용의 전달 속도마저 다른 반에 훨씬 뒤처지는 모양이다.

"혹시 쿠시다도 8시 40분 조?"

"응? 조? 무슨 말인지 잘 모르겠지만 그 시간에 오라고 문자가…… 그런데 뭔가 굉장한 애들이 다 모여 있네?"

쿠시다는 황당해하면서도 모인 아이들에게 경의를 표했다.

"괜찮아? 히라타. 상당히 힘든 싸움이 될 것 같은데."

"난 신경 안 써. 어떤 사람들이 있든 나는 내가 할 수 있는 일을 하면 그만이니까."

히라타는 어디까지나 긍정적으로 그렇게 대답했다. 사정을 몰랐던 쿠시다였지만 이 녀석은 영리하다. 우리의 단편적인 대화와 모인 멤버를 보고 대충 사태를 짐작했다. 또 내가 더 일찍 집합 통보를 받았다는 점으로, 나도 이미 이 상황을 이해하고 있다고 파악한 듯했다.

"으음, 그러니까 앞으로 여러 가지 힘든 일이 시작된다는 느낌?"

"대략적으로 말하면 그렇지. 마음의 준비를 해두는 편이 좋아."

"오호호. 괜찮아. 히라타가 방금 한 말이지만, 나도 내가 할 수 있는 일을 하면 그만이니까. 카츠라기나 류엔과는 별로 얘기해본 적이 없으니 평소대로 해서 친해지고 싶어."

쿠시다는 곧 시작될 시험에 대해 긴장감, 거부감, 기쁨, 고통 등을 호소하지도 않고 그렇게 답했다.

"시답잖은 이야기를 계속 늘어놓을 거면 난 이만 실례할게. 슬슬 시간 다 됐으니까."

류엔 무리에게 싸늘한 한 마디를 내뱉은 호리키타가 머리카락을 휘날리며 등을 돌렸다.

호리키타를 칭찬해주고 싶은 가장 큰 부분은 자신의 가치를 아무렇게나 깎아내리지 않는 점이다. 정신력이 약한 인간은 방해자 취급을 받는다고 할까, 고립된 상황에 놓이면

어떻게 해서든 상대방에게 용서를 구걸하고 머리를 조아려
서 같은 편에 들어가려고 하는 경향이 강하다. 그것이 일시
적으로 구성된 그룹이라면 더더욱.

하지만 호리키타는 전혀 초조해하지도 동요하지도 않고
평소와 다름없는 모습으로 그곳에 있었다.

"아무래도 내가 걱정할 필요는 없어 보이네."

물론 저 멤버들을 상대로 어디까지 해낼지는 알 수 없지
만, 그래도 기선을 제압당하지는 않겠지. 그렇게 직감했다.

"그럼 힘내라."

앞으로 저 아이들과 시험을 치러야 할 히라타에게 동정의
말을 남긴 나는 그 자리에서 벗어나기로 했다.

이름	카츠라기 코헤이	
반	1학년 A반	
학적번호	S01T004706	
동아리	무소속	
생일	8월 29일	

평가

학력	A
지성	A
판단력	B
신체능력	C
협조성	B−

면접관 코멘트

초, 중학교 시절 늘 최고의 성적을 유지했고 오랜 기간 학생회의 일원으로 학생들을 통합한 실적을 높이 평가하며, 장차 당교에서도 학생회 임원이 될 것으로 기대한다. 따라서 A반 배속을 결정한다.

담임 메모

반의 중심인물로 무척 냉정한 판단력과 진중한 성격을 지녔다. 딱히 단점이 없으니 앞으로 A반 학생다운 행동에 힘써주었으면 한다.

○천차만별의 생각

조식 시간. 나는 학생들 사이에서 인기인 뷔페는 피하고 갑판 쪽으로 발걸음을 옮겼다. 거기에 있는 카페 '블루 오션'은 이른 아침에는 학생들이 거의 없는 편이었다. 그 카페에서도 가장 음지에 해당하는 인기 없는 구석 테이블 석에 앉아 누군가를 기다렸다. 지금 시각은 오전 7시 55분.

약속 시간 1분 전이 되자 그 인물이 평소처럼 감정이 드러나지 않는 무표정으로 등장했다.

"빨리도 와 있었네."

같은 반 호리키타 스즈네. 내 옆자리이고, 학교에서 몇 안 되는 친구 중 하나다. 그리고 내 속사정을 남들보다 조금 알고 있는, 상당히 유능하고도 성가신 존재였다. 그녀가 와서 내 맞은편에 앉았다.

"한 시간 기다렸어."

살짝 놀려보았다.

"아직 약속 시간 전이니까 문제없잖아? 네가 10시간 먼저 와서 기다렸다고 해도 내 알 바 아니야."

음, 놀리는 게 아니었군. 나만 마음이 허해질 뿐이다.

"……나한테 아무것도 부탁 안 해도 되겠어?"

"응. 지금은 필요 없어. 그것보다 어제 하다 만 이야기를 계속하자."

채팅으로 대화하는 것을 썩 좋아하지 않는 호리키타는 어제 나에게서 정보를 얻은 후에 자신이 가진 정보를 알려주지 않았다. 유일하게 온 연락은 여기서 만나자는 제안 뿐.

나를 불러내기 위한 책략이었다면 참으로 대단하다.

"그래서 학교의 호출이나 자세한 내용은 똑같았어?"

"네가 말한 거랑 완전히 똑같아. 12그룹, 4개의 결과. 그리고 아침 8시에 온다는 학교 측의 문자로 우대자를 발표한다는 이야기. 다른 점을 들자면 설명 담당 선생님이 다르다는 것 정도."

"그룹 멤버랑 인원수는?"

어제 어느 정도 얼굴을 확인하긴 했지만 알고 있다고 굳이 말하지 않았다.

"보면 깜짝 놀랄 거야. 우연이라는 생각이 안 들 만큼 한쪽으로 치우쳤거든."

그렇게 말한 호리키타는 살짝 우울한 표정으로 종이를 내밀었다. 다른 반 멤버들을 확실히 기억해서 메모해둔 것이었다. 나는 종이를 받아 그룹 리스트를 살펴보았다. 그룹명은 진(辰), 다시 말해서 용이었다. 종이에 적혀 있는 이름을 보자 이해가 되었다.

A반: 카츠라기 코헤이, 니시카와 료코, 마토바 신지, 야노 코하루

B반: 안도 사요, 칸자키 류지, 츠베 히토미

C반: 오다 타쿠미, 스즈키 히데토시, 소노다 마사시, 류엔 카케루

D반: 쿠시다 키쿄, 히라타 요스케, 호리키타 스즈네

먼저 D반에서 선택된 사람은 역시 히라타와 쿠시다. 반을 대표하는 우등생 두 사람이었다. 호리키타도 지나치게 고고한 점만 빼면 분명 이 두 사람과 어깨를 견주는 인재로, 솔직히 현재 D반이 낼 수 있는 최강 조합 카드이리라. 또 한 사람 정도 더 들어가나 했더니 그건 아닌 모양이었다. 잠재력만 놓고 보면 코엔지가 압도적이지만, 여기에 합류시킨다고 해도 전력이 되어주지 않을 테니까.

그 녀석이 어느 그룹인지는 모르고, 지정된 시간에 얼굴을 잘 내밀었는지도 알 수 없다.

"과연……. 이건 필연적인 조합이라고 보는 편이 좋을 것 같아."

내가 아는 이름만으로 한정해도 A반에 카츠라기. B반에는 칸자키. C반은 류엔. 각 반을 대표하는 학생의 이름이 연이어 있었다.

축구 리그 예선전으로 비유하면 죽음의 조다.

"하지만 좀 부자연스러운 점도 있군."

별로 많은 학생을 아는 것은 아니지만 B반의 이치노세가 용이 아니라 토끼에 속한 것은 조금 부자연스럽게 느껴진다.

"너희 그룹의 이치노세를 말하는 거지? 하지만 그 애가 얼마나 우수한지 실제로 아는 건 B반 애들 뿐이잖아? 리더의 소질과 우수함은 비례하지 않아."

"그거, 너를 두고 하는 말이야?"

그 말에 순간 무섭게 쨰려봐서 시선을 피했다. 하지만 호리키타의 말도 일리가 있었다.

우리는 이치노세의 자세한 능력을 잘 모른다.

의외로 학력이 낮을 수도 있는 거니까 말이지.

"이걸로 짐작하면 12그룹에는 어느 정도 법칙이 있다고 봐야 할까? 아야노코지랑 카루이자와는 성적이 비슷하잖아. ……그럼 점수 순으로 그룹을 나눈 건가…… 아, 하지만 유키무라는 학력이 코엔지랑 앞을 다툴 만큼 높은데……."

중간고사와 기말고사 성적을 떠올리며 호리키타가 추리를 시작했다.

"나랑 박사, 호리키타랑 히라타도 다소 차이가 있어. 그걸로는 부자연스러운 점이 해소가 안 돼."

순수하게 점수만으로 그룹을 나누었다면 코엔지가 최상위에 와야 한다. 물론 성적이 어느 정도 상관있는 것은 사실이겠지만, 거기에 플러스 알파 요소가 들어 있다고 봐야 하지 않을까. 가능하면 다른 그룹 목록도 확인해서 법칙성을 알아내고 싶었다.

"아무튼 힘들겠어. 이 그룹을 통솔해서 앞질러 가는 건."

이렇게 능력에 정평이 난 사람들이 모이면 정통파인 호리키타는 썩 유리하다고 말할 수 없었다. 특히 류엔과는 불과 물 같으니까, 서로 충돌하면 좋지 않은데…….

하지만 호리키타에게 그렇게 말해도 받아들이지 않을 테니 잠자코 있기로 했다. 오히려 카츠라기처럼 알기 쉬운 타입과 호리키타는 좋은 승부를 낼 수 있으리라고 생각하고.

단순히 두뇌가 이긴 쪽이 승리하는 심플한 궁합이다.

"슬슬 시간 다 됐네. 정말 문자가 올까?"

시계가 오전 8시를 가리키자, 1초의 오차도 없이 서로의 휴대전화가 울렸다. 우리는 도착한 문자를 확인했다. 거의 동시에 내용을 다 읽은 후 호리키타는 망설임 없이 휴대전화를 눕혀 내게 액정 화면을 보여주었다. 나도 휴대전화를 호리키타에 보여줘서 서로의 화면을 비교해가며 자세한 내용을 확인했다.

'엄정한 조정 결과, 당신은 우대자로 선택되지 않았습니다. 그룹의 일원으로서 자각을 가지고 행동하며 시험에 임해 주십시오. 오늘 오후 1시부터 시험을 시작합니다. 본 시험은 오늘부터 3일간 치러집니다. 용 그룹인 사람은 2층에 있는 용 객실에 집합해 주세요.'

나와 호리키타의 문장은 '거의 동일'했다.

그룹이 달라서 당연히 한 부분은 달랐지만, 나머지는 똑같은 문장이 나열되어 있었다.

"똑같은 문장이야. 요컨대 우대자로 선택되었으면 『선택되었습니다』라고 적혀 있겠지?"

휴대전화를 넣고 앉은 자세를 고쳤다.

"우리 둘 다 우대자로 안 뽑힌 것 같네. 기뻐해야 하나 슬퍼해야 하나."

"그러게. 우대자라면 방식에 따라 모든 선택이 허용되니까."

우대자가 압도적으로 유리하다는 사실은 틀림없었다.

포커페이스로 일관하기만 하면 50만 포인트를 가질 권리가 생기니까 말이지.

"그나저나 마음에 안 드는 문장이네. 꼭 나한테 우대자 자격이 없다는 것처럼 들리잖아."

죽음의 조에 속했으면서도 자신이 최고라고 생각하는 것일까. 역시 대단하군.

"이 시험…… 우대자로 뽑혔는지 안 뽑혔는지에 따라 큰 차이가 있어. 우대자 이외의 학생은 모두 우대자를 찾아내기 위해 열심히 노력해야 해. 게다가 학교 측은 불이익이 없다고 말했지만 그건 거짓말이야. 우대자가 자기 반이 아니면 다른 반과의 차이가 벌어질 가능성이 크잖아."

그 말이 맞았다. 가령 D반이 아무것도 못 해도 마이너스가 되지는 않지만, 결과적으로는 반 포인트 차이가 크게 벌어지게 된다. 어쩌면 무인도에서 좁혀놓은 차이도 다시 벌어질지 모른다.

"리더 격인 애들은 벌써 몇 가지 전략을 짜두었다고 봐야 해. 이 시험에서 어떻게 처신할지 초기에 정해두지 않으면 만회하기 어려울 거야."

"나도 알아."

호리키타는 굳이 말할 필요도 없다며 살짝 짜증난 눈빛으로 나를 쳐다보았다.

나 역시 어떻게 싸울지 방침을 굳혔다.

내가 속한 그룹 멤버, 그리고 시험 구조를 생각하면 저절로 목표 지점이 보인다.

"……너는 혹시 이 시험 결과가 보이는 것 아니야?"

내 표정을 관찰하던 호리키타가 살짝 조심스럽게 물어왔다.

"이름도 모르는 다른 반 학생이 어떤 행동을 보일지 직접 만나보지 않으면 모른다는 점은 있지만. 승리로 이어지는 방법은 생각해둔 게 있지."

다만, 무턱대고 실행에 옮길 수 있는 작전은 당연히 아니었다.

거기에 이르기까지의 축적과 시작할 타이밍을 미리 계산할 필요가 있다.

"결과를 기대하고 있을게."

"나도. 네가 어떤 결과를 이끌어낼지 기대할게."

그나저나 또 기묘하게 위화감이 느껴지는 문장이군. 엄정한 조정이라니.

이 독특한 문장은 우연히 써서 보낸 것이 아니리라. 마시마 선생님도 같은 단어를 입에 담았으니까.

즉, 엄정한 조정에 따라 우대자가 뽑히게 된다. 뽑힌 사람과 뽑히지 않은 사람에게 확실한 차이가 있다는 소리다.

'조정'이라는 표현에 뭔가가 걸렸지만, 지금 아는 것은 그룹에 한 사람씩, 즉 12명의 우대자가 존재한다는 사실이었다.

"참고로 물어보는 건데 네가 제일 경계하는 사람은 누구야? 지금까지의 흐름으로 각 반의 주요 세력은 대략 판명났다고 생각하니까 알려줘."

호리키타는 이 시험의 본질과는 조금 다른 부분에 관심을 빼앗긴 듯했다. 가장 힘든 그룹에 속했으니 무리도 아니지만.

"류엔이지."

"……바로 대답하네."

"그 이외에는 선택지가 없어."

"카츠라기는? 걔가 있어서 A반이 무인도에서도 주요 스팟을 제일 먼저 차지했잖아. 그런데도 너한테는 경계할 가치가 없는 존재니?"

"물론 고등학교 1학년이라고 생각하면 지나치게 우수할 정도지. 만약『우수한 사람은 누구?』하고 물어봤다면 카츠라기라고 대답했을 거야. 하지만 내가 경계하는 사람은 류엔뿐이야."

무인도에서의 테스트는 물론 D반이 이겼다. 류엔에게 부족했던 면이 있었던 것도 사실이다.

녀석의 사고는 어딘가 나랑 통하는 구석이 있었다. 그래서 류엔의 수는 읽기 쉬웠다.

하지만 그건 반대로 말하면 류엔 역시 내 의도를 알아차릴 가능성이 높다는 이야기다.

호리키타의 활약에 내가 관여하고 있다는 사실이 밝혀지는 것만은 피하고 싶었다.

"우대자에 관해서 신경 쓰이는 부분이 있어. 방금 문자를 봐도 그런 생각이 드는데, 학교 측의 문자에 부자연스러운 문장이 하나 있는 것 같지 않아? 이 엄정한——."

호리키타가 말하고 있는데 내가 입술에 검지를 갖다 대며 중간에 말을 막았다.

호랑이도 제 말 하면 온다더니.

"날씨 좋네, 스즈네. 오늘도 금붕어 똥이랑 아침 먹냐?"

당돌한 미소를 지으며 찾아온 이인조.

바로 우리 대화의 중심에 서 있었던 C반의 류엔. 그리고 또 한 사람——.

"마음대로 내 이름 부르지 말라고 충고하지 않았니? 류엔. 그리고…… 본성을 숨기고 있던 게 발각되고 나니까 손바닥 뒤집듯 같이 다니는구나? 이부키."

류엔의 옆에는 약간 강한 눈빛으로 우리를 노려보는 여학생, 나와 같은 토끼 그룹이기도 한 이부키 미오가 서 있었다.

"…………."

가볍게 도발당한 이부키는 언짢은 표정이었지만, 덤비려고 하지 않고 아랫입술만 살짝 깨물었다. 그 모습을 곁눈질하던 류엔이 만족스럽다는 듯 하얀 이를 드러냈다. 무인도 시험에서 이부키는 스파이로 D반에 잠입했다. 끝에 가서는 호리키타에게 꼬리를 밟혀 서로 주먹다짐을 했다고 했다. 몸 상태만 괜찮았어도 지지 않았다고 호리키타는 강하게 주장했는데, 누가 더 강한지에 대해서 지금은 패스하자. 여하튼 화난 이부키를 입 다물게 한 사람은 눈앞에 있는 류엔. 조소하는 듯한 태도였다.

"너희도 문자를 받았을 텐데 결과는 어땠어? 우대자가 되었나?"

"가르쳐줄 리 없잖아? 아니면 우리가 물으면 넌 대답해주기라도 할 거니?"

"원한다면."

류엔이 비어 있던 두 의자 중 하나의 등받이를 뒤집어 다리를 쩍 벌리고 앉았다.

"하지만 그 전에 알려줘. 어떻게 해서 무인도 시험 결과를 그렇게 만들었는지."

"백날 물어봐도 너한테 가르쳐줄 건 하나도 없어."

이런 흔들기에도 호리키타는 꿈쩍 하지 않고 침착한 태도로 대응했다. 그 동작에서 조금의 거짓도 느껴지지 않았다. 정말 대단한 연기력이다. 본인은 연기할 생각도 없겠지만. 그러나 그 빈틈없는 대응에도 류엔은 받아들이는 모습을 보이지 않았다.

"아무리 해도 쉽게 받아들여지지 않는군. 이 녀석의 보고에 따르면 네가 무인도에서 그런 결과를 남길 만큼 행동했던 흔적은 없었는데."

"저 애한테 간파당할 정도로 내가 멍청하지 않거든. 쟤는 열이 펄펄 끓었던 나를 상대로도 고전하는 수준이었는걸."

그 노골적인 도발에 이부키는 화를 숨기지 않고 덤벼들었다.

"그럼 지금 여기서 다시 붙어볼까?"

냉정한 호리키타는 가벼운 도발에도 쉽게 발끈하는 이부키에게 다시 타격을 가했다.

"미안하지만 거절할게. 폭력 행위는 시험 위반이니까. 만약 공격하면 나는 곧바로 학교 측에 알릴 거야. 그래도 괜찮다면 얼마든지 해보시던지."

"윽!"

이부키가 금방이라도 때릴 듯한 기세로 호리키타에게 접근했지만, 직전에 겨우 마음을 돌렸다.

여기서 조심성 없이 폭력을 휘둘렀다가는 학교의 제재를 피할 수 없다.

무엇보다도 류엔이 앞에 있고 그 아래에 위치한 이부키는 마음대로 행동할 권리가 없었다.

이부키는 류엔을 싫어하면서도 그의 재능을 높이 샀다. 그렇기 때문에 지난번에도 D반에 스파이로 잠입했을 때 류엔의 판단에 따라 행동했던 것이리라.

"모처럼이니 커피라도 한 잔 해야겠네? 지금이라면 맛있게 마실 수 있을 것 같으니까."

웬일로 호리키타가 기분이 좋아졌는지 점원에게 모닝커피를 주문했다. 류엔 일행은 물러갈 기미를 보이지 않고 계속 대화를 이어가고 싶은 눈치였다.

아무 말 없이 호리키타를 관찰하던 류엔은 커피가 나오자마자 다시 입을 열었다.

"어제 보니까 카츠라기가 너를 상당히 경계하는 눈치던데."

"무리도 아니지. 그는 D반인 내게 그럴 능력이 있다고는 생각하지 않았을 테니까. 그건 너나 이부키도 마찬가지 아니야? 경계하고 있으니까 지금도 나를 유심히 살피고 있겠지. 내 말이 틀려?"

"크큭. 뭐, 부정은 안 할게. 물론 여기 온 건 네 능력을 확인하기 위해서야."

그렇겠지, 하고 호리키타는 커피를 한 모금 마셨다. 진짜그럴듯해서 신기했다.

"나랑 카츠라기는 사고방식이 달라. 난 다른 누군가가 연관되어 있다고 짐작하는데 말이지."

"어떻게 상상하든 네 자유지만, 무슨 근거라도 있는지 모르겠네."

"무인도에서의 시험. 그 결과. 거기까지의 과정. 그 원인

103

을 알면 어려운 것도 아니야. 하지만 그 상황에서 그런 아이디어를 떠올리고 확실하게 실행할 수 있는 인종은 제한되어 있지. 너 같이 성실한 타입이 생각해낼 전략이 아니야."

"생각은 자유지만 내가 세운 전략이 뭔지 알고는 있니? 무인도 시험에서 전달받은 건 결과뿐이지 어떤 식으로 포인트를 얻었고 잃었는지 자세한 건 밝혀지지 않았던 걸로 아는데."

계속 냉정하게 대답하는 호리키타에게 류엔은 이 상황이 재미있어 죽겠다는 듯 하얀 이를 드러낼 뿐이었다.

"카츠라기 녀석은 모르겠지."

그 말은, 류엔은 알고 있다는 뜻.

"그럼 설명해줄래? 네 말이 맞으면 기꺼이 답을 알려줄게."

대답할 수 있다면, 하고 덧붙이려던 호리키타였는데 류엔이 기분 나쁜 미소를 지었다.

"시험 종료 때 난 네 이름을 썼는데 결과는 달랐지. 그 이유는 단 하나, 시험 종료 전 단계에서 리더가 다른 누군가로 바뀐 거야. 이것 말고 답은 없어."

"그게 간파한 거니? 그런 건 조금만 생각하면 누구나 알수 있어. 네가 바보로 여기는 그 카츠라기라도 말이야."

"그래, 하지만 녀석은 모두 네가 계획한 거라고 생각하지. 정말 그럴까? 내가 보기에는 네가 리더가 된 것도, 기권한 것도 예상 밖이었을 테지. 애초에 이 작전을 전개하려면 이부키처럼 다른 반 사람이 잠입해서 리더를 알아내기 위해

카드의 존재를 확인하는 수고가 필요해. 초장에 펼칠 전략이 아니라고."

"보험으로 삼았다는 생각은 안 드니? 예상치 못한 사태에 대비하는 건 기본 중의 기본이야. 난 이부키가 D반에 접근한 단계에서 그걸 미리 고려했어. 그게 전부야. 강력하게 설명한 것 치고는 상당히 허술하네. 네 발언에서 놀랄 부분은 단 한 군데도 없어."

"중요한 건 그 뒤바뀐 리더가 누구인가야. 내 예상이 맞는다면 그 리더는 뒤로 너랑 연관된 인물인 것 같은데 말이야."

류엔이 그렇게 단언했다. 그리고 호리키타를 쳐다보면서도 나를 유심히 관찰했다.

어디까지 진심인지는 모르겠지만, 여기서 동요하면 곧바로 공격해올 것이다.

"이해가 잘 안 되네. 미안하지만 난 그럴싸한 친구가 없어. 굳이 말하자면 여기 있는 아야노코지 정도? 방해만 되고 협력자라고 말하기는 어렵지만. 이것도 슬픈 사실이네."

호리키타는 일부러 내 존재감을 강조함으로써 역으로 관계없는 인물을 가장하는 발언을 했다.

"리더를 바꾸었다고 가정한다면 누가 제일 가능성이 높을까?"

"그렇군."

류엔은 가볍게 나를 쳐다본 후 곧바로 시선을 옮겼다.

"뭐, 하긴 이 금붕어 똥일 리는 없겠지……."

"너무 딱 잘라 인정하네. 무슨 근거라도 있니?"

"내가 보기엔 너랑 편먹은 녀석은 상당히 머리가 잘 돌아가. 하지만 이 녀석은 이렇다 할 성적을 남기지 않았으니까. 뛰어난 구석이 한 군데라도 있으면 의심할 여지도 있겠지만."

"보아하니 우리 D반에 대해 상당히 자세하게 조사한 모양이네. 아야노코지. 너 너무 바보 취급 받는데? 부정 안 해도 되겠니?"

"……부정할 근거가 있으면 하겠지만."

아무래도 내 나태한 행동이 꽤 성과가 있었던 모양이다. 어떻게 했는지는 모르겠지만, 류엔은 내 기본적인 성적을 이미 파악한 듯한 말투였다. 학력, 신체능력, 덧붙여 소통 능력까지 중중 혹은 중하여서 걸릴 만한 부분이 없었다.

성적은 객관적이고 확실한 증거다. 형태로 남기 때문에 눈속임이 불가능하다.

"미안하지만 네가 말하는 배후 인물 이야기는 시시하다고밖에 할 말이 없어. 자기가 생각한 작전을 간파당한 게 마음에 들지 않는 어린애의 변명으로밖에 들리지 않는걸. 여자에게 속셈을 들켜서 부끄러운 거지?"

"그건 그렇군. 너에게 간파당할 줄은 생각지도 못했어. 내 예상과 다른 결말이 된 점은 순순히 인정했잖아. 솔직히 좀 놀랐다."

작전대로 일이 진행되지 않은 것에 대해 류엔은 부끄러운 줄도 모르고 웃었다. 그리고 오히려 우리 두 사람이 전혀 생각하지 못한 것을 입에 담았다.

"그만큼 안타까워. 내가 좋아하는 기습공격이나 감쪽같이 속이는 종류, 그 전략을 취한 의외성 때문에 당하긴 했지만, 아깝군. 스즈네 너든, 네 배후에 있는 놈이든 실로 멍청하다니까. 두각을 드러내지 않고 수면 아래에서 움직이고 있었는데, 벌써 움직여버리다니. 전략을 너무 빨리 보여줬다는 소리야. 현 상태에서 D반은 반끼리 벌이는 포인트 싸움에서 시작이 너무 늦었어. 그럼 포인트를 벌어들이는 건 좀 더 이후, 그것도 결정적 승부를 내는 순간까지 기다렸어야지. 쉽게 말해서 서바이벌 시험에서의 행동은 앞도 뒤도 보이지 않는 초반에 성급하게 비장의 카드를 쓴 격이야. 그런 방법이 또 통할 거라고는 생각하지 않아. 그렇게 네 비장의 카드한테 전해줘라."

"꽤나 친절한 충고네."

"난 아주 자비롭거든."

"넌 아무리 봐도 나 말고 다른 흑막이 있다고 생각하고 싶은 모양이구나."

그 질문에 류엔은 대답하지 않았다. 근거도 확증도 없는데 꼭 호리키타의 말에 의문을 가지지 않는 것 같았다. 왜냐하면 이 류엔이라는 남자는 누구보다도 자기 자신을 믿었기 때문이다. 처음부터 남의 조언이나 질책 따위 털끝만큼도 받아들일 생각이 없는 것이다. 이번에 접촉한 것도 확인하는 의미가 아니었다.

그냥 저냥 호리키타랑 잡담하면서 재밌게 보내고 싶었을 뿐이었겠지.

휴대폰을 꺼낸 류엔은 허락도 받지 않고 호리키타 쪽을 향해 들었다.

그리고 호리키타를 렌즈에 담은 후 찰칵 하는 소리와 함께 사진 한 장을 찍었다.

"그거 도촬이야."

"너무 그렇게 말하지 마. 너한테 한 가지 좋은 걸 알려줄 테니까."

그는 무단 촬영한 호리키타의 무뚝뚝한 표정이 담긴 사진을 보여준 후 만족스럽게 휴대전화를 도로 넣었다.

"D반에는 너 말고도 머리가 잘 돌아가는 녀석이 있어, 틀림없이 말이야."

"하나도 안 좋은데. 정말 아무래도 좋은 이야기야. 네 멋대로 결론을 낼 거면 일일이 나한테 묻지 않아도 되지 않니?"

"말해서 보이는 것도 있으니까. 어쨌든 너랑 이렇게 대화해서 좋았다. 스즈네. 이건 게임이야. 머지않아 뒤에서 움직이는 녀석을 밝혀내주마. 이 금붕어 똥까지 포함해서 모두 그 대상에 포함된다."

"하나만 물어볼게. 나한테 져서 분한 기분은 알겠지만, 어째서 그렇게까지 집착하는 거야? 나 말고도 신경 쓸 상대가 많을 텐데? B반의 이치노세도 있고 A반의 카츠라기도 있고. 소문에 따르면 사카야나기라는 애도 있고. C반보다 윗반인 애들이 얼마든지 많이 있는데? 좋은 걸 알려주겠다고 말했으니 그 정도는 대답해줘도 되지 않니?"

대놓고 D반을 고집하는 류엔에게 호리키타도 당연한 질문을 던졌다.

"그들은 이미 실력이 어느 정도인지 판명되었어. 카츠라기, 이치노세 둘 다 나한테는 적수가 못 돼. 누르려고 마음만 먹으면 언제든지 눌러버릴 수 있다는 소리지."

"사카야나기는?"

그렇게 물어본 사람은 호리키타가 아니라 이부키였다.

이부키도 그 부분을 확인하고 싶은 모양이었다. 지금까지 말문이 막힌 적 없던 류엔이 처음으로 잠시 침묵했다.

"그 계집애는 마지막을 위해 남겨두는 거다. 지금 먹어치우기에는 아까우니까. 가자, 이부키."

류엔이 자리에서 일어나 이부키를 이끌고 사라졌다.

"일약 스타가 됐네, 호리키타."

"……누구 때문인지는 말할 것도 없지?"

"뭐야? 그래서 불만이야?"

"별로 불만은 없어. 네 애매모호한 말투가 마음에 안 들었을 뿐. 원래부터 A반을 노리기 위해 주목 받는 것쯤은 예상했으니까."

"그거 다행이다. 뭐, 그나저나…… 그다지 바람직한 전개는 아닌 것 같은데. 역시 류엔 녀석은 보통내기가 아니야."

"그래? 나한테 졌다는 사실이 마음에 안 들어서 적당히 떠본 것뿐 아니고? 의심 후보를 너로 좁혔다고도 생각할 수 없어. 게다가 정체가 밝혀져도 곤란한 건 너 하나니까."

나도 의심이 가는 한 사람이라는 것은 틀림없었지만, 중요한 것은 그 부분이 아니었다. 류엔이 무슨 생각을 하던 알 바 아니지만, 이런 타이밍에 등장한 것이 위험했다.

"너, 어쩌면 감시당하고 있는지도 모르겠다. 우연히 합류한 것치고는 타이밍이 너무 절묘해."

"……그거, 이부키를 가리키는 거야? 그나저나 방 입구를 감시했다면 난 밖에 잘 안 나가니까 아찔해지는 이야기네."

"그냥 억지로 감시했을 뿐이라거나 아니면 어쩌다가 우연히 널 봤다거나. 그런 거라면 오히려 좋겠는데."

이부키는 별로 피곤해 보이지 않았다. 다른 누군가가 감시했을 가능성도 있지만, 류엔이 데리고 걸어 다니는 걸 봐도 이부키가 연관되었다고 생각하는 것이 옳다.

그렇다면 '호리키타가 오늘 아침 8시 전에 방을 빠져나갔다'며 일부러 노리고 온 것이 된다.

이를 통해 도출할 수 있는 결론은 이번에 시작한 시험을 이용해 류엔은 빨리도 다음 전략에 들어가기 시작했다는 것이다. 그리고 호리키타가 가장 먼저 만난 상대는 바로 나.

녀석이 유력한 용의자 후보로 나를 제대로 인식해버린 듯하다.

"실수, 했군……."

그 녀석이 나랑 비슷하고 영리하다는 사실은 이미 잘 알고 있었지만, 너무 안이하게 생각한 것 같다. 이번 접촉을 통해 상상 이상으로 류엔에게 큰 힌트를 주고 말았을지도 모른다. 시험 내용에 너무 신경써버린 결과인가. 내게 소통 능력만 있었더라면 직접 만나는 위험도 피할 수 있었을 텐데…….

"지나친 생각이야. 아무도 네가 뒤에서 연관되어 있다고 생각 안 해. 류엔도 말은 했지만 1학기 동안 네가 쌓아온 평범한 사람으로서의 공적은 조금도 흔들리지 않았어."

칭찬인지 욕인지 모르겠지만, 그 부분은 확실히 크다.

아무리 나에 대해 조사한다고 해도 특출 난 것은 하나도 안 나올 테니까.

보통 무의미하게 자신을 끌어내리는 사람은 없으니 류엔의 경계 대상에서 나는 제외될 것이다. 그래도 호리키타랑 가장 가까운 인물이라는 점에서 주시되는 것은 틀림없지만.

또 이부키가 같은 그룹인 이상, 적잖이 마크 당할 것은 분명하다. 앞으로 상당히 움직이기 힘들게 되었다.

학생들이 하나 둘 갑판으로 모습을 드러내기 시작하는 것을 확인한 나는 자리에서 일어났다.

"일단 오늘 회의는 끝났지? 아직 졸리니까 방으로 돌아갈게."

뭔가 충고해주길 바라는 걸까 하고 순간 생각했지만, 호리키타는 강하게 힘주어 말했다.

"지금은 회의하는 것 말고는 딱히 진전이 없을 것 같으니 개별적으로 행동하는 수밖에 없겠어. 그럼 수고해. 뭔가 일이 생기면 보고 부탁할게."

강력한 진영에 둘러싸였으면서도 호리키타는 싸울 의사를 드러냈다. 멤버들과의 궁합은 그렇다고 쳐도, 히라타와 쿠시다라면 호리키타를 잘 제어해주겠지.

난 일단 방으로 돌아가서 점심 전까지 좀 잘까.

시험이 시작되었어도 아직 회의 시간이 아닌 지금은 특별히 할 일도 없다.

1

"기다리게 해서 송구하옵니다. 꺼억, 꺼억. 점심으로 장어덮밥을 세 개나 먹었더니 역시 배가 터질 것 같소이다. 다이어트 하려고 했는데, 이래서는 실패인 듯하옵니다."

평소보다 더 빵빵하게 부풀은 배를 두드리며 박사가 느릿느릿 걸어왔다.

다이어트에 도전하는 인간과는 전혀 거리가 먼 태도였다.

나와 유키무라가 같은 방이기도 해서 방 앞에서 만나기로 약속했던 것이다.

"이제부터 시험이 시작되는데 참 태평하기도 하지. 난 반대로 거의 빈속인데."

"그것은 그것대로 체력이 떨어져서 힘들어질 모양새가 아니옵니까?"

"……전부터 말하고 싶었는데 그 요상한 말투 좀 그만하면 안 되냐?"

하긴 박사의 말투가 낯설게 들리는 사람의 입장에서는 꼭 언어의 마술이라도 걸린 듯한 기분이겠지. 익숙해지면 의외로 별로 거슬리지 않는데 말이다.

오히려 다른 말투여서 이따금 재미있게 느껴질 때도 있다. 다만 지금은 유키무라의 반감을 살 것 같으니 적당히 보고 패스하기로 한다.

"푸훗! 이옵니다 말투가 심기에 거슬린다는 말씀이옵니까? 유키무라 님은 어떤 취향인지?"

면박을 당해도 꿈쩍하기는커녕 원하지 않는 방향으로 개선책을 내놓았다.

"취향 같은 거 없어. 그냥 평범하게 말하라는 소리야."

"오케이. 그럼 지금부터 나는 최약 최강의 주인공이야. 평소에는 의욕 없는 인간이지만 사실은 세계를 파괴할 수 있을 만큼 엄청난 힘을 지닌 치트 소년으로 간다. 요즘 유행에 따라!"

무슨 생각인지 박사가 갑자기 이상한 설정 캐릭터로 변화를 꾀하려는 모양이었다. 이제는 무슨 소리를 하는지도 이해가 안 되어, 이것이 개그 만화였다면 유키무라의 안경에

금이 빠지직 갔을 상황이었다.

박사의 말투를 고치기를 일찌감치 포기한 유키무라는 선두에서 걸음을 옮기기 시작했다.

우리도 잰걸음으로 그의 뒤를 따랐다.

"아야노코지. 너한테 질문이 있다. 솔직하게 대답하는 게 좋을 거다."

무슨 주인공이라도 되었다고 생각하는지 박사는 목소리와 표정만큼은 다카쿠라 켄(일본의 국민 배우로 형사 이미지가 강하다)이었다. 나도 모르게 "켄 씨" 하고 부르고 싶었지만 꾹 참았다.

"질문?"

"어느 지역 방언을 좋아하는지. 물론 귀여운 여주인공이 말하면 좋을 것 같은 방언이다."

폼 잡는 것은 말투뿐이지 그 내용은 평소와 다르지 않았다.

"아니, 어느 지역 방언이 좋으냐고 물어도…… 특별히 없는데."

도쿄에서 나고 자란 토박이가 그런 걸 알 리도 없고 말이지.

"설마 방언 모에 속성이 없다는?"

그런 속성을 가진 학생이 이 학교에 과연 얼마나 있을까? 하지만 지정된 방에 도착할 때까지 시간을 때워야 한다. 지금은 살짝 장단을 맞춰줄까.

"그럼 박사는 있어? 좋아하는 방언이?"

"당연한 말씀. 순위를 매기는 형식으로 발표해주지. 제3

위는 세야카테 쿠도!('그렇게는 말해도'라는 뜻으로 명탐정 코난에 나오는 명대사)로 우리에게 익숙한 간사이 사투리! 엄하거나 더러운 인상을 심어주기 쉽지만 간사이 사투리는 역시 방언의 왕도지. 웃음과 깜찍함을 겸비한, 절대 빼놓으면 안 되는 방언이라고 할 수 있어. 그리고 제2위는 설국에 미소녀, 홋카이도 사투리! 난모사~('아무것도'라는 뜻) 같이 독특한 표현은 필연적으로 너무 좋아 기절! 2차원 세계에서 그다지 널리 퍼지지 않은 것도 포인트가 높은 부분이지!"

큰일 났다. 일단 이야기를 펼치게 해주고는 싶은데 도대체 무슨 소리를 하는지 거의 다 못 알아듣겠다.

내가 생각 정리를 끝내기도 전에 박사는 자기 마음대로 마지막 발표에 들어가기 위해 입술을 떨어 "두구두구두구두구······" 하는 효과음을 냈다.

슬프게도 무슨 내용인지는 이해할 수 없었지만, 그 열정만은 오롯이 전해져왔다. 게다가 시간이 잘 흘러가서 어느새 2층의 토끼라는 팻말이 걸린 방 앞에 다다랐다. 같은 시각에 시험을 시작하기 때문에 복도는 학생들로 넘쳤다. 그래도 갑갑한 느낌 없이 들어갈 수 있는 것은 배의 규모가 그만큼 크기 때문이리라.

"장난은 어제로 끝이야. 지금부터는 자기 자신을 위해 그리고 반을 위해 싸워야 해."

박사를 두고 한 발언이라고 생각하지만, 유키무라의 말에 나도 고개를 끄덕여주었다.

"……하아, 역시 보고 또 봐도 최악의 팀."

입실한 우리를 발견한 여자 중 한 사람이 눈을 내리깔며 시선을 피했다. 물론 D반의 미소녀(라고 하기에 조금 애매하다) 카루이자와였다. 실내에는 그녀를 포함해 11명이 원을 그리며 놓인 의자에 앉아 있었다. 빈 의자의 개수를 보아 우리가 마지막 입실자임을 알았다. 리스트 이름만 보고는 몰랐는데, 이치노세와 이부키 이외에도 낯익은 학생이 한 사람 더 있었다. 무인도 시험 때 우연히 맞닥뜨렸던, D반을 배신하라고 나를 회유한 A반 남자애였다. 나머지 남학생과 여학생은 거의 처음 보는 얼굴들이었다.

당장 어제까지만 해도 라이벌 관계였는데 한 그룹이 되라는 말에 갑자기 협력 관계가 되었다.

그러니 D반뿐 아니라 다른 반들도 당연히 곤혹스럽기는 마찬가지이리라. 그냥 서 있기도 부자연스러워서 우리 역시 의자에 앉았다. 기본적으로는 자연스레 반 별로 뭉쳤지만, 카루이자와랑 이부키는 고립된 것처럼 원에서 살짝 거리를 두었다.

"뭐지……."

"왜 그래? 아야노코지. 뭐 신경 쓰이는 일이라도?"

"아아, 아니야. 아무것도."

나는 카루이자와가 이부키를 발견한 순간 틀림없이 덤빌 줄 알았다. 무인도 시험 때 카루이자와의 속옷을 훔친 범인이 바로 눈앞에 있는 이부키 미오였으니까.

바로 보복에 들어갈 줄 알았는데……. 내 생각과 다르게 카루이자와가 어른스러웠던 걸까, 아니면 이미 담판 지어 상황 종료가 된 것일까.

아니, 둘 중 하나라고 해도 카루이자와가 전혀 화내지 않는 건 좀 이상하다.

하지만 그런 나의 의문에 답이 나올 리는 없었고, 잠시 후 시험 개시 시각이 되자 선내 스피커 소리가 방에 울려 퍼졌다.

'그럼 지금부터 제1회 그룹 회의를 시작합니다.'

참으로 간단명료한 방송. 나머지는 정말로 각자 알아서 하라는 소리겠지.

상황도 같은 조가 된 아이들에 대해서도 잘 모르니 당연히 아무도 먼저 나서서 말하려고 하지 않았다. 갑자기 조용하고 무거운 공기가 감돌았다. 이치노세 호나미는 그런 광경을 살짝 미소 지으며 지켜보았다.

그리고 어느 누구도 발언하지 않으려 한다는 것을 분명히 확인한 다음 자리에서 일어섰다.

"자, 주~목! 대충 이름은 다 알지만 일단 학교 측의 지시도 있었으니까 자기소개부터 하는 편이 좋겠어. 오늘 처음 본 사람도 있을지 모르고."

필요한 리더, 주도하는 인물로 재빨리 자신의 존재를 드러낸 것이다. 누구나 동경하지만 실제로 솔선해서 그룹을 이끄는 것은 그리 쉬운 일이 아니다. 적끼리 모인 그룹이라면 더욱 그렇다.

그런데 이치노세는 싫어하는 기색 하나 없이 오히려 즐겁게 말을 시작했다. A반 학생들도 놀라움을 감추지 않고 약간 당황하는 반응이었다.

"이제 와서 굳이 자기소개를 할 필요가 있나? 학교 측도 진심으로 그렇게 말했다고는 생각하지 않아. 자기소개를 하고 싶은 녀석들만 하면 되잖아?"

"마치다가 그러고 싶으면 강제로 하라고 말할 순 없어. 하지만 이 방 어딘가에 목소리를 녹음하는 마이크가 세팅되어 있을지도 모르지 않아? 만약 그렇다면 불리해지는 건 자기소개를 안 한 사람이고, 그룹 전체의 책임으로 이어질지도 몰라."

어쨌든 과실이 발생했을 경우 그룹 전원이 곤란해진다.

그런 식으로 말하니 마치다라고 불린 A반 학생도 수그러들 수밖에 없었다.

결국 이치노세를 시작으로 원을 따라 돌며 각자 자기소개를 시작했다. 나는 입학식 날 자기소개에 실패한 전력이 있는 만큼 이 자리에서는 좀 더 기합을 넣어보았지만, 역시 그날과 마찬가지로 단조롭게 끝나고 말았다.

"얏호, 아야노코지. 같은 그룹이네. 잘 부탁해!"

위로 같기도 한 이치노세의 다정한 말을 들으며 나는 자리에 앉았다. 모두 짧은 자기소개를 마친 후 이치노세는 다시 말을 꺼냈다.

"자, 그럼 이렇게 해서 학교에서 하라고 한 건 다 끝냈지? 그럼 앞으로 어떻게 할지 의논해보자. 내가 진행하는 게 마음에 안 드는 사람 있으면 말해줄래?"

언제든지 주도권을 넘겨줄 용의가 있다는 식으로 이치노세가 물었다.

이때 나서면 당연히 앞으로 모든 진행 역할을 도맡아야 한다. 이치노세의 방식에 불만을 느끼는 학생도 있었겠지만, 괜히 나섰다가 나올지도 모르는 빈틈이 그 이상으로 두려웠는지 아무도 손을 들지 않았다.

"특별히 희망자가 없으니까 내가 계속 진행하는 걸로 할게. 이번 시험을 시작하면서 모르는 사항이나 이상하게 느낀 점, 신경 쓰이는 부분이 있으면 다 함께 의논해야 한다고 생각해. 그렇게 안 하면 다들 아무 말도 안 하다가 끝나는 상황이 펼쳐질 것 같기도 하니까. 누구 질문 있어?"

고맙게도 질의응답 시간을 만들자고 제안한 이치노세. 하지만 모두 발언하는 데 저항감이 느껴지는지 역시 손이 올라오거나 목소리가 들리는 일은 없었다.

친하지 않은 사람들이 모이면 늘 이런 사태가 벌어지는 법이다. 그럴 때 주눅 들지 않고 행동할 수 있는지에 따라 리더의 자질이 드러나기도 한다. 이치노세는 허리에 손을 대고 의연하고 여유로운 모습으로 미소 지었다.

"그럼 모두에게 궁금한 게 있으니까 내가 질문할게. 너희 모두 우대자가 아니라는 전제하에 묻는 건데 이 시험을 전원 클리어 하는, 그러니까 결과 1을 추구하는 것이 최선의 방법이라고 생각해?"

"뭐래? 그거야 당연한 거 아니야?"

질문의 의미를 이해한 듯 못한 듯한 카루이자와가 의문을 드러냈다. 지극히 평범한 이 질문에 따라, 그룹에서의 우열이 정해진다는 것도 모르고 말이다. 쌓였던 것이 한꺼번에 폭발하듯 유키무라, 그리고 C반의 마나베라는 여자애도 연달아 카루이자와에게 동조하며 서로 협력하는 것이 당연하다고 대답했다.

누구나 가능만 하다면 결과 1로 끝내고 싶어 한다는 자연스러운 발언. B반의 남학생 한 명도 천천히 손을 들었다. 찰랑찰랑한 파란색 머리카락이 살짝 흔들렸다. 선이 가늘고 살짝 중성적인 외모의 소년이었다. 자기소개 할 때 밝혔던 이름은 하마구치 테츠야.

"나도 물론 긍정이야. 같은 그룹이 된 이상 서로 힘을 합하는 것은 당연하다고 생각해."

그나저나 첫 질문으로 나쁘지 않았다. 일부 학생은 아직 눈치채지 못한 모양인데, 아무 생각 없이 던진 질문처럼 들렸다면 그것은 그 인물이 우대자가 아니기 때문이다. 즉, 긍정적으로 일치단결하려는 마음인지 확인하면서 우대자에게는 거짓을 강요하는 셈이다.

잘만 하면 이 단계에서 타깃의 범위를 확 좁히는 것도 가능할지 모른다.

물론 이 질문만으로 흰색인지 검은색인지 백 퍼센트 결론을 내리는 것은 위험하다. 이야기를 꺼낸 이치노세, 제일 먼저 긍정한 카루이자와. 그리고 뒤를 이었던 유키무라, 마나베. B반의 하마구치. 이 중에 뻔뻔하게 거짓말한 우대자가 섞여 있어도 이상하지 않다.

　흐름이 끊어지지 않도록, 분위기가 무너지지 않도록 내가 말을 이어받았다.

　"나도 같은 의견이야. 모처럼 한 그룹이 되었고, 프라이빗 포인트도 부족해. 할 수 있다면 서로 협력했으면 좋겠어. 박사는?"

　배가 터질 것처럼 불러 고통스러운지 계속 손으로 쓰다듬고 있던 박사의 어깨가 움찔했다.

　"물론 나 역시 포인트를 얻고 싶으니 협력하도록 하지."

　아직 박사의 비밀 캐릭터 설정이 이어지고 있는지 평소 같지 않은 어조로 박사가 대답했다.

　그런 우리의 모습을 남자들로만 구성된 A반이 의심스러운 눈초리로 관찰했다.

　그들은 그룹 개개인의 의견을 살피려는 듯 차분한 태도로 주의를 기울였다.

　"이치노세, 그 질문은 좀 치사하지 않나?『자기가 우대자가 아니라면』이점이 있는 그룹 보수를 기대하고 싶어지는 건 당연하지. 게다가 당당하게 배신을 선언할 인간은 보통 없잖아? 이건 마치 우대자와 악인을 가려내려는 의도 같군.

도저히 적절한 질문이라는 생각이 안 들어."

유달리 존재감을 풍기는 남학생 마치다가 험상궂은 말투로 말했다.

당연하다는 듯 이치노세의 의견을 듣고 대답했던 D반과 C반 아이들과는 명백하게 달랐다. 이치노세의 이야기에 의문을 느끼고 유도심문 같은 질문을 비판했다.

그 말을 들은 하마구치는 차분한 태도로 즉각 마치다의 말에 반박했다.

"시험으로서는 알맞은 질문 아니야? 이치노세가 바른대로 말하라고 협박 조로 물어본 것도 아니고. 싫으면 대답 안 하면 그만이라고 생각해."

하마구치 역시 냉정한 관점으로, 비판하는 A반 학생을 견제했다.

아무래도 벌써 설전이 시작된 듯하다. 마치다는 마치다대로 하마구치의 반박에도 물러서지 않았다.

오히려 이 전개를 이미 예상했다는 듯이 말했다.

"그런가? 하긴 네 말도 맞아. 싫으면 대답 안 하면 그만이지. 그럼 우리 A반은 전원 침묵하도록 할게."

마치다는 팔짱을 끼고 거부 의사를 표시했다. A반의 나머지 두 사람 역시 같은 자세를 취했다. 아직 대답하지 않은 나머지 아이들은 그에 이끌리듯 입을 꾹 다물었다.

"너무 고민하게 만든 질문이었나?"

예상치 못한 거부 반응에 이치노세가 살짝 당혹스러운지

쓴웃음을 지었다.

"아니, 이치노세의 질문은 지극히 평범했어. 상상 이상으로 저애들의 경계심이 강해서 그런 거지. 마치다, 알려줄 수 있어? 그럼 어떤 게 적절한 질문이야? 좋아하는 음식이나 취미에 대한 질문은 시험으로 이어지지 않을 것 같은데. 거부할 거면 회의를 위해 대체안을 제시해주지 않으면 납득하기 어려워."

"회의를 위한 대체안? 그런 거 없어."

마치다가 틈을 주지 않고 하마구치의 의견을 일축했다.

"이치노세가 무슨 생각으로 그런 질문을 했는지 본질은 나도 잘 몰라. 다만 이 시험에서는 회의가 문제 해결로 이어지는 유일한 길이라고 나는 생각해. 이대로 계속 아무 말 안 하고 있으면 A반 빼고 우리끼리 회의하게 되잖아? 적어도 어떤 의제 내용을 이야기할지는 같이 생각해줬으면 좋겠어."

하마구치의 말 그대로였다. 남에게 미루고 입을 꾹 다물기만 해서는 우대자의 범위를 좁힐 수 없다. 그것은 마치다도 잘 알고 있을 텐데, 그는 여전히 팔짱을 끼고 경계한 채 아무 말도 하지 않았다. 굳게 닫힌 성문을 보며 이치노세가 돌파하기 위한 파성추를 끌어냈다.

"그럼 본의는 아니지만 경우에 따라서는 다수결로 최종 판정을 내릴 수도 되겠네. 질문에 대답하지 않는 사람들을 자연히 의심하게 될 테고, 어림짐작으로 우대자를 지목할지도 몰라. 그렇게 해도 받아들일 수 있니?"

순진하게도 이치노세는 A반이라는 성문을 정면으로 돌진했다. 호리키타와 비슷한 사고방식을 가졌지만 이치노세가 결정적으로 다른 점은 주변 사람들과 손잡고 단결할 수 있다는 것이다. 주변의 찬성을 얻어 싸우기 때문에 이러한 상황에서 상당히 강력한 힘을 발휘했다. 실제로 과반수가 이미 이치노세 쪽에 붙어 이 그룹의 주도권을 이치노세가 이미 잡고 있었다. 이것은 간단해 보이지만 상당히 어려운 일이었다. 내가 아는 한 이 학교에서 같은 방식을 취할 수 있는 인간은 없었다. 카츠라기와 류엔 등도 해내지 못할 일이다. 친구를 지나치게 많이 배려하는 히라타와 쿠시다 역시 무리이리라.

　"……지금 협박하는 거냐?"

　"오해는 하지 말아줘. 우리는 그저 같이 의논하고 싶을 뿐이야. 무슨 말을 하든 무슨 대답을 하든 자유지만, 이 시험에서 요구하는 무대, 그러니까 경쟁하는 자리에 제대로 올라가고 싶어."

　마치다는 이해가 안 된다는 표정으로 이상하다는 듯 중얼거렸다.

　"이 시험, 정말 회의로 해결할 수 있다고 믿는 거냐? 이야기를 나누다 보면 우대자가 쉽게 자기 정체를 인정하기라도 할 거라는? 아니면 철두철미하게 고개 숙여 부탁하면 가르쳐 주는 건가?"

　그렇군. 보아하니 A반의 방침은 이미 정해진 것 같다. 말투로 짐작할 때 지금 생각한 것이라고는 도저히 볼 수 없었다. 마치다의 배후에 어떤 남자의 모습이 보인 듯한 느낌이 들었다.

"그럼 다른 방법이라도 있어?"

십중팔구 없다. 그렇게 확신한 이치노세가 물었다.

하지만 그것은 A반이 기다리던 질문이기도 했다.

"——있지. 이 시험을 확실하게, 간단하게, 그리고 플러스로 끝내는 방법 말이야."

A반 학생이 고민이나 주저 없이 곧바로 대답했다.

그 말에 이치노세도 하마구치도 놀라움을 감추지 못했다.

"……들려줄 수 있어? 그 방법이라는 게 뭔지."

"물론. 우리는 한 그룹이니까 중요한 정보는 서로 공유해야지."

마치다, 아니…… A반 전체가 생각한 것으로 보이는 작전을 털어놓았다. 지극히 단순한 공략이었다.

"우리가 추천하는 시험 공략법은…… 처음부터 끝까지 회의를 안 하는 거다."

간격을 좁혀 앉은 우리의 귀에 잘 들리다 못해 남아도는 성량.

카루이자와도 박사도 간단히 이해할 수 있는 내용이었다.

"상당히 유니크한 이야기네. 회의를 안 하고 어떻게 이 시험을 공략하겠다는 거야? 누군지도 모르는 우대자의 독주를 그대로 허용하자는 거야?"

갑작스러운 대화 거부 선언에 이치노세보다도 먼저 하마구치가 끼어들었다.

"그래. 쓸데없는 회의를 하지 않고 시험을 끝내는 거야말로 승리로 가는 지름길이야."

"당장은 믿기 힘든 얘긴데. 그렇게 말하면 A반에 우대자가 있다고 생각할 수밖에 없어. 이 단계에서 너희끼리 우대자의 정보를 공유해서 지키려고 하는 거 아니야?"

자기 반에 우대자가 있다. 그 사실을 같은 반 아이들이 공유하면 굳이 회의에 응할 필요가 없다. 하마구치의 의견은 누구나 할 수 있는 의심이리라.

"어느 반에 우대자가 있는지 그런 건 아무래도 좋아. 아니, 전혀 상관없어. 회의를 안 하면 반드시 이긴다. 그것이 카츠라기가 주장하는 방식이다."

"카츠라기……? 역시, 그렇구나."

이치노세도 카츠라기의 이름을 들은 순간 한 가지 답에 도달한 듯 보였다. 이해하지 못하는 유키무라와 다른 아이들에게 마치다가 상세한 설명을 시작했다.

"이 시험에는 네 가지 결과밖에 없다고 분명 그랬지. 여기서 모두에게 질문 하나 할까. 이 시험에서 반드시 피하고 싶은 결과는 뭐지?"

마치다는 적당히 아무나 지명하듯 카루이자와를 향해 질문을 던졌다.

"으음…… 우대자의 정체를 누군가 파악하고 배신하는

것?"

"맞아. 배신자가 나오면 패배로 이어지지. 배신자가 정답을 맞히듯 못 맞히든 무조건 말이야. 그럼 반대로 그것 말고 다른 결과는 어떨까?"

이번에는 유키무라에게 대답을 구했다.

"……마이너스 요소가 존재하지 않는다, 그런 뜻이야?"

"맞아. 나머지 두 결과는 불이익이 없어. 반 포인트가 줄어들지도 더 벌어지지도 않지. 게다가 대량의 프라이빗 포인트를 가질 수 있어. 학교 측에만 부담을 짊어지게 하자는 소리야. 그럼 굳이 우대자를 찾아낼 필요가 없지. 오히려 회의해서 주위 애들을 우대자로 의심하고 과오를 범해버리는 쪽이 훨씬 위험하다고 생각해."

"어느 정도 유용성은 인정해. 하지만 우대자가 어느 반에 있는지 모르는 이상, 반끼리 포인트 차이가 더 벌어질 가능성도 있지 않아? 만약 우대자 배분이 극단적으로 치우쳐 있어서, 어느 한 반에만 우대자가 몰려 있다면? 수백만이나 되는 포인트가 그 반으로 유입되는 거야. 반 포인트에는 영향이 없겠지만, 프라이빗 포인트의 중요성은 다들 잘 알고 있고. 회의조차 안 하고 그런 결과를 얻으면 모두 엄청나게 충격받을걸."

만약 하마구치가 염려하는 대로 전개된다면 그건 엄청난 사건이리라.

이 학교는 프라이빗 포인트도 다양한 쓰임새가 있다. 평소 용돈으로 쓰는 것은 당연하고, 시험 점수를 사거나 경우에 따라서는 학생의 반 이동까지 가능한 만능 힘을 가졌다. 우대자 배분이 어떻게 되어 있는지 모르는 이상, 그런 작전을 펼칠 수는 없다는 것이 하마구치의 주장이었다.

하지만 그것 역시 A반에는 통용되지 않으리라. 카츠라기라면 이미 짜여 있는 '장치'를 눈치챘을 것이다. 그렇지 않다면 이 전략을 제안했을 리가 없다.

"조금만 생각해보면 알 수 있는 일인데, 학교가 설마 불공평하게 배분을 했겠어? 학교는 시험 개시 전에 귀에 못이 박힐 정도로 공평성을 강조했어.『각 그룹에 우대자는 한 사람만』있다는 사실은 무시할 수 없지만, 그렇게까지 중요하지 않아.『모든 반에 균등하게 우대자가 있다』는 사실이야말로 중요해. 만약 편향되었다면 시작 시점에서 큰 불공평이 발생하게 돼. 그게 가능할까? 아니, 불가능해. 지난번 무인도 시험에서도 공평성을 유지했었잖아? A반도 D반도 평등하게 시작했다는 건 의심할 여지가 없어."

카츠라기의 주장은 평등하게 우대자가 배분되어 있으니 찾을 필요가 없다, 그러니 회의하지 말고 모든 반이 똑같은 포인트를 얻고 시험을 끝내자는 이야기였다.

생각지도 못한 제안에 하마구치의 말문이 막혔다.

"하긴…… 공평성을 강조했던 건 사실이야. 그걸 믿는다면 과연 그 생각이 틀리지 않다고 생각하지만 그래도 확실하진 않아."

괴로워하면서도 하마구치는 그렇게 대답하는 것이 최선이었다.

학교가 조심성 없이 한 반에 우대자를 몰아넣었을 리가 없다. 그 추측은 간단히 할 수 있었다.

"너도 이해했다고 생각하는데. 회의해서 서로 의심하고 속이고 눌러버리는 게 결과적으로 그룹 관계를 엉망진창으로 만들 것 아냐? 잘 생각해봐. 그야 물론 우대자를 찾아내서 모두 다 같이 정답을 맞히거나 혹은 배신자 혼자 승리하는 작전은 보상이 크지. 하지만 비교도 안 되는 위험 역시 떠안아야 해. 이렇게 불확실한 시험에서 무리할 필요는 어디에도 없어."

"그러네. 네 말이 맞아. 학교에만 부담을 짊어지게 한다면 나쁘지 않은 이야기이기도 하고."

이치노세는 카츠라기가 생각해낸 작전을 긍정적으로 받아들였다. 마치다는 당연하다는 듯한 표정을 지었지만 이치노세는 그렇다고 전부 순순히 받아들일 수는 없는 것 같았다.

"하지만 실행하는 건 생각보다 쉽지 않을걸? 아니, 어쩌면 회의보다 훨씬 힘들지도 몰라. 회의하지 않고 서로 의심하지도 않고 배신도 하지 않는다. 그걸 1학년 모두 지켜야 하는 거야. 게다가 우대자의 익명성은 학교에서 보장해주니 반 친구 사이의 신뢰도 시험대에 오르게 돼. 시험 종료 때 우대자가 나서서 반이 포인트를 나누면 좋겠지만, 혼자

독식해버리는 것도 얼마든지 가능하지 않아?"

자기 반에서 일부 학생만 숨은 부자가 된다. 그러면 복잡한 심정이 되리라.

"우리 A반은 완전한 신뢰관계로 똘똘 뭉쳐져 있어. 그 점은 전혀 걱정하지 않아. 집안 문제는 집안에서 해결하면 그만이고."

수비에 철저한 카츠라기다운, 방벽을 높이 쌓는 전략이다. 실행하기 위해 동의를 얻는 것은 힘들고 난이도가 상당히 높았지만, 확실한 성과를 얻을 수 있는 데다가 회의를 안 하면 그만이어서 누구나 가능한 단순한 구조였다. 학교의 구조를 역이용한 '시험 시간 때우기 작전'이라고도 말할 수 있었다.

"괜찮지 않사옵니까? 문제가 될 구석이 전혀 없지 싶사옵니다. 시험이 끝난 후에라도 반에서 회의 시간을 마련하여 포인트를 나누면 평화로우리라고 사료되옵니다."

박사가 무슨 영문인지 원래대로 돌아온 말투로 발언하자, C반에도 그 생각이 점점 전염되었다. 마나베라는 여자애가 동의했다.

"나도 찬성인 것 같아. 모두의 답을 일치시키는 게 포인트를 제일 많이 받지만, 누군가 배신하거나 거짓말하면 그걸로 끝이잖아. 회의해서 우대자를 찾아내는 건 비현실적인 것 같기도 하고."

유키무라도 고민하는 동작을 계속 취했지만, 특별히 반대하려는 기색은 없었다. 아니, 반대 의견을 낼 수 없었다고 해야 할까. 그만큼 회의라는 과제는 난이도가 높았다.

마치다도 반응이 느껴졌는지 살짝 하얀 이를 드러내며 웃었다.

"확실히 마치다의 말이 맞아. 시험 종료 후의 문제는 각 반에 있다는 거구나."

팔짱을 낀 이치노세는 자신의 반 그리고 D반과 C반을 한 번 둘러보았다.

"모두 확실한 의견을 알려줄래? 먼저 찬성이라고 생각하는 사람, 손 들어줘."

D반의 유키무라와 박사, 그리고 C반 아이들도 조금 고민한 후 제각각 손을 들었다. 하지만 이부키는 시험 개시 전부터 지금까지 줄곧 팔짱만 낀 채 움직이지 않았다. 이렇다 할 발언도 없었다.

"이부키는 어때? 괜찮으면 의견을 들려줄 수 있니?"

"별로. 지금은 아무 생각 없으니까 좋을 대로 해."

아무래도 의사를 표현할 생각도 없는 모양이었다. C반의 세 사람과는 명백하게 서 있는 위치가 달랐다.

"알았어. 그것도 개인의 생각이니까. 그럼 카루이자와는 어때?"

"나는…… 솔직히 말하면 불만도 있어. 포인트를 얻을 수 있다지만 그 대상이 나인지는 또 별개의 문제잖아? 하지만 회의해도 포인트가 들어온다고 확실히 단정할 수는 없으니까…… 무리해서 다투는 건 수고스럽달까, 이런 시험 빨리 끝내고 놀고 싶어."

카루이자와가 나름대로 생각해서 한 말은 의외로 다른 학생에게도 영향을 미치는 것처럼 보였다.

"하마구치 일행은?"

"우리의 방침은 이치노세에게 전부 맡길게."

이치노세를 향한 신뢰가 흔들림 없이 굳건한지, B반의 두 사람이 힘차게 고개를 끄덕였다.

"고마워. 그럼 나머지 한 사람…… 아야노코지는 어떻게 생각해?"

끝까지 답을 보류하던 내게 이치노세가 물었다.

"괜찮지 않나? 이미 과반수는 납득한 것 같고, 난 원래부터 회의랑은 거리가 멀어서."

나도 찬성 의견을 냈다. 하지만…… 이걸로 이치노세가 순순히 카츠라기의 제안을 인정할 리 없다.

아니, 여기서 순순히 알겠다고 승낙하면 B반의 앞날이 어둡다.

왜냐하면 카츠라기의 전략에는 납득하기 어려운 이유가 숨겨져 있었기 때문이다.

"그럼 그렇게 정한 거다?"

"기다려. 마치다의…… 아니, 카츠라기의 제안은 물론 나쁘지 않은 작전이야. 아무도 의심하지 않고, 거짓말하지 않고, 서로 상처 줄 필요가 없으니까. 그리고 결과적으로 평등하게 포인트를 얻을 수 있지. 많은 사람이 납득하는 이유도 알 것 같아. 하지만 곰곰이 생각해봐주지 않을래? 이 작전, 언뜻 봐서는 단점이 없어 보이지만, 사실은 A반이어서 제안할 수 있는 작전이 아닌가 싶어. 우리에게는 보이지 않는 단점이 우릴 짓누를 거야."

바닷속에 잠긴 의문의 잠수함이 하얀 물거품을 뿜으며 수면 위로 올라오고 있었다.

"보이지 않는 단점? 도대체 그게 뭔데?"

생각이 거기까지 미치지 못했던 유키무라가 초조한 목소리로 이치노세에게 물었다.

"물론 모든 반에 균등하게 우대자가 있다는 걸 전제로 하고, 이 시험만 놓고 보면 회의하지 않음으로써 우대자의 독주를 허용해 각 반이 대량의 포인트를 똑같이 얻을 수 있다고 생각해. 즉 장점만 가득하지. 하지만 그럼 아랫반 애들은 한정된 기회를 한 번 날리게 되는 거 아니야?"

"그건──."

"졸업할 때까지 특별시험이 얼마나 더 치러질지는 알 수 없어. A반과의 차이도 현저하고. 극단적인 말로, 각 반의 보조를 맞추는 작전은 무인도 때에도 가능했는걸. 요컨대 시험 때마다 이런 작전을 계속한다면 최종적인 반 위치 역시 이대로 계속 바뀌지 않을 거야."

그 점을 지적하자 유키무라의 표정이 눈에 띄게 점점 더 굳어져갔다.

어째서 그렇게 단순한 걸 몰랐던 거지, 하는 표정이었다.

마치다는 교묘하게 말을 유도해서 모두가 '손익'만으로 판단하도록 의논을 진행했다.

그래서 유키무라는 전후를 보지 못하고 어느 쪽이 이익인지로만 판단하고 말았다.

"난 귀중한 기회를 쉽게 날릴 수 없어. 설령 확실한 성과를 얻을 수 있다고 하더라도 말이야."

"아무래도 이치노세의 결론이 나온 것 같네. 우리도 같은 의견이야."

"기다려, 이치노세. 하고 싶은 말이 뭔지는 알겠지만, 그렇게 하면 바라볼 수 있는 결과는 결국 하나밖에 없어. 모두 정답을 맞힌다고 해도 이 그룹 전원이 균등하게 큰 금액을 얻는 것뿐. 네가 원하는 전개는 될 수 없어. 아니면 회의해서 우대자를 색출해 B반이 재빨리 배신할 계획이냐? 넌 결과 1을 원하는지 모두에게 물었었지. 정말 믿을 수가 없군."

"차이가 좁혀지지 않는다고 말했지만 그건 착각이야. 이 그룹은 D반과 C반이 4명씩. B반과 A반이 3명씩. 그러니까 결과 1로 클리어하면 아랫반은 상위 반과의 차이를 확실히 좁힐 수 있는 거 아니야?"

"……그건 그렇지. 하지만 그 상위 반인 B반은 그걸 받아들이겠다는 얘기냐? 자기를 희생해서 아랫반이 이익을 보게 하는 건 이점이 전혀 없잖아."

"그렇게 안 하면 A반의 독주를 허용해야 할지도 모르니까. 특히 A반에 우대자가 있었을 경우를 생각하면 너무 위험해."

A반에 우대자가 없는 것이 확실하면 이치노세도 희생할 필요가 없다.

하지만 그럴 가능성이 조금이라도 있는 이상, 회의의 장이 마련되어야만 했다.

"나도 같은 의견이야. A반의 독주를 허용하고 싶은 마음은 전혀 없어."

카츠라기의 주장을 처음 들었을 때는 깜짝 놀란 모습이었지만, 지금 이치노세와 하마구치의 말투를 봐서는 초조해하거나 고민하는 동작이 가짜였다고 판단하는 게 옳았다.

이렇게 되었을 때 어떻게 대응할지 미리 상의하지 않았다면 나올 수 없는 흐름이다.

A반을 꿰뚫어보기 때문에 돌려줄 수 있는 한 마디가 아닐까.

처음에는 찬성 쪽에 손을 들었던 학생들도 대부분 다시 중립 혹은 이치노세 일행 쪽으로 마음이 기울지 않았을까. B 이하의 반은 쫓아가는 입장이니까.

지금 분위기는 꼭 이치노세가 이끄는 B반과 마치다가 이끄는 A반의 일대일 싸움 같았다.

D반과 C반은 둘 중 어느 쪽에 붙을 것인지를 축으로 이야기에 귀를 기울였다.

그리고 그 축은 확실히 B반 쪽으로 기울어져 있으리라.

"그럼 반대라는 소리냐? 미리 말해두는데, A반의 방침은 이미 방금 말한 방향으로 굳어졌어. 무슨 이유가 있어도 회의에는 참여하지 않을 거라는 걸 기억해둬. 회의할 거면 너희끼리 그렇게 하든지."

행동으로 결별을 표현하듯 A반의 세 사람이 자리에서 일어나 구석으로 이동했다.

남은 시간은 알아서들 하라는 의미 같았다.

아마 모든 그룹의 A반 멤버들이 똑같이 행동하고 있겠지. 시험 첫날부터 카츠라기는 궁극의 농성 작전이라고도 할 수 있는 수단을 쓰고 있다.

이렇게 해서 A반 중에 우대자가 있을 경우 찾아내기가 상당히 어려워진 셈이다.

"자, 그럼 어떻게 할까?"

볼을 살짝 긁적인 이치노세가 나머지 세 반의 원 안에 앉았다.

"예외 취급은 되도록 안 하고 싶지만, 반의 방침이라니까 어쩔 수 없네. 아, 하지만 회의에 참여하고 싶어지면 언제라도 얘기해!"

다정하게 말했지만 이미 A반은 흥미 없다는 듯 대꾸도 하지 않았다.

"A반이 빠지면 우대자 찾기는 무리 아니야?"

상황 변화에 초조해진 유키무라가 이치노세에게 불평했다.

조금 전까지 편한 쪽으로 가자고 획책했다고는 생각할 수 없는 태도였다.

유키무라로서도 이제 겨우 궤도에 오른 D반이 손해 보는 것은 피하고 싶을 터였다.

"만약 A반에 우대자가 있다면 개인으로 좁히는 것까지는 간단하지 않겠지. 하지만 단순히 확률로 따지면 우대자가 우리 쪽에 있을 가능성이 4분의 3이야. 게다가 『누구인지』까지는 몰라도 『어디에』 우대자가 있는지 알면 한 번 해볼 만하지 않을까?"

이치노세는 단숨에 우대자를 찾아내는 것이 아니라 일단 은 어느 반에 있는지 정도까지만 좁혀도 상관없다고 판단했다. 아니, 정확하게는 A반에 있는지를 알고 싶어 하는 눈치였다.

"A반이 회의를 거부했으니까 숨기지 않고 다 말하겠는데, 만약 이 세 반 중에 우대자가 있다면 난 최악의 경우 그사실을 숨겨도 좋다고 생각해. 하지만 A반에 우대자가 있다면 그걸 밝혀낸 다음에 어떻게 할지 다 같이 생각해봤으면 좋겠어."

카츠라기의 작전을 들은 이치노세는 대담하게도 강하게 나왔다. 세 반이 동맹을 맺고 우대자의 범위를 좁히고 싶다고 말한 것이다.

"……믿을 수 없어."

그것을 거부한 사람은 유키무라였다. 그리고 C반의 마나베도 거절 의사를 보였다.

"만약 A반 중에 우대자가 있다고 해도 정말 특정할 수 있어? 어렵지 않을까?"

"아직 그렇게 멀리 생각할 필요는 없지 않아? 지금은 우선 우대자가 어느 반에 있는지 범위를 좁히는 것 자체가 중요하다고 보는데."

우대자의 입장에서는 세 반이 똘똘 뭉쳐 압박하면 공포스러울 것이다. 하지만 우대자 혹은 우대자가 속한 반 이외의 존재는 우대자를 찾기 위해 서로 협력하는 것도 방법이라고 생각할 것이다.

"이 이야기는 내가 방금 생각해낸 거야. 앞으로 대화를 계속 이어가면 더 좋은 아이디어도 얼마든지 나올 수 있다고 생각해. 시험은 이제 막 시작했을 뿐이니까. 누구의 제안을 채용할지 안 할지는 천천히 정해도 되지 않을까?"

마치다를 부정하는 것도 이치노세를 부정하는 것도, 원래 아무도 할 수 없는 일이다.

저마다 각자의 생각을 가지고 행동하는 거니까. 하마구치도 말했지만, 대체안은 내지 않으면서 불평만 하는 것은 정정당당하지 못하다.

어쨌든 나는 서두르지 않고 다른 사람들의 태도를 지켜본 다음 움직이기로 했다.

소통 능력이 낮은 인간은 아무리 해도 이런 상황에서 한 발 늦고 만다. 그것은 그것대로 한심한 이야기지만 조바심 내지 말고 가보자.

"저기, 카루이자와라고 했나? 너한테 할 말이 좀 있는데."

이야기가 난항을 겪는 것 같았을 때, C반 여학생인 마나베가 갑자기 카루이자와에게 말을 걸었다.

카루이자와는 자신의 이름이 불릴 줄 몰랐는지 당황하며 휴대폰에서 시선을 뗐다.

"뭐야?"

"내가 잘못 안 건지도 모르지만…… 혹시 여름방학 전에 리카랑 싸운 적 있어?"

"뭐? 그게 뭔 소리야? 리카가 누군데?"

"나랑 같은 C반이고 안경 쓴 애야. 당고 머리 자주 하고 다니고. 몰라?"

"모르는데. 나 말고 다른 사람인가 보지."

자신과는 관계없는 이야기라고 판단했는지, 다시 휴대폰으로 시선을 떨어뜨리는 카루이자와.

하지만 그 다음 말은 카루이자와의 무덤덤하던 태도에 변화를 가져다주었다.

"이상하네? 우리는 분명 그렇게 들었는데. D반의 카루이자와라는 애가 괴롭혔다고. 카페에 줄 서서 순서를 기다리고 있었는데 갑자기 끼어들어서 확 밀쳤다고."

"……모른다니까. 근데 뭐야? 나한테 무슨 불만이라도 있어?"

"그냥 확인하는 것뿐이야. 그 이야기가 진짜라면 사과했으면 좋겠어. 리카는 자기가 전부 껴안고 가는 타입이라서 우리가 어떻게든 해줘야 하거든."

아무래도 카루이자와는 우리 반에서뿐 아니라, 다른 곳에서도 꽤나 트러블메이커인 모양이었다. C반도 귀찮은 상대이므로 밉보이면 위험하다. 카루이자와는 무시하기로 결심한 듯 했지만, 그 모습을 본 마나베가 짜증이 났는지 카루이자와에게 휴대폰 카메라를 들이댔다.

"리카한테 확인 좀 해도 될까? 괜찮지? 카루이자와 네가 아니면 문제될 것 없잖아?"

그때 카루이자와가 고개를 번쩍 들어 마나베가 가진 휴대폰을 빼앗았다. 그 힘이 생각보다 훨씬 세서 마나베의 휴대폰이 휙 날아가 바닥에 떨어져 뱅글뱅글 돌았다.

"무슨 짓이야!"

"그건 내가 하고 싶은 말이야. 멋대로 내 얼굴 찍지 마. 나아니고 다른 사람이라고 말했잖아."

두 사람의 주장이 완전히 엇갈렸다. 말다툼은 점점 더 격해졌다. 이치노세는 그 모습을 방관하듯 지켜보았다. 둘 중어느 쪽이 선이고 악인지 가려내려는 것일까.

"휴대폰 망가졌으면 어쩔 거야?!"

"어쩌긴 뭘 어째. 학교에 말해서 다른 거 다시 받으면 그만이지."

당황하며 휴대폰을 주운 마나베가 원망 가득한 눈빛으로 카루이자와를 노려보았다. 시종일관 지켜보던 C반 학생 중두 사람이 마나베에게 가세해, 앞으로 고꾸라지듯 카루이자와에게 다가섰다.

"뭐야…… 내가 잘못했다는 거야?"

"네가 아니라면 그렇게 열 받아서 부정할 필요 없잖아? 사진 찍게 해줘."

"싫다니까……."

마나베에게 좀 더 강하게 덤빌 줄 알았더니 카루이자와는 의외로 소극적이었다. 아니, 강하게 나오면서도 약간 두려움이 섞여 있는 듯한 느낌이 드는 것은 내 기분 탓일까?

"켕기는 게 있으니까 부정하는 거 아니야?"

마나베는 강제로 사진을 찍을 생각인지 카메라 렌즈에 카루이자와를 담으려고 했다. 그 모습을 C반의 두 여학생이 깔깔거리며 지켜보고 있었다. 하지만 나머지 한 사람인 이부키만은 태도가 조금 달랐다. 마나베 일행을 경멸하는 눈빛이었다.

"바보 같아."

"바보 같다니? 이부키 너랑은 상관없잖아. 리카랑 친구도 아니고."

"그래. 물론 난 아무 상관없어. 그러니까 제삼자로서 느낌을 말한 것뿐이야."

이부키는 그렇게 말하며 팔짱을 끼고 눈을 내리깔았다. 마나베는 그 태도가 마음에 들지 않는 모양이었지만, 이부키에게 직접 따지지 않고 다시 거칠게 카루이자와를 향했다. 그건 아마 C반에서 이부키에 대해 명확한 상하관계가 확립되어 있어서겠지.

"어쨌든 찍을 거니까."

"싫다고! 저기…… 쟤한테 무슨 말 좀 해줘."

무슨 생각인지 카루이자와가 A반 학생인 마치다에게 다가가서 도움을 요청했다.

마치다의 옆에 찰싹 달라붙어 마나베의 행동을 불평했다.

"무단으로 사진을 찍는 건 용납할 수 없어. 마치다는 어떻게 생각해?"

"……그렇지. 마나베, 카루이자와가 싫어하니까 그만둬."

"마, 마치다 네가 무슨 상관이야?"

"지금 이야기를 들어보니까 잘못은 마나베 쪽이 하는 것 같은데. 카루이자와가 모르는 일이라고 하니 강제로 단정할 수 없지. 네 친구한테 다시 확인하는 편이 좋아."

하긴 이 상황에서 공평하게 판단하면 마치다의 말이 옳으리라. 진실을 확인하기 위해 사진을 찍고 싶은 마음은 잘 알겠지만 본인이 촬영을 거부하는데 무단으로 찍는 것은 매너 위반이다.

그런 것은 마나베 측도 알고 있을 테니 옳은 말을 들이밀면 물러날 수밖에 없다. 그래도 확신이 있는지 물러날 수 없다는 반응이었다.

"이상한 생트집 좀 그만 잡아, 진짜. 고마워, 마치다."

왠지 존경이 남긴 눈빛으로 마치다를 올려다보는 카루이자와. 시험에서 그룹의 멤버들과 거리를 두겠다는 A반이지만 그렇다고 아주 관심이 없는 것은 아닌 모양이었다. 타케모토 등은 살짝 지루해 보였지만 말이다.

"······당연한 일을 했을 뿐이야."

마치다가 멋쩍어하며 대답했다. 새로운 사랑이 시작될 예감이라도 들었나.

카루이자와에게는 히라타라는, 트집 잡을 구석 하나 없이 완벽한 남자 친구가 있는데.

다만 C반의 일부 아이들과 카루이자와의 관계가 앞으로 문제의 불씨가 될 듯한 느낌이 마구 들었다.

2

결국 이야기가 결론이 나지 않은 채 최소한의 회의를 하라고 주어졌던 1시간이 다 지나갔다. 자유로이 행동해도 좋다는 방송이 흘러 나와 해산 가능한 상태가 되었다.

"그럼 나머지는 좋을 대로 해.

A반 학생들이 무리지어 재빨리 방을 빠져나가고 나자 방은 다시 정적에 휩싸였다.

카츠라기의 제안을 거절한 이치노세였지만, 회의를 계속 진행하지는 않았다.

아직 취할 수 있는 방법을 감추고 있는 걸까 아니면 아무 생각도 없을까. 솜씨를 좀 지켜봐야겠군.

"일단 앞으로 5번은 회의할 수 있으니까, 지금은 그만 해산할까?"

이치노세가 산뜻한 목소리로 말했다.

요컨대 일단 시간을 두고 각자 의논하는 시간을 가지는 게 좋겠다고 판단한 것이다.

갑자기 다 처리할 수 없는 대량의 정보가 덮쳐와 적어도 D반 아이들은 전부 지친 기색이었다. C반 역시 마찬가지겠지. 일단 여기서 중단하는 것은 나쁘지 않은 생각이었다.

"그럼 난 돌아갈게. 으헉?!"

피곤하다며 자리에서 일어선 카루이자와가 오래 앉은 탓에 다리에 쥐가 났는지 앞으로 고꾸라졌다.

"아얏!"

넘어지지 않으려고 비틀거리며 걷던 카루이자와가 마나베의 발을 있는 힘껏 밟았다. 당연히 강렬한 고통에 마나베가 비명을 빽 질렀다.

"아, 놀래라. 미안, 미안. 그럼 난 이만."

가볍게 사과한 카루이자와가 그대로 방을 빠져나갔다.

"뭐, 뭐야, 쟤!"

고통 그리고 카루이자와의 태도에 머리끝까지 화가 난 마나베가 남아 있던 우리에게 대신 화살을 돌리며 퇴실했다. 물론 우리가 책임질 수도 없는 일이니 그저 시선을 피했다.

"그럼 우리도 돌아가자. 히라타한테도 물어보고 싶으니까."

다른 반은 상상 이상으로 움직이기 시작하고 있었다. 유키무라도 빨리 작전 회의를 열고 싶은 모양이었다. 정확하게 말하면 제대로 상담할 만한 사람이 자기 반에 없기 때문에 고뇌에 찬 결단이라고도 말할 수 있지만.

박사도 느릿느릿 일어섰다.

결국 방에 끝까지 남은 사람은 B반의 세 사람과 이부키였다.

"슬슬 배가 고프옵니다. 아직 런치 뷔페가 하고 있을지 궁금해지오."

아니 아니, 넌 너무 빨라. 한 시간 만에 소화가 다 되다니 몸 구조가 도대체 어떻게 되어 있는 거야? 애초에 그렇게 많이 먹으니까 살이 찌는 거다. 하지만 그런 마음속 충고가 박사에게 전해질 일은 없으리라.

"유키무라. 카루이자와의 상태가 좀 이상하지 않았어?"

나는 첫 번째 시험을 끝내고 의문스러웠던 부분을 말해보았다. 유키무라는 의아하다는 표정을 지었다.

"그 녀석은 항상 이상한데."

……단적이지만 실로 정곡을 찌르는 말이군. 하지만 내가 듣고 싶은 말은 그게 아니다. 위화감 정도 수준이지만 어딘가 평소와 달랐던 것이다. 그 정체가 뭔지는 나도 잘 모르겠지만…….

박사도 특별히 못 느낀 것 같으니 일단 이 일은 잊기로 했다.

잡념이 들어가지 않도록 입실 전에 꺼 두었던 휴대폰 전원을 켜자 사쿠라가 보낸 채팅 메시지가 들어와 있었다. 내용을 열어 보니 시간 괜찮으면 만나고 싶다는 연락이었다.

"마침 잘 된 건지도 모르겠군."

히라타와 호리키타 이외의 인물은 이 기묘한 시험을 어떻게 느끼는지 들어보고 싶던 차였고, 사쿠라가 배속된 그룹에 대해 알면 뭔가 보일지도 모른다고 생각했다.

"으음, 어디서 만나는 게 좋을까……."

일단 어제와 같은 장소가 좋을까? 알기도 쉽고.

그렇게 말을 전하자 사쿠라에게서 곧바로 알았다는 메시지가 도착했다. 지금 시간이면 학생들로 넘치겠지만 사람이 많을수록 우리에게 주목하는 녀석들도 없으리라. 외톨이는 인파 속에서도 살아갈 수 있는 능력을 저절로 몸에 익히는 법이다. 첫 번째 그룹 회의를 이제 막 끝낸 시간이기도 해서 엘리베이터 앞은 엄청나게 붐볐다.

한 번에 10명 정도 밖에 탈 수 없다고 생각하면 차라리 계단을 이용해서 돌아가는 편이 빠를 것 같다.

나는 그대로 계단을 내려가 갑판으로 향했다. 도중에 새로운 채팅 메시지가 들어왔다.

'사람이 좀 많아서 선수 쪽으로 이동하고 있어. 미안.'

"아차…… 사쿠라는 견디기 힘들었나."

나는 곧장 선수로 갔다. 호사스러운 설비로 넘치는 선내에 비해 선수 쪽에는 경관을 감상하기 위한 넓은 갑판이 있을 뿐이었다. 그래서 기본적으로 사람이 적었다.

지금은 달리 아무도 없는 것 같아 넓은 갑판을 거의 독점

할 수 있는 상태였다.

하지만 그런 갑판에서도 사쿠라는 구석 쪽 기둥에 몸을 숨기고 내가 오기만을 기다리고 있었다. 크게 부르는 것도 이상해보여 천천히 다가갔다.

"……라고 생각하는데…… 어, 어떨까?"

응? 사쿠라와의 거리가 점점 좁아지자 중얼중얼 말하는 소리가 들려왔다.

바람에 목소리가 실려 왔지만, 원래 성량이 작아서 잘 들리지 않았다.

"나, 나랑, 그, 그러니까…… 데, 데데, 데……."

누군가와 이야기하는 줄 알았는데 전망 좋은 갑판 위에는 달리 아무도 없었다.

손에 휴대폰도 들고 있지 않은데 좀 이상하다.

"사쿠라? 뭐해?"

최대한 놀라지 않게 조용히 말을 걸었다.

"으아아아아아아아아아악~?!"

사쿠라가 깜짝 놀라 펄쩍 뛰었다. 덩달아 나도 놀랐다.

"어, 어어, 언제, 언제부터 거기에?!"

"이제 막 왔는데."

역시 주위에는 사람은커녕 작은 동물 같은 것도 없었다.

그러니까 사쿠라가 대화한 상대는 유령이거나 망상의 친구이거나 둘 중 하나라는 말인가.

"들었어?! 내가 하는 말 들었어?!"

"띄엄띄엄. 하지만 무슨 내용인지까지는 아무래도."

사쿠라는 내가 알아듣지 못한 것에 안도하는 표정이었다.

"그런데 나 왜 불렀어?"

"으음, 그게, 그러니까, 아…… 그, 그렇지! 이번 시험 때문에 고민이 돼서!"

몹시 의기소침한 상태로 내민 종이 리스트. 나는 그것을 받아들어 이름을 확인했다.

A반: 사와다 야스미, 시미즈 나오키, 니시 하루카, 요시다 켄타

B반: 코바시 유메, 니노미야 유이, 와타나베 노리히토

C반: 토키토 히로야, 노무라 유지, 야시마 마리코

D반: 이케 칸지, 사쿠라 아이리, 스도 켄, 마츠시타 치아키

소 그룹에 배속된 D반…… 헉, 여기도 만만치 않군.

남자는 스도와 이케. 이런 멤버라니 사쿠라가 불쌍해진다.

이 시험은 특성상 아무래도 그룹 멤버들끼리 보내는 시간이 생기기 마련이다.

옆에 있으면 조금이나마 감싸줄 수 있지만, 이번에는 그것도 할 수 없다.

강제로 그룹이 모이는 시간이 되면 각자 흩어져서 고립무원에서 싸울 필요가 있다.

몰래 휴대폰을 써서 도울 수는 있지만, 시험 중에 그런 부

자연스러운 행동을 하면 주위에서 금세 눈치챌 것이다. 그리고 그 행동이 시험에서 큰 실패로 이어질 수도 있다.

"혹시 다른 반에 아는 녀석이라도 있나 생각했는데……아주 훌륭할 정도로 아무도 모르겠어. 친구의『친』자도 느껴지지 않아……."

생각해보면 이치노세나 칸자키 정도 밖에 믿을 만한 인물이 떠오르지 않지만 말이지.

그 이치노세는 우리 그룹에 들어 있으니 이미 막힌 상태인가.

스도와 이케에게는 사쿠라를 도저히 맡길 수 없는데…….

"미안…… 나한테 제대로 된 친구가 없는 바람에."

"사, 사과할 일이 아니야. 난 친구가 아예 없는걸!"

한심한 이야기지만 둘 중 누가 더 아래인지를 겨루는 형국.

그렇게 서로 앞 다퉈 친구 없음을 자랑하다가 내가 화제를 전환했다.

"그런데 나도 너한테 궁금한 거 있는데 물어봐도 돼?"

"뭐? 나한테? 뭔데?"

"회의가 끝난 후에 혹시 야마우치가 말을 걸지 않았나 싶어서."

"야마우치……? 아니, 안 걸었는데. 왜?"

"그래?"

무인도 시험 때 나는 호리키타를 이용하면서 사쿠라도 간

접적으로 이용했다. 야마우치를 움직이기 위해 야마우치가 호의를 가진 사쿠라의 연락처를 알려주겠다고 말해버린 것이다.

물론 내 마음대로 사쿠라의 연락처를 알려줄 수는 없는 노릇이라 아직 야마우치에게 그와 관련된 이야기를 하지 않았다. 혹시 그 여파가 사쿠라에게 미치지 않았는지 걱정했는데 아직 괜찮았던 모양이군. 내가 뿌린 씨앗이라고는 해도 야마우치가 이리저리 움직일 것 같으면 대책을 강구해야만 한다.

"일단 뭐 생각한 거 있으면 나한테 연락해. 기본적으로는 만나러 나올 수 있을 거니까."

"……그래도 돼?"

"응. 내가 해줄 수 있는 일은 그 정도뿐이니까."

그런 의지가 되는지 어떤지 알 수 없는 발언에도 사쿠라는 어린애처럼 눈빛을 반짝였다. 조금 나눈 대화가 기뻤는지도 모르겠다.

"꼭 연락할게!"

"그, 그래."

평소와 이미지가 좀 다른, 사쿠라의 기뻐하는 모습과 힘찬 말투에 나는 살짝 뒷걸음질 쳤다.

어쨌든 조금씩 적극적으로 변하고 있다고 해석해도 되겠지? 무인도 시험이 끝난 지 며칠밖에 지나지 않았는데도 사쿠라는 왠지 한 뼘 성장한 듯 보였다. 엉뚱한 시험이었지만 성장기 청소년에게는 예상치 못한 영향을 미쳤는지도 모르겠다. 완전히 극복한 것은 아니라도, 이렇게 괴로운 상황에서도 긍정적으로 임하려는 의지가 엿보였다.

3

"아아아아야아아아아노오오오코오오오지이이이이……!"

선내로 돌아오기가 무섭게 등 뒤에서 그림자가 나를 덮쳤다.

그는 내 목에 팔을 휘감고 꽉 조였다. 내가 당황해서 팔을 때렸지만 풀어줄 기색이 보이지 않았는데, 진심으로 한 방 먹이러 온 것 같았다. 팔을 흔들어 풀고 벗어나 뒤돌아보니 도깨비 혹은 아수라 같은 형상을 한 같은 반 친구, 야마우치 하루키의 모습이 있었다.

"왜, 왜 이래?"

이유는 알고 있었지만, 형식상 그렇게 물어볼 수밖에 없었다.

"왜 이래는 무슨 왜 이래? 사쿠라의 연락처를 알려준다던 이야기는 어떻게 됐어! 아니, 방금 너 사쿠라랑 무슨 얘기 했어?! 역시 너도 사쿠라를 노렸던 거냐?!"

운 나쁘게도 야마우치가 그 장면을 목격해버린 모양이었다. 하지만 만사 생각하기 나름이라고 했다.

"별로 노리거나 그런 거 아니야. 좀 말하기 힘든데…… 내가 거짓말을 하나 해버렸어."

"거짓말, 이라니 무슨……."

"낯가림 심한 내가 사쿠라의 연락처를 어떻게 알겠어?"

일부러 말을 살짝 빙 돌려 야마우치에게 진실을 알렸다.

"그럼 혹시…… 방금 사쿠라한테 물어보려고 했던 거야?
메일 주소를……?"

고개를 끄덕여 보이자 야마우치는 아연해하며 그 자리에
두 무릎을 꿇고 주저앉았다.

"그러니까 아야노코지……모르면서 나한테 안다고 거짓
말을……?"

"그런 거지……."

"그래서, 성과는? 메일 주소를 알아냈어?"

"……미안."

"미안? 미안하다니. ……내가 바라는 건 사과가 아니라
주소라고."

감정이 실리지 않은 조용한 중얼거림이 야마우치가 낙담
했다는 것을 알려주었다.

"잘도, 잘도 나를 속였겠다아아아?!"

물론 속인 것은 미안하다고 생각했지만, 허락도 받지 않
고 사쿠라의 연락처를 야마우치에게 가르쳐 줄 수는 없었
다. 노골적인 흑심은 그녀도 거부할 것이다.

"조금만 더 시간을 줄 수 없을까?"

"시간은 무슨 시간! 거짓말쟁이는 도둑의 시작이라고!"

D반에서도 거짓말쟁이로 손꼽히는 야마우치한테 이런 말을 듣다니…… 충격적이다.

"그럼 사쿠라한테 억지로 물어볼 거야?"

"그래. 그렇게 할 거다."

분노에 가려 앞이 잘 보이지 않겠지. 강제로라도 사쿠라의 메일 주소를 얻어낼 작정인 모양이다.

"사쿠라가 그러던데. 말뿐인 남자는 싫다고."

"그건 너잖아, 아야노코지."

"물론 나를 싫어하지. 연락처를 안 가르쳐 주는 것도 당연해. 그러니까 너는 나랑 같은 전철을 밟지 않았으면 좋겠어. 안 그러면 내가 억지로 물어보려다가 화만 산 의미가 없으니까."

"그거 다 변명이잖아. 원래부터 몰랐잖아, 너는."

나는 시선을 깔고 야마우치에게 머리를 숙였다.

"응. 그건 사과할게. 하지만 이대로라면 틀림없이 너도 미움만 사게 될 거야."

"그럼 어떻게 해야 되냐……"

"사쿠라가 디지털카메라를 좋아한다는 건 알고 있지? 사실 지금 갖고 있는 게 상태가 영 안 좋다는 이야기를 들었어. 새 카메라를 사려고 해도 포인트가 없어서 포기했나봐. 만약에 그 디지털카메라를 야마우치가 마련해준다면 어떨까? 선물해주는 거 어때?"

"그야 좋아하겠지만…… 나 포인트 없는데?"

155

"이번 특별시험에서 우대자가 승리하거나 배신자가 되어 답을 맞히거나 전원 클리어하면 디지털카메라를 몇 대나 살 수 있는 포인트를 가지게 되잖아. 내 말이 틀려?"

지금 야마우치의 마음속에 한 가지 답이 보글보글 피어오르기 시작했을 것이다.

"남자다운 면모를 보여주는 의미로도 지금은 야마우치 하루키의 실적이 필요하다고 봐. 그래야 전 아이돌인 사쿠라와 커플로 어울리는 남자라고 나는 생각해."

어떤 감정이든 야마우치가 사쿠라에게 호의를 품고 있는 것은 사실이었다. 그 부분을 자극해주면 평소보다 높은 능력을 발휘할 가능성이 있다.

"할게, 해 주마, 해 보이겠어! 나는 내 힘으로 사쿠라를 얻을 테다!"

"바로 그거야, 야마우치. 너라면 할 수 있어, 할 수 있다니까!"

"우오오오오! 이번 시험, 반드시 내가 이길 거얏!"

겨우 분노의 화살을 돌리고 시험에 참여하는 의미를 부여하는 데 성공했다. 결과가 허무한 실패로 끝나면 나에 대한 원망이 다시 들끓어 오를지도 모르지만, 일단 급한 불은 껐다.

한 가지 우려되는 점은 적당히 우대자를 찍었다가 틀렸을 경우인데…….

"혹시 몰라서 말해두는데——."

야마우치에게 신중하게 하라고 말하려다가 그만두었다.

"뭐?"

"아니야, 힘내. 우대자를 찾아내면 다른 반에 정보가 새어나가지 않게 조심하고."

"두말하면 잔소리지."

야마우치가 우대자를 잘못 짚어서 틀려버리면 그건 그거대로 좋은 결과일지도 모른다.

당장 눈앞의 이익보다 미래의 이익이다.

4

졸업 시점에서 A반만이 '원하는 대학교, 원하는 회사를 보장받는 것'이 불변의 사실인 이상, 시험에서 완전히 협력관계가 되는 것은 불가능하다.

B반과 D반이 서로 손을 잡을 수 있는 것은 C반과 A반을 쓰러트리기 위해서다.

C반과 A반이 힘을 합칠 수 있는 것 역시 D반과 B반을 쓰러트리기 위해서다.

그런데 그 모든 반이 한 곳에 모인다면 어떻게 될까? 육식동물과 초식동물을 같은 우리에 집어넣은 것처럼 위험한 상황이 되리라. 하나로 똘똘 뭉치기란 불가능에 가까운 셈이다.

물론 우연에 의한 단결은 일어날 수도 있다.

히라타나 이치노세 같이 인격자만으로 구성된 그룹이라면 어쩌면 말이다.

그 정도로 무리인 난제였다.

A반은 두 번째 모임에서도 회의에는 일절 참여하지 않았다. 당연히 한 반이 빠진 상태로는 속내를 드러낸 이야기 따위가 나올 리도 없어서 시간만 인정사정없이 흘러갔다.

각 반 학생들이 어떻게 행동하는지 흥미 깊게 관찰하기 시작했지만 이 불안정한 관계는 벌써부터 숨 막히는 분위기가 되어가고 있었다. 모두에게 의욕이 없는 것은 결코 아니었다. 단지 경계심이 강해서 경솔하게 발언하지 않을 뿐이리라.

"일단…… 이렇게 모인 것도 두 번째니까 슬슬 마음을 터놓고 이야기할 때가 되지 않았어? 모이는 횟수는 정해져 있으니."

역시 이번에도 제일 처음 나선 사람은 이치노세였다. 과연 평화를 원하는 B반. 하마구치와 또 다른 학생 역시 마찬가지였다. 그들은 딴 길로 새지 않고 공동전선을 내세웠다.

가짜 히라타가 여기저기 굴러다니고 있다. 하지만 그들은 가짜인 만큼 본질적으로는 히라타와 다르다.

이치노세 일행은 어디까지나 B반의 승리에 중점을 두고 있을 터였다.

지난 첫 번째 모임처럼 마음이 들뜨고 앞으로 뭐가 일어날지 몰랐던 때와 달리, 지금 이곳의 공기는 이상하게 무거웠다. 모두 의심암귀(疑心暗鬼)하면서 경계심을 높였다.

그런 가운데 A반의 세 사람은 이 무거운 공기로부터 해방되어 각자 자유로이 휴대폰을 만지작거렸다. 하긴, 다른 그룹과 연락을 취하면 안 된다는 규칙은 없었다. 통화조차 자유였다.

빈익빈 부익부라는 말이 그대로 들어맞는 상황이었다.

반 대항일 때 압도적 우위에 있었던 A반은 초조해할 필요가 전혀 없었다.

무인도에서의 반격으로 다소 흐름이 바뀌었나 생각했지만 카츠라기는 상상 이상으로 냉정하게 일을 추진하려 하고 있었다. 다시 생각해봐도 상당히 유효한 작전이었다.

특히 나처럼 혼자 행동하는 인간은 이 성벽을 무너뜨리기가 쉽지 않았다.

"서로 속내를 다 드러낼 필요는 없지만 회의가 필요하다는 건 찬성이야. A반은 멋대로 시험에 참여하지 않을 생각인가 본데, 우리 입장에서는 우대자를 밝혀내고 싶어."

유키무라는 이치노세의 발안에 동의하는 형태로 무거운 공기를 바꿔보려고 목소리를 높였다. 다른 반에 우대자가 있다면 멀쩡히 눈 뜨고 기회를 날려서는 안 된다고 생각하는 것은 당연했다.

혹은 자신이 우대자이기 때문에 들키지 않으려는 위장술인가.

"하지만 회의한다고 과연 답이 나올까? 난 도저히 그런

159

생각이 안 드는데. 우대자라는 게 너무 치사하달까, 이 시험 너무 어려워."

"하고 싶은 말이 뭔지는 잘 알겠어, 카루이자와. 하지만 그건 생각하기 나름 아닐까? 무인도 시험도 이번 시험도, 본질적으로는 학생을 위한 서프라이즈라고 바꿔 생각하는 거야."

"선라이즈?"

"선라이즈라면 맡겨만 주시옵소서! 소인이 잘하는 분야 이옵니다! 의욕이 마구 샘솟는구만!"

틀린 말에 왜 그러는지 민감하게 반응하는 박사. 아니, 선라이즈가 아니라 서프라이즈거든?

"배에서 보내는 거, 자유롭기도 하고 즐겁지? 하루에 두 시간 동안 모여야 하는 규칙이 있다고 해도 수다 떨거나 휴대폰을 만지는 것도 자유고. 수업처럼 숨 막힐 듯 지루한 시간도 없고."

"그건 뭐…… 즐겁긴 하지만."

"그렇지? 그러니까 좀 더 편하게 얘기하자. 친구끼리 대화하는 것처럼. 껍질 안에 틀어박히면 괴롭기만 할 거야. 마치다 쪽 애들 표정은 계속 험악하잖아."

수업만 빼고 생각하면 사실 바캉스를 만끽하고 있는 것은 분명했다. 순전히 감정적인 문제인데, 긍정적으로 임할수록 시험이 편하게 느껴지리라. 그런 식으로 조금이라도 더 분위기를 부드럽게 만들려고 애쓰는 이치노세의 말을 들은 마치다가 실소했다.

"네가 어떻게 즐기든 그건 네 자유지만, 우대자를 찾아내는 건 불가능할 거다. 이 그룹에서 누가 우대자인지는 몰라도, 동료랑 정보를 공유하지 않은 건 자기만 포인트를 독차지할 계산에 들어갔다는 거야. 오기로라도 계속 숨기겠지. 그리고 어쩌면 B반에 우대자가 있을지도 모르는 거 아냐? 그 두 사람 말을 믿을 수 있겠어?"

마음을 흔드는 말이었다.

"그건 너희도 마찬가지 아니야? 같은 반 애들을 믿을 수 있어?"

"……당연하지."

순간 마치다의 눈빛이 흔들렸다. 아니, 정확하게는 그 옆에 있던 '모리시게'라는 학생 쪽을 향했다.

하지만 곧 시선을 원래대로 돌리고는, A반에는 불안 요소 따위가 없다고 재차 주장했다.

"우리가 우대자에 연연할 이유는 없어. 매달 10만 이상의 포인트가 들어오니까. 거짓말을 하면서까지 고작 50만 포인트를 고집하는 녀석은 없겠지."

"과연 그럴까? 유비무환이라고, 1포인트라도 더 많이 모으고 싶은 게 사람 마음 아닌가? 이 학교에 있으면 포인트가 많으면 많을수록 좋으니까."

"바보 같군. 망상은 얼마든지 해도 좋지만. 뭐, 그래봐야 쓸데없이 발버둥만 치는 꼴이야."

마치다의 비웃음을 산 이치노세의 옆얼굴. 확실한 반응을 느끼는 것처럼 보였다.

　마치다는 회의에는 참여하지 않겠다고 말하면서도 이치노세의 말에 일일이 대답하고 있었다. 이야기를 하면 정보가 새게 되어 있다. 유키무라와 카루이자와를 이용해서 이치노세는 차곡차곡 정보를 수집해나갔다. 다만 문제는 '언제 눈치챌까'였다.

　한편 카루이자와는 이따금 한숨을 푹 쉬며 휴대폰을 만졌다. 시험 중에 휴대폰을 만지면 안 된다는 규칙은 없으니 위반은 아니지만, 우대자를 찾기 위한 긍정적인 태도라고 말하기는 어렵군. 아니면 CIA나 FBI처럼 지금도 실시간으로 히라타와 통화 연결이 되어 있어 대화가 다 들린다거나……하면 존경할 건데 말이지. ……그건 아니겠지.

　물론 평소 성실한 모습을 찾아볼 수 없는 카루이자와를 잘 아는 사람이라면 이 불성실함도 얼마든지 이해할 수 있다. 하지만 뭔가가 평소랑 달랐다. 기묘한 위화감이 계속되었다.

　특별시험이 시작된 후로 줄곧 느꼈던 위화감.

　평소와 다른 카루이자와. 이부키와의 재회. 마나베 일행과 주고받은 대화.

　그리고 나는 그 위화감의 정체가 무엇인지 드디어 깨달았다. 어느 것 하나도 카루이자와 '답지' 않은 행동이었다. 카루이자와는 D반에서 특히 존재감이 빛났고, 좋은 의미로도 나쁜 의미로도 히라타와 함께 반을 하나로 뭉치게 만드는 아이였다. 그런데 지금은 하나의 군중에 불과하다. 이번 시험에 참여할 능력이 있는지 없는지와는 상관없다. 억지로라도 분위기를 이끌어내는 능력을 갖추고 있을 텐데 그 능력을 보이려고 하지 않았다.

이따금 이야기에 맞장구를 치거나 대답은 하지만 금세 가라앉았다. 히라타는 어딜 가나 히라타이고 쿠시다도 어딜 가나 쿠시다인데, 카루이자와는 그렇지 않았던 것이다.

등급을 매겨 카스트 제도로 표시한다면 오히려 C반의 마나베 일행보다도 낮은 위치에 있었다.

이것이 바로 내가 느낀 위화감의 정체였다. 그리고 의문과 의심이 천천히 부풀어 오르기 시작했다.

D반이 상위로 올라가기 위해 필요한 것은 당장 포인트를 늘리는 것이 아니다. 포인트를 증가시킬 체제를 탄탄하게 만드는 것이야말로 급선무다. A반과 B반에 비교하면 D반의 결속력은 상당히 낮았다. 그래서 반드시 필요한 존재로 들 수 있는 사람이 카루이자와 케이, D반 여학생들을 통치하는 소녀였다. 나는 그렇게 생각했다. 그렇기 때문에 지금 태도가 마음에 자꾸 걸렸다. 좀 더 강하게 분위기를 지배할 줄 알았는데 말이지. 그녀가 쓸 만한 인재인지 아닌지 구별할 필요가 있었다. 시험 기간이 짧다는 것을 고려하면 느긋하게 있을 시간이 없다. 강제적 방법으로 들쑤셔 봐야 할지도 모르겠군.

1시간이 지나 시험이 종료되자 곧바로 방에서 나가는 A반. 기존 방침을 바꾸지 않고 이대로 나머지 네 번의 회의도 조용히 지켜볼 작정이리라. 하나둘 퇴실하는 다른 반 학생들을 곁눈질하며 이치노세가 살짝 무거운 한숨을 내쉬었다.

"으음…… 힘든 시험이 될 것 같아. 아야노코지는 어떻게 생각해? 힘들지 않아?"

의외로 보통내기가 아니군, 이치노세 호나미라는 학생은. B반을 이끄는 소녀는 생각했던 것보다 훨씬 냉정하고 영리하고 야무지다. 거의 발언하지 않았던 내게 마음을 쓰는 모습에 나도 모르게 마음을 허락할 것만 같았다.

아마 같은 반이었다면 좋아했을 것 같다. 그만큼 매력적인 존재였다.

그만큼 B반뿐 아니라 다른 반 남자들도 그녀를 가만 내버려두지 않겠지. 쿠시다와 우열을 가릴 수 없을 만큼 인기가 많으리라.

"솔직히 나 같은 인간은 이런 시험에서 나설 엄두도 안 나. 그저 보고만 있을 뿐이지."

"포기하기는 아직 일러. 조금이라도 더 좋은 방향으로 흘러가도록 함께 노력하자."

이치노세는 승리를 위해 지금 힘껏 마주서고 있으리라.

"뭐, 이대로 단순히 회의만 계속해봤자 아무도 솔직하게 우대자라고 인정하지 않겠지. 계속 숨겨서 얻는 이점과 들켰을 때 얻는 불이익이 너무 크기도 하고. 이대로 평행선을 달리게 되면 최악의 경우 A반이 제안한 대로 움직이는 것도 방법일지 모르겠어."

그런 약한 소리처럼 들리기도 하는 발언과는 정반대로 이치노세의 눈동자는 전혀 빛을 잃지 않았다.

많은 생각이 뒤섞이면서도 그녀는 임전태세를 풀려는 모습이 전혀 보이지 않았다.

"일단 오늘은 이걸로 끝내자. 두 사람 모두 고생했어."

"아니, 우린 아무것도 한 게 없는걸. 그럼 철수할까?"

전환이 빠르다. 스위치를 끄기라도 한 것처럼 B반의 세 사람이 어깨에 힘을 확 뺐다. 오늘 하루 관찰하면서 보인 것과 보이지 않은 것. 이치노세 일행의 진짜 목적은 아직 모르겠지만, 착실하게 성과를 쌓고 있다고 봐야 하리라.

물론 외부에 밝힐 리 없는 어떠한 작전을 검토 중일지도 모른다.

C반의 마나베 일행이 자리에서 일어나자 나는 그들의 뒤를 쫓았다.

엘리베이터 앞까지 따라간 나는 살짝 미안하다는 듯이 말을 걸었다.

"저기 잠깐만."

내 존재를 알아차리긴 한 것 같았지만 말을 걸 줄은 몰랐는지 마나베가 경계하며 뒤돌아보았다.

"카루이자와랑 이야기한 그거 말이야. 카페에서 밀쳤다 안 밀쳤다 했던."

"그게 뭐?"

원래 나와의 대화 따위 관심도 없겠지만, 그 내용에는 반드시 흥미를 가지리라고 생각했다. 세 사람 모두 나를 시험하는 듯한 시선을 보냈다.

"백 퍼센트 확실한 건 아니지만, 카루이자와가 다른 반 여자애랑 다투는 걸 봤어."

"그거…… 진짜야?"

마나베가 거리를 좁히고 딱딱한 목소리로 물었다. 나는 살짝 위축되면서도 고개를 끄덕였다.

"아마도. 그때 분위기가 안 좋았다고 할까, 어색했던 것 같아서 일단 전해두는 거야. 그게 전부야."

한 번 흐지부지하게 끝났던 카루이자와와 C반의 시비 사건을 다시 문제화시킨 나는 허둥지둥 원래 왔던 길을 되돌아갔다. 실제로 그런 현장을 목격한 게 아니어서 대화로 더 길어지면 거짓이 탄로 나고 말 테니까.

이 불씨로 마나베 일행이 행동을 일으켜 주기를 기대한다. 그래서 무슨 영문인지 얌전해진 카루이자와가 어떤 반론을 펼칠지, 그리고 어떻게 대응할지 지켜보고 싶다.

5

잠깐 눈을 붙였다가 늦게 방으로 돌아온 나는 아무와도 대화를 나누지 않고 침대에 걸터앉았다. 자정이 가까워서 모두 잘 준비에 들어갔을 줄 알았는데, 방은 아직 시끌벅적했다.

늦게 방에 돌아온 나를 히라타가 걱정스러운 눈빛으로 쳐다보았다. 그는 실내에 마련된 소파에 유키무라와 마주보고 앉아 있었다.

"고생 많았어, 아야노코지. 꽤 늦었네."

"조금. 아아, 맞다. 히라타한테 좀 물어보고 싶은 게 있는데 잠깐 괜찮아?"

"피곤해 보이긴 하지만, 혹시 괜찮으면 잠시 얘기 좀 안 할래?"

나와 히라타가 동시에 말했다.

"음? 나한테 묻고 싶은 게 있다고?"

"아, 그전에 네 용건부터 먼저 말해. 내 이야기는 나중에 해도 되는 거라서."

유키무라에게서 신경질적인 분위기가 흘렀다. 시험에 관한 이야기겠지.

같은 방에 있는 이상 섣불리 거절하면 분위기가 나빠지는 것은 피할 수 없을 듯하다.

나는 가볍게 고개를 끄덕인 후 체육복으로 갈아입고 두 사람이 있는 곳으로 다가갔다. 히라타가 일어나 내가 앉을 공간을 만든 다음 앉으라고 말했다. 내 용건은 인망이 두터운 히라타라면 사카야나기에 관한 정보도 가지고 있지 않을까 하는 것인데, 나중에 물어도 별로 상관없었다.

"유키무라가 상의할 게 있다고 해서. 서로 시험 보고를 해주기로 했어."

"난 아야노코지를 넣는 건 의미가 없다고 말했는데 말이지."

"사실은 코엔지도 참여해주면 기쁘겠지만, 거절당했어."

뭐, 그렇겠지. 코엔지가 그런 무의미한 일을 하리라고는 생각하지 않는다.

"미안하군, 히라타 보~이. 난 지금 육체미를 추구하느라 바쁘거든."

웃통을 벗은 코엔지는 물구나무서기 한 상태로 팔굽혀펴기를 하고 있었다. 엄청난 땀을 쏟으면서도 괴로운 표정 하나 없었다. 일반적인 고등학생은 엄두도 못 내는 곡예에 가깝지 않은가. 모든 면이 규격에서 벗어난 인물이다. 그런데 코엔지는 이번 시험에 참여하고 있기는 할까?

그런 내 걱정을 히라타가 꿰뚫어보기라도 한 양 대답했다.

"일단 코엔지는 그룹이 모이는 장소에 모습을 드러내고는 있어. 금지사항에 보면 시험에 참가하지 않을 때마다 포인트를 제한다고 되어 있으니까."

규칙을 확실하게 숙지한 히라타를 봐도 일단은 안심이 되리라.

"사실은 나한테 우리 반 애 두 명이 우대자가 되었다고 알려왔어."

"뭐라고? 도대체 누가?"

"그건── 내 입으로는 말 못해. 날 믿고 알려준 얘기니까."

"우리를 못 믿겠다는 거야? 히라타. 네가 알면 나도 알 권리가 있어. 그리고 우대자가 누군지 알면 시험 공략 힌트가 될지도 모르잖아. 애초에 서로 의논하기로 했으면 자기가 가진 정보를 동료들과 공유하는 게 당연해."

"……그야 그렇지. 나도 너희랑 의논하고 싶어…… 사실은──."

그러니까 우대자를 알게 되었다고 털어놓은 거겠지.

"야, 히라타. 혹시 모르니까 휴대폰 같은 데 입력하는 편이 좋지 않을까? 설마 도청 당하진 않겠지만 조심해서 나쁠건 없다고 봐."

"그것도 그러네. 잠깐만."

히라타가 휴대폰 화면을 켠 다음 두 사람의 이름을 입력해서 우리에게 보여주었다.

'용 그룹의 쿠시다. 말 그룹의 미나미.'

우리가 확인하자마자 바로 글자를 지웠다.

"……그렇구나."

유키무라가 입 밖으로 내지 않게 조심하면서 법칙성이 무엇인지 생각했다.

그나저나 쿠시다가 우대자였다니. 가장 어려워 보이는 용 그룹에 있어서 상당히 큰 어드밴티지였다. 하지만 반대로 생각하면 우대자의 존재는 위험하기도 했다. 정체가 발각되면 피할 방법이 없으니까. 다른 반에 우대자가 있으면 최악의 피해는 입지 않는데 말이다.

"괜찮아. 잘하고 있으니까."

내 걱정을 다 안다는 듯 히라타가 자신만만한 표정으로 고개를 끄덕이며 대답했다.

용 그룹에 속한 세 사람은 정예 중의 정예다. 어리석게 정체를 들키는 짓은 절대 하지 않을 것이다.

"토끼 그룹에서도 의제로 올라갔는데 우대자는 아마도 각 반에 평등하게 배분된 것 같아. 그러니까 D반에는 세 사람이 있는 셈이지. 나머지 한 사람, 정체를 숨기고 있는 우대자가 있어."

"응, 유키무라. 네 생각이 맞아. 물론 나한테 말하지 않았을 뿐이지 누군가에게는 상의했을 가능성은 있지만 말이야. 남한테 얘기하면 그만큼 위험도 높아지니까."

진지하게 의논하고 있는데 방 안에 코엔지의 콧노래가 울리기 시작했다. 얼마간 참고 있던 유키무라였지만, 언제까지고 끝날 줄 모르는 콧노래에 슬슬 짜증이 났는지 의자에서 벌떡 일어났다.

"코엔지. 그 속편한 콧노래 좀 그만해라! 그리고 성실하게 하라고까지는 말 안 하겠지만 시험에는 끝까지 나와. 무인도 때처럼 기권하는 건 사양이다."

"어쩔 수 없었는데? 그때 나는 몸 상태가 안 좋았거든. 무리할 수는 없으니까."

"쳇…… 그냥 꾀병이었으면서."

"그나저나 앞으로 이틀이나 더 시험이 계속되다니 귀찮
네."

물구나무서서 팔굽혀 펴기를 계속하던 코엔지가 우아하
게 발을 내려 일어섰다.

"귀찮기만 하다고? 시험에 대해 생각하려고 하지도 않는
주제에 잘난 척은."

"재미도 없는 시험을 계속 해봐야 의미가 없잖아? 거짓말
쟁이만 찾아내면 되는 간단한 퀴즈야."

휴대폰을 쥔 코엔지는 손가락으로 화면을 밀어 뭔가를 입
력했다. 그리고 잠시 후 코엔지를 포함한 우리 네 사람의 휴
대폰에 일제히 학교의 통지가 도착했다.

"어이, 무슨 짓을 한 거야, 코엔지?!"

예상했으면서도 그렇게 외치지 않고는 견딜 수 없었던 유
키무라.

나와 히라타는 서둘러 휴대폰을 꺼내 문자를 확인했다.

'원숭이 그룹의 시험이 종료되었습니다. 원숭이 그룹에
속한 학생은 이후 시험에 참여할 필요가 없습니다. 다른 학
생에게 방해되지 않도록 조심해서 행동해 주세요.'

"원숭이면 너희 그룹이잖아, 코엔지!"

"맞아. 이렇게 해서 나는 자유의 몸이 되었다. 아듀."

휴대폰을 내던지고 욕실로 사라지는 코엔지의 모습을 우
리는 멍하니 바라보았다.

"자, 장난치지 말라고. 우리가 얼마나 필사적으로 생각하

고 있었는데 또 저놈이!"

"아직 몰라. 코엔지도 나름대로 생각이 있었을지도 모르는 거고……."

"너무 안이한 생각이야! 저 녀석은 그냥 자기만 편하면 그만인 애라고! 정말 최악이다!"

하긴 코엔지가 진지하게 시험에 임했을 거라는 생각은 도저히 들지 않는다. 하지만 그 녀석의 통찰력과 관찰력에는 눈이 번쩍 뜨이는 구석이 있었다. 만약 이 시험을 '거짓말쟁이를 찾아내면 되는 간단한 퀴즈'라고 딱 잘라 말한 것이 사실이라면 적중했을지도 모르는 일이다.

코엔지의 돌발 행동은 곧 모든 학생에게 알려졌고, 히라타의 휴대전화가 쉴 새 없이 울렸다.

채팅창은 도대체 무슨 일이 있었는지 알고 싶어 하는 반 아이들의 목소리로 넘쳤다. 카츠라기, 류엔, 이치노세 등도 틀림없이 깜짝 놀랐으리라. 첫날부터 배신자가 나오리라고는 아무도 예상 못 했겠지. 내 휴대폰에도 호리키타의 연락이 들어와 있었다.

"미안, 심각한 혼란이 일어난 것 같아. 전화 좀 해야겠어."

"제기랄…… 코엔지 때문에 회의고 뭐고 다 접게 됐잖아."

"좀 나갔다 올게."

유키무라는 이대로는 화가 나서 잠도 편하게 못 잘 것 같은 모양이었다.

회의가 물 건너간 것을 곁눈질로 확인한 나는 그렇게 말하고 방을 빠져나왔다.

코엔지가 시험을 종료시켜버린 해프닝은 있었지만 지금은 언제까지 거기에만 붙잡혀 있을 수만은 없었다. 솔직히 이번 시험에서 내가 할 수 있는 한계가 어느 정도 눈에 보였다. 내가 아무리 획책한다 한들 나머지 그룹에서 모두 D반이 승리하기란 상당히 어렵다. 불가능이라고 말해도 좋다.

각각의 아이들과 연결고리가 있다면 손 쓸 방법이 있겠지만 그것도 없었다.

그렇다고 자기가 가진 휴대폰으로 다른 그룹의 답에 개입하는 것도 불가능하다.

그밖에 다른 방법을 쓰기에는 시간도 부족하고 위험이 너무 크다.

모든 것을 뒤덮을 수 있는 결정적인 정보라도 있으면 이야기는 달라지겠지만……. 키를 쥔 사람은 D반에서는 히라타, 쿠시다 정도다. 그 두 사람을 이용해서 움직이게 하면—.

"무리야……."

휴일까지 포함해서 앞으로 남은 기간은 3일. 절대 불가능까지는 아니더라도 무리는 무리다.

설령 그 두 사람의 전면적인 협력을 얻었다 할지라도 눈과 귀가 압도적으로 부족하다.

각 그룹에서 실시되는 회의를 전부 파악할 수 있는 상태가 되기는 힘들다.

물론 호리키타와 사쿠라 쪽이라면 아직 관여할 여지도 있겠지만…….

역시 이 시험에서 해야 할 일은 앞으로 그 눈과 귀를 얻기 위한 방책을 만드는 거군.

6

하늘에 별이 가득한 밤이었다.

갈 곳을 찾아 방황하던 내가 도착한 곳은 선외 갑판이었다.

"굉장하다…….'"

책이나 동영상으로 보는 것과는 비교도 안 되는 규모로 너무도 아름다운 광경이었다. 대도시에서는 절대 볼 수 없는 야경이다. 몇 명 안 되기는 했지만 남녀가 서로 손을 잡거나 어깨를 맞대고 같은 밤하늘을 올려다보고 있는 모습이 보였다. 뭔가 좀 허무하다. 조명이 거의 없어서 얼굴까지 확인할 수는 없었지만, 다른 사람의 연애 사정 따위 아무래도 상관없고 딱히 흥미 없다.

그런데 커플로 가득한 이곳에서 혼자 밤하늘을 올려다보고 있는 사람이 있었다. 그것도 실루엣으로 봤을 때 여자애다.

"……아니, 아니다."

여기서 같이 밤하늘이라도 감상할래, 하는 작업 멘트 같은 말을 내가 건넬 수 있을 리도 없었다. 도중에 남자친구가 합류해 얽히는 것도 싫고. 다만 누구인지는 조금 궁금했다. 그래서 조금 더 가까이 다가가보기로 했다.

내 존재를 알아차렸는지 그 그림자가 움직이더니 몸을 뒤로 확 돌렸다.

"어, 머나? 아야노코지?"

"이 목소리는…… 쿠시다야?"

어둠 속에서 드러난 얼굴은 쿠시다였다. 깜짝 놀란 얼굴로 나를 쳐다보고 있었다.

"혼자……인 거야?"

어쩌면 남자친구와 만나기로 약속을…… 이렇게 가슴이 확 조여드는 생각이 스치고 지나갔다.

"응, 맞아. 왠지 잠이 안 와서."

"그, 그래?"

남자친구와의 야경 데이트가 아니라는 사실을 알고 안심하는 나. 그런 거라면 괜찮겠지 싶어서 쿠시다의 옆에 섰다. 방금 전에 목욕하고 나왔는지, 체육복 차림의 쿠시다에게서 뭐라고 표현할 수 없는 좋은 향기가 났다.

객실에 구비된 샴푸와 린스는 다 똑같을 텐데. 참 신기한일이다.

"안 추워?"

"괜찮아. 그것보다도 아야노코지는 혼자 왔어?"

그렇다고 고개를 끄덕이자 쿠시다는 조금 기쁜 듯이 웃었다.

"우리 둘 다 솔로네. 좀 민망했었는데 잘 됐어."

"…………."

여기서 센스 있는 한마디를 던지면 좋겠군. 하지만 물론 그런 게 가능할 리 없다.

게다가 커플 천국인 이곳에서 둘이 있으니 심박 수가 점점 상승했다.

쿠시다는 속으로 싫어하고 있을 텐데 말이지.

"으음, 그럼 난 먼저 돌아갈게."

"벌써 가버리는 거야?"

"슬슬 졸려서."

새빨간 거짓말이다. 조금도 자고 싶지 않았지만 어쩔 수 없었다.

"그래? 그럼 내일 봐. 잘 자, 아야노코지."

"잘 자, 쿠시다."

헤어지는 인사를 주고받은 후 한심하게도 돌아가기 위해 뒤돌아서려던 바로 그때였다.

"잠깐만——."

쿠시다가 약간 큰 목소리로 말하더니, 무슨 생각인지 내 품으로 뛰어들었다. 차가운 공기 속에서, 체육복 너머라고는 해도 따뜻한 체온이 느껴졌다.

"쿠쿠, 쿠시, 쿠시다?! 가, 갑자기 무, 무슨?"

너무도 갑작스러운 상황에 당연히 나는 패닉 상태에 빠져 허둥거렸다. 그야말로 이해되지 않는 전개였다.

"…………."

하지만 쿠시다는 바로 대답해주지 않았다. 그리고 얼마 후 이렇게 속삭였다.

"미안. 왠지 갑자기, 그러니까…… 다시 혼자가 되려니 너무 외롭게 느껴졌었나 봐."

내 품 안에서 그렇게 중얼거렸다. 복서의 강력한 스트레이트를 턱에 한 방 맞은 것처럼 머리가 어지러웠다. 게다가 몇십 초간 쿠시다는 아무 말 없이 내 품에 계속 머리를 파묻었다. 그러다가 갑자기 주술에 묶여 있다 풀려나기라도 한 듯 당황하며 몸을 떼고 거리를 벌렸다.

"미, 미안. 나, 그러니까, 갑자기 아야노코지를 껴안아버려서…… 그럼 잘 자!"

어두워서 쿠시다의 얼굴빛은 보이지 않았지만 내가 그렇게 생각해서 그런지 몰라도 새빨갛게 달아오른 것 같았다. 나는 후다닥 달려가는 쿠시다를 부르지도 못하고 손과 가슴에 남아 있는 온기를 느끼며 그 자리에 멍하니 서 있었다.

그런 일이 있었던 탓에 더욱 잠이 달아나버린 나는 그대로 방에 돌아가지 않고 선내를 잠시 거닐기로 했다.

"아, 깜짝이야…… 평정을 되찾으니까 갑자기 목이 마르네."

배 1층에 몇 군데인가 자판기가 있어서 거기에 들렀다가 돌아가야겠다고 생각했다.

그런데 자판기 가까이에 있는 바에서 기묘한 조합의 세

사람을 발견했다.

차바시라 선생님과 B반 담임 호시노미야 선생님. 그리고 A반의 마시마 선생님이었다.

그밖에도 몇몇 선생님들이 소파 등에서 느긋하게 쉬고 있었다.

이 구역은 출입이 금지된 것은 아니지만 학생과는 거리가 먼 술집, 바 같은 시설밖에 없어서 학생은 아무도 출입하지 않았다.

기분전환 삼아 온 건데, 왠지 재미있는 정보를 얻어갈지도 모르겠군.

나는 아무도 모르게 아슬아슬한 위치까지 접근했다.

"뭐랄까, 오랜만이네. 우리 세 사람이 이렇게 여유롭게 앉아 있는 거."

"자연스러운 결과지. 돌고 돌아 결국 우린 교사라는 길을 선택했으니까."

"그만해라. 그런 이야기를 해봤자 무슨 의미가 있어?"

"아, 그러고 보니 나 봤어. 얼마 전에 데이트했지? 새 여자 친구? 마시마는 참 의외로 여자 친구가 자주 바뀌네. 생긴 건 벽창호인 주제에."

"치에, 너야말로 저번에 그 남자랑은 어떻게 됐어?"

"호호호, 2주 만에 헤어졌지. 난 말이야, 관계가 깊어지면 갑자기 확 식는 타입이거든. 할 거 다 하면 버려."

"그거 보통은 남자 쪽이 잘하는 말 아닌가?"

"아, 그렇다고 마시마 너 하고는 그럴 일 없을 거니까. 우린 베스트 프렌드고, 사이가 멀어지는 건 싫잖아?"

"안심해. 나도 그것만은 안 해."

"우와, 왠지 그건 그거대로 쇼크."

호시노미야 선생님은 자신의 빈 잔에 위스키를 따랐다. 스트레이트로 벌컥벌컥 마시는 모습이 보통 주량은 아닌 것 같았다. 반면 차바시라 선생님은 칵테일 같은 술을 홀짝거렸다.

"그보다도…… 어쩔 셈이야? 치에."

"우웃, 뭐야, 갑자기? 내가 무슨 짓이라도 했어?"

"원래는 용 그룹에 각 반의 대표들을 모으는 게 방침이었잖아."

"나 장난으로 그런 거 아니야. 물론 성적이나 생활 태도만 놓고 보면 이치노세는 반에서 최고지. 하지만 사회의 본질은 수치만으로 측정할 수 없는 거잖아? 난 내 판단을 훨씬 뛰어넘는 과제가 있다고 생각한 거야. 게다가 토끼라니 얼마나 귀여워? 깡총깡총 뛰는 느낌이 꼭 이치노세 같지 않아?"

"……그럼 다행인데 말이야."

"호시노미야의 말은 타당한데, 뭔가 마음에 걸리는 거라도 있어?"

"개인적인 미움 때문에 잘못된 판단을 하지는 않았으면 좋겠군."

"어머, 아직도 10년 전 일을 얘기하는 거야? 그런 건 이미 옛날에 다 잊어버렸다니까!"

"글쎄 어떨까? 넌 늘 내 앞에 있지 않으면 참지 못하는 애야. 행동 하나하나 앞질러가지 않으면 납득하지 못 하지. 그래서 이치노세를 토끼 그룹에 넣은 거잖아?"

"이게 무슨 소리야, 호시노미야."

"난 정말로 이치노세한테 배울 점이 있다는 생각에 용 그룹에서 제외시켰을 뿐이야. 그야 물론? 사에가 아야노코지를 신경 쓰는 건 좀 마음에 걸리지만. 그냥 우연이야. 우연, 우연. 무인도 시험이 끝난 시점에 아야노코지가 리더였다는 건 정말 하나도 신경 안 쓴다니까?"

"그런 거였어?"

마시마 선생님은 이제 이해했다는 듯 고개를 끄덕였다. 하지만 곧, 엄격한 말투로 호시노미야 선생님을 나무랐다.

"규칙은 아니지만 도덕적인 부분은 지켜. 동기의 실수를 위에 보고하는 일이 부디 없었으면 좋겠군."

"아 정말 못 믿겠네. 그리고 나만 탓하는 것 같은데, 사카가미 선생님도 문제 아니야? C반도 제대로 평가하면 다른 애여야 했는데 류엔을 넣었잖아."

"하긴……. 올해는 예년과 달리 학생의 질이 특수한 것 같으니까."

이번 시험에 관한 정보는 거의 얻지 못 했지만, 슬슬 돌아가야겠다. 너무 오래 이곳에 머물렀다가 들키면 더 귀찮은 일에 휩싸일지도 모르니까 말이다.

나를 살피기 위해 이치노세를 넣었다는 사실을 안 것만으로도 수확은 충분하다.

　이렇게 해서 내 활동은 점점 더 제한을 받게 되겠지만 말이다.

이름	칸자키 류지
반	1학년 B반
학적번호	S01T004662
동아리	무소속
생일	12월 5일

평가

학력	B
지성	B
판단력	B
신체능력	B
협조성	D+

면접관 코멘트

성적표에 이렇다 할 결점이 없어서 A반 후보였지만, 면접 때의 소극적인 말과 태도에 성장의 여지가 있어서 개선을 요하는 부분이 있었다. 교우관계가 얕고 사람 사귀기를 어려워하기 때문에 그런 면의 향상도 앞으로 기대해본다.

담임 메모

머리도 좋고 운동신경도 좋고, 잘생겼어요. 문제 행동을 일으킬만한 면이 없는 점에서 아주 좋은 아이입니다. 조금만 더 적극적이었으면 좋겠네요.

○더블 퀘스천

"……농담이지?"

호리키타는 처음부터 대뜸 책망하는 듯한 말투로 나를 맞이했다.

"안타깝지만 사실이야. 코엔지가 시험을 끝내 버렸어."

"너 바보야? 어째서 폭주를 못 막은 거야? 그건 같은 방을 쓰는 사람들의 책임이잖아?"

"터무니없는 말 좀 하지 마. 그리고 이미 지나간 일, 뭐 어쩌겠냐. 그냥 개한테 물린 셈 치고 포기해라."

코엔지가 강제로 취한 시험 종료 수법은 배 안 여기저기에 퍼졌고, 반 분위기가 어수선해졌다. 어제 채팅으로 대화를 나누긴 했지만, 호리키타는 직접 만나 설명하기를 강력하게 요구했다.

그것으로도 호리키타는 납득이 가지 않는지 몇 번이고 고개를 좌우로 흔들었다.

"다음에 걔를 만나면 직접 한 마디 쏘아줘야겠어. 또 아래로 전락하는 건 좀 어지간히 봐줬으면 좋겠는데."

"그게 무의미하다는 것 정도는 너도 알지? 그 녀석은 귀담아 듣지 않아. 지금 제삼자한테 정신이 팔리면 괴롭기만 할 뿐이야. 일단은 자기 그룹에 집중하는 게 좋아."

코엔지의 화제로는 같은 방을 쓰는 이상 계속 비난만 들을 것이다. 여기서 화제 전환이 필요하다.

"물론 성가신 상대가 한둘이 아니지만 그렇다고 뒤처질 생각은 없으니까."

실로 강경한 태도군. 뭐 이 점에 관해서는 전적으로 맡길 수밖에 없겠지.

나도 뒤에서 슬쩍 내 속을 떠보려고 호시노미야 선생님이 보낸 이치노세를 상대하기가 약간 성가시다. 경솔하게 강한 인상을 줄 수도 없다.

"아, 맞다. 너도 일단 여자니까 좀 물어보고 싶은 게 있는데."

"그 기분 나쁜 서론은 뭐지? 일단이고 뭐고 난 원래 여자거든?"

불쾌해하는 말투로 보아 오해라도 했는지 호리키타가 불만스럽게 나를 확 노려보았다.

"아아, 아니 그런 뜻이 아니야. 내가 말하고 싶은 건 여자라는 부분이었어."

이상하게 변명했다간 화만 더 키울 것 같아 즉시 본론으로 들어갔다.

"카루이자와에 관한 정보가 필요해."

내가 접근하려고 해도 카루이자와는 나를 상대도 해주지 않는다.

만약 우리 반 남자 랭킹을 만들면 나는 틀림없이 최하위로 가라앉으리라.

"그러니까, 나한테 카루이자와에 관한 이야기를 듣고 싶다는 거야?"

그렇다고 고개를 끄덕였다.

"그룹 내의 실정만이라도 파악해두고 싶은데 그것도 쉽지 않아서 말이지. 박사랑 유키무라는 짐작이라도 할 수 있을 것 같은데, 카루이자와는 전혀 아무런 실마리가 없어. 무인도 시험이 끝난 후에 너, 카루이자와가 같이 밥 먹자고 한 적 있잖아."

"그런 거 당연히 거절했지. 난 카루이자와한테 아무런 흥미 없는걸. 그런 정보가 필요하면 히라타라도 이용해보든지? 그 애라면 접점을 쉽게 만들어 줄 텐데."

물론 호리키타의 말이 맞았다. 하지만 불행하게도 시험 전에 카루이자와와의 식사 기회를 이미 날려먹었다. 그건 히라타도 기억하고 있을 테니, 이런 타이밍에 또 이야기를 꺼내는 것은 최대한 피하고 싶었다.

"네가 걱정하는 건 그 애가 우대자라는 가정인가?"

"그런 이유도 있지만, 아무래도 카루이자와의 행동이 좀 이해가 안 가서. 자꾸 마음에 걸려."

"쓸데없는 참견 같지만 그 애의 행동에 이유 따위는 없어. 신경 쓰는 만큼 시간 낭비야."

"호리키타, 일방적으로 남의 의견을 단정하는 건 좋지 않다고 봐."

"단정? 무슨 의미야?"

"넌 카루이자와를 제멋대로인 성격에 비협조적이고 민폐

끼치는 존재라고만 인식하지? 그 녀석에게도 장점이 있다는 걸 알고 있는 거야?"

"걔한테 장점이 있어? 난 전혀 짐작도 안 가는데. 결점투성이 아닌가?"

뭐, 비협조적이기로 따지자면 호리키타도 동급이거나 그 이상인데.

"누군가를 판단할 때 사람은 먼저 보이는 외모를 통해 정보를 얻어. 잘생겼다거나 귀엽다거나 그 반대의 경우든 간에 어쨌든 그런 부분으로 파악하는 거지. 첫인상이라고 말하면 이해하기 쉬우려나. 그리고 그 다음으로는 대화와 행동을 통해 그 사람의 내면을 헤아리려고 해. 사교적이라거나 호전적이라거나 소극적이라거나."

당연한 이야기에 호리키타는 팔짱을 끼고 내 다음 말을 기다렸다.

"하지만 그것 역시 외모와 마찬가지로 표면적인 것에 불과해. 진짜 무슨 생각을 하는지는 바로 알 수 없는 법이지. 예를 들어 쿠시다나 이부키, 더 말하면 나도 그런 사람에 속해. 겉과 속을 구분해서 사용하는 사람."

"카루이자와도 그런 면이 있다는 거야?"

"인간은 대부분 그런 면을 가지고 있어. 자각하지 못했을 수는 있지만 호리키타 너 역시 그래."

이 녀석은 오빠와 대면할 때 약한 면, 그러니까 진짜 자신을 드러내고 마는 경향이 있다.

"납득 가지 않는 부분도 있지만 뭐, 좋아. 직접 접해 봐야 알 수 있다는 건 이해했어."

그렇게 생각하고 내 이야기를 들어주면 좀 편하겠다. 나 역시 상관하려고 생각하지 않았다면 카루이자와의 본질을 의심할 생각도 하지 못 했을 테니까.

"그래서 카루이자와의 장점이 뭔데?"

"지금은 아직 확실한 표현이 떠오르지 않지만『그 장소를 지배하는 능력』이라고 말해둘까. 주도권을 쥐는 기술을 가지고 있잖아. 사실 D반에서는 부동의 지위를 가지고 있지."

다만 이번에 만들어진 토끼 그룹에서는 아직 그런 모습이 눈곱만큼도 보이지 않았다. 그래서 하루라도 빨리 카루이자와의 인간성을 파악해야 한다고 판단했다.

"백 번 양보해서 그 애한테 그런 능력이 있다고 쳐. 넌 뭘 어쩔 셈인데? 혹시 카루이자와를 같은 편으로 끌어들이려는 거야?"

"글쎄, 어떨까."

그건 잘 생각해봐야 할 문제였다. 어떻게 대답할지 고민하고 있는데 어제와 마찬가지로 한 남자가 다가왔다.

"어이, 두 사람. 오늘도 남몰래 데이트? 나도 끼워주라."

류엔이었다. 오늘은 이부키와 같이 있는 게 아닌지 혼자 기분 나쁜 미소를 지으며 걸어오고 있었다.

"너도 참 어지간히 할 일도 없나봐? 나한테 상관해봐야 얻는 건 아무것도 없어."

"그건 내가 정해. 그래, 우대자를 색출할 방법을 생각해 냈나?"

또 허락도 없이 옆에 있는 의자를 잡고 앉았다.

"내가 무슨 생각을 하든 너한테는 안 들려줄 건데."

"그거 아쉽군. 너의 고설을 들려주길 부탁하고 싶었는데. 하지만 보아하니 우대자의 범위를 좁히지 못한 것 같군."

"꽤나 흥미로운 말투네. 그럼 너는 우대자가 누군지 알고 있다는 뜻이야?"

알 리 없다는 식으로 말하는 호리키타를 보며 류엔은 그 말을 기다리기라도 했다는 듯 여유로운 미소를 선보였다.

"우대자의 정체가 이미 드러나고 있어. 그렇게 말하면 믿을 건가?"

"못 믿지. 넌 이치노세랑 카츠라기처럼 남들의 지지를 받는 인간이 아니야. 안팎으로 적만 가득하지. 만족스러운 정보를 모았을 거라는 생각이 전혀 안 드네."

"잘못 짚었어. 물론 나는 그 녀석들처럼 친목을 다지지는 않지만, 그거랑 정보 수집은 전혀 별개의 문제지."

마치 교사가 반항하는 학생을 내려다보며 설명하는 듯한 말투였다.

"공교롭게도 나는 이번 시험의 근간에 관여하고 있지. 어쩌면 C반이 압승하게 될지도 몰라."

"설마——."

아니, 이 녀석이 하는 말은 사실일 수도 있다.

학교는 기본적으로 어떠한 법칙성, 규칙을 바탕으로 시험을 만들었다. 그것은 중간고사와 기말고사, 그리고 무인도 시험 역시 마찬가지였다. 규칙 뒤에 가려진 법칙 같은 것을 이해할 수 있으면 고득점, 좋은 성적을 거둘 수 있는 구조였다. 그렇다면 이번 시험 역시 그렇고, 이 녀석이라면 벌써 그 사실까지 알아차렸으리라.

　"지극히 단순한 이야기야. 반에서 누가 우대자인지를 조사하면 돼. 그럼 구조 해석에 한 발을 내디딘 셈이야."

　"그래. 그건 누구나 생각할 수 있는 거지. 그렇다고 해도 솔직하게 대답해줄까? 익명성이 약속된 규칙이면 너 같은 독재자에게 말 안 하고 50만 포인트를 가지려고 하지 않을까?"

　호리키타의 의문에 류엔이 태연하게 대답했다.

　"대답하고 말고 할 것도 없이, 거짓말을 할 수 없는 상황을 만들면 돼."

　"거짓말을 할 수 없는 상황⋯⋯?"

　"모든 휴대폰을 나한테 제출하게 했거든. 나한테 거짓말하면 이 학교에 더 못 붙어 있게 만들어줄 거야. 그럼 이제 이야기는 빨라지지. 남은 건 휴대폰을 하나하나 직접 확인하기만 하면 돼."

　"너, 제정신이야? 금지사항에 걸려. 누가 학교에 알리면 퇴학당하게 될지도 몰라."

　"어이 어이. 딱히 문제될 것 없다고. 문제가 안 됐으니까 내가 지금 여기에 있는 거 아니겠어? 무슨 의미인지 모르겠냐?"

절대적 지배자여서 실행 가능한 강제적인 수법이다.

만약 다른 반 학생의 휴대폰을 강제로 봤다면 류엔은 틀림없이 처분을 받는다.

하지만 C반 내에서 류엔이 제멋대로 굴어도 누구 하나 학교에 고발하지 않으리라고 확신했다. 협박당했다고 학교에 알리는 사람이 없으면 그건 동의와 같은 의미다.

류엔이 아무렇지 않게 이곳에 있는 것이야말로 규칙 내에서 벌어졌다는 사실을 가리켰다.

그것이 류엔의 책략. 강제로 C반 전부를 벌거벗기는 강제적인 작전.

어쨌든 이 이야기가 진짜라면 류엔은 우대자 세 사람을 알아낸 것이 된다.

그것은 이번 시험 전체의 커다란 힌트가 되었으리라.

스케치북을 넘기면서 뒤에 그려진 그림이 무엇인지 맞히는 퀴즈에 비유하면 이해하기 쉽다. 한 장도 못 넘기면 누구도 답을 알 수 없지만, 4분의 1을 넘기면 답을 알게 되기도 한다.

즉 류엔은 모든 반의 우대자가 누구인지, 어쩌면 알지도 모르는 것이다.

"이제 좀 상황 판단이 되었나보군."

"……그래. 네가 그 대답에 아직 도달하지 못했다는 걸 말이야. 네가 만약 답을 알았으면 망설임 없이 학교에 문자를 보냈겠지. 시험이 이미 끝났어도 이상하지 않아."

"내가 그냥 놀고 있는 것일 수도 있지 않나?"

"누가 언제 답을 맞힐지 모르는 상황에서 그렇기 느긋하게 있을 수 없지."

확신은 없지만, 호리키타의 판단이 아마 맞을 것이다. 이 시험에서 답을 알았을 때 무의미하게 결과를 늦춰서 얻는 이점은 하나도 없다. 결판낼 수 있을 때 결판내야 한다.

"그럼 난 마무리 단계에 들어가 볼까."

"류엔. 이렇게 된 김에 한 가지만 물어도 될까? 원숭이 그룹이 어제 종료됐는데, 그 부분에 대해서 뭐 생각하는 바 없어?"

"딱히 없는데. 피라미들이 무슨 짓을 하든 내 알 바 아니야. 그럼 또 보자, 스즈네."

정기적으로 보고라도 하러 올 셈인지 류엔은 그 말을 남기고 사라졌다.

"어디까지가 진짜인지 도통 모르겠어."

그때 내가 쉿 하고 검지를 세웠다. 호리키타는 또? 하는 표정을 지었지만, 뒤돌아본 곳에는 아무도 없었다. 나는 입을 꾹 다문 채, 류엔이 남기고 간 의자 뒤를 들여다보았다.

그리고 확신이 들자, 호리키타를 조용히 유도해서 의자 아래를 보게 했다.

그곳에는 녹음 기능이 켜진 휴대폰이 놓여 있었다. 그 휴대폰에 때마침 메시지 하나가 도착했다. 완전 무음으로 설정되어 있어 소리도 진동도 없었다. 각도 상 모든 내용이 보인 것은 아니지만 '어제는 미안──'이라는 문장이 순간 보였다.

반 내부에서 어떤 다툼이라도 벌어졌었나?

의자 밑을 계속 내려다보다가 우리 손으로 무덤을 파고 싶지는 않았기에 자세를 원래대로 되돌렸다.

호리키타도 금세 상황을 파악하고 자신의 휴대폰을 꺼내더니 이렇게 입력했다.

'그 휴대폰이 걔 거면 쓸데없는 이야기는 하지 않는 편이 좋겠어.'

그녀의 제안은 틀리지 않았지만 정답이라고 하기도 어려웠다.

지금은 어떻게 대응할지 어려운 부분이지만 갑자기 아무 말을 안 하는 것도 이상할 것이다.

"류엔이 한 말, 진짜라고 생각해? 모든 반의 우대자를 알아내려고 한다는 이야기."

내가 말을 꺼내자 순간 호리키타는 곤혹스러워했다. 하지만 금방 내 의도를 알아차렸다.

"글쎄. 백 퍼센트라고 볼 수는 없지. 하지만…… 가능성은 있다고 생각해. 이번 시험, 시간적으로 여유롭다고 보긴 어려울지도 모르겠어."

"너도 참 힘들겠다."

"앞으로도 잡다한 일로 내 수족처럼 움직여줬으면 좋겠어. 한시라도 빨리 그룹의 우대자를 찾아낼 필요가 있으니까."

"말로는 뭘 못 해. 하지만 내가 우대자를 찾을 수 있을 리 없잖아."

"어차피 너한테 과도한 기대는 하지 않아. 그저 토끼 그룹의 정보를 원할 뿐이지."

어느 정도 확신을 가지고, 호리키타의 유능함과 내 무능함을 어필해두었다.

그렇게 하면 의혹의 눈초리를 어느 정도 돌릴 수 있으리라. 어쨌든 류엔은 자신의 휴대폰을 쓰면서까지 상태를 살피려고 했다. 쓸 수 있는 방법은 뭐든 쓰려는 거겠지.

"과도한 기대를 안 한다면 나름대로 노력해볼게."

호리키타는 그 후로 특별한 말을 남기지 않고 엘리베이터 앞에 서서 버튼을 눌렀다. 방에 돌아가 잠시 쉴 생각일까, 아니면 시험에서 이기기 위한 책략을 짜내려는 걸까.

류엔이 몰래 두고 간 것으로 보이는 휴대폰도 그대로 놔두었다.

호리키타와 헤어진 후 나도 방으로 돌아갔다.

일단 히라타한테도 호리키타네 그룹에 대해 자세하게 물어보기로 하자.

다행히 호리키타와 파트너가 된 히라타가 나와 같은 방이다.

호리키타와는 다른 관점으로 시험에 접근하고 있을 것이다.

그런데 방에 돌아가자 히라타의 모습은 보이지 않았고 유키무라만 험상궂은 얼굴로 침대 끄트머리에 앉아 있었다.

"무슨 일 있었어?"

룸메이트인 이상 무시할 수도 없는 노릇이라 말을 걸어 보았다. 유키무라는 내 존재를 알아차리긴 했지만 특별한 관심을 주지 않고 조용히 한숨을 내쉬며 혼잣말처럼 중얼거렸다.

"무슨 일이고 자시고, 그룹 배정 말이야. 어째서 카루이자와, 소토무라랑 같은 그룹인 거야. 잘 될 일까지 다 꼬이잖아."

"갑자기 그게 무슨 소리야."

"못 들었어? 소문에 의하면 그룹 배정에 어느 정도 법칙성이 있대. 용 그룹에 우수한 애들이 모였다는 이야기를 들은 이상 난 도저히 가만히 있을 수 없어."

과연 그렇군. 그걸로 고민하고 있었나. 물론 호리키타가 소속된 용 그룹은 적어도 그에 준한다.

그것은 지난번에 교사들끼리 한 말이나 류엔의 이야기를 생각해도 틀림없으리라.

학력만으로 비교하면 유키무라는 호리키타, 히라타에게도 뒤처지지 않는 수준이다.

그런 만큼 중중에서 중하에 위치한 토끼 그룹에 들어간 것에 불만이 있겠지.

유키무라는 본인이 앞에 있어 배려한다고 이름을 말하지

않았지만, 나 역시 그 두 사람과 마찬가지로 보고 있을 터다. 안타깝지만 내가 도와줄 수 있는 게 하나도 없다.

나는 맞장구를 쳐주며 한 귀로 흘리고 내 침대에 누웠다.

히라타가 돌아올 때까지 잠시 눈이라도 붙여야지. 그렇게 생각하고 있을 때 꺼림칙한 시선을 느꼈다.

그도 그럴 터다. 유키무라가 의심의 눈초리로 나를 쳐다보고 있었으니까.

"아야노코지. 혹시 몰라서 확인해본다. 마지막 우대자가 너인 건 아니겠지?"

"아니라고 부정하고 싶은데, 그걸 확인하는 데 의미가 있어?"

"물론이지. 우대자면 당연히 끝까지 지켜야 해. 이 시험에서 협력은 필수불가결 하니까. 반대로 말하면 협력만 하면 패배는 없어."

"그렇지. 하지만 아쉽게도 난 우대자가 아니야."

"진짜지? 사리사욕을 위해 포인트를 손에 넣으려고 하는 건 아니겠지?"

남을 의심하고 싶어지는 규칙이 있는 이상 유키무라의 반응은 딱히 놀랄 것도 없었다.

"나는 우대자가 아니야. 유키무라 너도 아니라고 믿어도 되겠지?"

"당연하지. 나도 우대자가 아니야. 참고로 소토무라도 그렇고."

그것은 동료로서의 재확인. 배신하지 말라는 말이기도 한 구속의 마법이었다.

"카루이자와한테도 확인했어. 본인은 우대자가 아니라고 말했지만, 믿어도 되는지는 별개의 문제야."

평소 카루이자와를 싫어하는 유키무라는 말만으로 쉽게 믿지 못하는 모양이었다. 휴대폰으로 확인하면 확실하지만, 얄팍한 관계는 그렇게 하기가 의외로 어렵다. 아니, 친한 사이라도 예의를 지켜야 하는 건 마찬가지 아닌가. 저금한 금액을 밝힐 수는 있어도 막상 통장을 보여주기란 어려운 법이다.

유키무라는 일단 만족했는지 더 이상 깊이 추궁하지는 않았다.

나는 베개를 베고 눈을 감았다. 방에 누가 있으면 마음이 편하지는 않지만 그래도 불쾌하다기보다 왠지 기분이 괜찮았다. 교우관계로 범위를 좁혀 말하자면 나는 카멜레온처럼 유연한 적응력을 보이는 쪽이 아니다. 그렇다면 내가 접점이 적은 유키무라도 친구라고 인식하기 시작했다는 것일까.

나는 이따금 들려오는 유키무라의 한숨을 배경음악 삼아, 가볍게 한숨 자기로 했다.

1

오후가 되자, 토끼 그룹인 나는 다시 같은 방을 찾아갔다.

같은 장소, 같은 공간이라도 어떤 상대와 함께 있느냐에 따라 분위기는 전혀 달라진다.

아직 10분이 남아 일등으로 온 나 다음으로 방에 들어온 사람은 카루이자와였다.

나를 발견한 직후 순간 싫다는 표정을 지었지만 곧 시선을 피하더니 구석(정확하게는 나와 가장 먼 위치)쪽에 가서 앉았다. 그리고 곧바로 휴대폰을 만지기 시작했다.

사이가 좋은 것은 아니지만 그렇다고 싸운 것도 아니다. 그저 나를 싫어할 뿐.

하지만 실은 그게 의외로 제일 골치 아픈 관계가 아닌가 하는 생각이 들기도 한다.

뭔가 원인이 있어 미움을 샀다면 개선의 여지라도 있다. 하지만 아무 이유 없이 막연하게 싫어할 경우에는 해결 방법이 없다. 상당히 질이 나쁜 셈이다.

이치노세 일행이 올 때까지 복도로 나가 시간을 보낼 수도 있었지만, 먼저 온 내가 어색하다고 방을 나가는 것은 져서 달아나는 것이나 마찬가지다.

지금은 남자답게 당당하게 있자고, 마음을 다잡기 위해 앉은 자세를 바로 했다.

그나저나 이번 시험은 내 입장에서 너무 귀찮은 일만 가득하다. 대화를 중심으로 하는 만큼 아무래도 적극적으로 참여하기가 어렵다. 내가 잘하고 못하고를 떠나, 1학기가

다 끝난 지금에 와서 갑자기 말을 많이 할 수도 없는 노릇이니까.

카루이자와는 조용한 방에서 가만히 있을 생각이 없는지, 휴대폰을 귀에 갖다 댔다.

"아, 여보세요? 리놋치? 지금 그쪽 상황은 어때? 여기? 아, 여기는 최악이랄까, 맥 빠지는 느낌?"

방에 둘만 있으니 당연히 목소리도 그대로 다 들려서, 카루이자와의 쾌활함과 음침함이 뒤섞인 능숙한 대화가 내 귀에 다 들어왔다. 최악의 상황이란 우리 둘만 있는 이 어색한 상황을 가리키는 것이리라. 그리고 곧 통화가 종료되자 또다시 정적이 찾아왔다.

"아, 맞다. 너 우대자야? 유키무라랑 소토……는 아닌 것 같은데."

카루이자와가 갑자기 물었다. 소토무라의 이름 정도는 기억해주지 좀…….

방에 우리 둘밖에 없으니 아무래도 나한테 말을 건 것 같았다.

아까 유키무라에게도 들었던 소리였다. 다들 확인하고 싶어 안달이 났군.

"아니야."

"아, 그래? 그럼 다행이고."

그런데 카루이자와는 유키무라와 달리 적극적으로 진의를 확인하려 들지 않았다.

"믿어 주는 거야?"

"뭐? 네가 아니라며?"

빈말이라도 사이가 좋지 않은 내 말을 너무 쉽게 믿다니.

……뭐, 딱히 일부러 추궁할 필요는 없다. 내가 이 시험에서 노리는 것은 포인트가 아니다. 카루이자와 케이라는 인물이 '쓰임새'가 있을지 없을지, 그 판단이야말로 중요한 때다.

"두 사람 다 일찍 왔네!"

B반 멤버 세 사람이 동시에 들어왔다.

"오늘도 잘 부탁해."

나는 살짝 손을 들어 인사에 응했다. 이치노세는 카루이자와에게도 아는 척을 했지만, 카루이자와는 휴대폰에 집중하느라 별다른 반응을 보이지 않았다.

회의가 시작되기 전에는 당연히 모두 모였다. 하지만 그 모습은 어제와 하나도 다르지 않았다.

A반은 거리를 두었고, 나머지 세 반만 원을 만들어 앉았다. 그 모습을 본 카루이자와는 자리에서 일어나 A반 마치다의 옆자리에 가 앉았다. 그것은 마나베에 대한 방어책으로도 보였다. 거의 대화에 참여하지 않는 마치다지만 존재감은 상당히 크고 발언력도 강했다. 남녀의 차이도 있어서 마나베를 비롯한 여학생으로 구성된 C반의 입장에서 보면 어떻게 해볼 도리가 없는 상태라고 할 수 있었다.

카루이자와가 만약 믿음직스럽지 못한 나 혹은 박사에게

붙었다면 마나베 일행은 강하게 덤벼들었을 가능성이 다분하다. 그렇게 생각하면 카루이자와의 판단이 옳았다고 말할 수 있으리라.

"괜찮아. 만약 무슨 일이 생기면 바로 도와줄게."

"고마워, 마치다."

계속해서 자신에게 기대자, 마치다는 카루이자와를 점점 의식하기 시작했다. 귀엽게 생긴 여자아이. 그러니 지켜주고 싶어지는 것은 어쩔 수 없으리라. 설령 반이 달라도 말이다.

여하튼 새로운 사랑(위험한)의 시작은 내버려두고, 문제는 시험 쪽이었다.

우리처럼 다른 반도 이해하고 있겠지.

자신들의 반에 우대자가 있는지 없는지가 패배를 가른다는 사실을 말이다.

"자. 어젯밤부터 회의가 평행선을 달리고 있지만, 역시 난 모두 함께 우대자를 찾아내기 위한 회의를 해야 한다고 생각해."

"또 그 소리냐? 성립할 수 없다는 걸 이제 좀 깨닫는 게 어때. 우리가 참여하지 않는 상황에서 우대자를 찾아내는 게 가능할 리가 있나?"

A반에서 바보 같다며 야유하는 목소리가 날아왔다.

"그렇지도 않다고 생각하는데. 요는 신뢰 관계 문제야. 그리고 오늘은 다 함께 카드놀이라도 하면서 놀았으면 해. 물론 억지로 참여할 필요 없으니까 하고 싶은 사람만 해도 좋아."

가지고 온 트럼프카드를 꺼내며 미소 짓는 이치노세.

"하하하. 트럼프 게임으로 신뢰 관계? 시시하기는."

"말은 그렇게 해도 해보면 의외로 재미있을걸? 그리고 지금부터 1시간 동안 아무 말도 안 하고 있는 건 너무 지루하다고 생각해. 그냥 시간 때운다고 생각하면 되지."

B반은 당연하다는 듯 전원이 하겠다고 나섰다.

"소인도 하겠사옵니다. 지금은 딱히 할 일도 없으니."

하긴 박사의 말대로 할 일도 없지.

다른 참가자가 없는 것 같아 나도 가볍게 손을 들어 같이 하겠다고 말했다.

"그럼 다섯 명이네. 일단 대부호를 하려고 하는데 규칙 모르는 사람 있어?"

트럼프 게임의 규칙은 나도 어느 정도 파악하고 있다. 대부호도 안다. 다른 아이들도 문제없는지 순순히 게임하기 위해 작은 원을 만들었다.

나머지 사람들은 흥미를 보이지 않고 서로 잡담하거나 이쪽으로 싸늘한 시선을 보내면서 제각각 보냈다.

이치노세가 골고루 섞은 카드를 다섯 사람에게 똑같이 나눠주었다. 내게는 조커가 한 장, 그 다음으로 강한 숫자인 2가 3장, 그리고 A가 2장으로 강렬 흉악한 카드가 다 모였다. 내 손에 들어온 시점에서 이미 다른 사람을 압도했지만, 대부호는 반드시 강한 패로 승부가 결정되는 것은 아니었다. 혁명이 일어나면 단숨에 패의 약체화가 일어나서 패배 위기가 닥친다.

그렇다고는 해도 우위에 선 것은 틀림없었다. 견실한 전략으로 손에 들어온 패를 사용해야 하리라.

그나저나 트럼프는 생각보다도 훨씬 심오한 게임이다.

플레이어의 인격이 그대로 드러나기 때문이다. 이치노세는 자신의 패만 보는 게 아니라 상대방의 상황에 맞추어 싸웠고, 하마구치는 종반에 가서 승부를 거는 편이었다. 개성이 넘치는 전력 뿐 아니라 박사처럼 쉽게 욱하는 성격까지도 다 보였다.

"한 판 더!"

오타쿠 관련 정보에 빠삭한 박사는 비교적 온화한 성격이라고 생각했는데 이런 게임을 할 때는 쉽게 열 받고 불타오르는 타입이라는 사실을 알게 되었다.

게다가 쉽게 열 받는 만큼 또 빨리 식어서 게임이 한 판 끝나면 다시 원래 상태로 되돌아갔다.

어쩌면 이치노세는 이 점을 노린 건지도 모른다.

학생 각자의 특징을 파악하면 대화를 위한 힌트로 이어진다.

물론 아주 약간의 요소밖에 없지만, 제대로 대화도 되지 않는 현 상태에서는 유효한 수단이다. 그렇다면 박사와 마찬가지로 내 행동도 하나하나 관찰한다고 봐야 하겠지.

이치노세의 눈에 나는 어떤 식으로 비칠까. 객관적으로 생각해 보자.

……실로 시시한 남자다.

상황이 좋을 때는 으쌰으쌰 하다가 상황이 나빠지면 소극적인, 흔히 있는 평범한 타입.

여기서 무리해서 승부 방식을 바꾸어 이치노세를 혼란시키기보다는 일관하는 편이 좋으리라. 게임은 그대로 속행되었다. 대부호로 시작해 마지막에는 도둑잡기까지 다섯 개 정도의 게임을 즐기는 사이에 1시간이 지났다. 결국 A반도 C반도 참여하겠다고 나오지 않아, 게임을 즐긴 것은 처음부터 끝까지 다섯 명이었다.

"후, 참으로 즐거웠사옵니다. 가끔씩은 옛날부터 전해 내려오는 놀이를 하는 것도 나쁘지 않구려."

박사는 한 시간 동안 대화만 하는 것보다 훨씬 좋았는지 만족한 표정이었다.

하지만 이런 심리전 같은 놀이를 계속 한다고 한들 B반에 진정한 활로가 보이는 것은 아니다. 그것은 이치노세도 잘 알고 있으리라.

"나 어디 좀 갔다 올게."

"어디에?"

"이대로 A반의 독주를 허락할 수는 없잖아?"

"카츠라기를 만나러 가려는 거구나."

아무래도 이치노세는 이 농성 작전을 지시한 남자를 만날 계획인 듯했다. 기본적으로 다른 사람과의 연결고리가 없는 나 역시도 이 흐름을 잘 이용해야 할 듯하다.

"괜찮으면 나도 따라가도 돼?"

"응? 그거야 전혀 상관없는데. 혹시 아야노코지도 카츠라기한테 볼일이?"

경계하는 것이 아니라 단순히 의문을 느꼈겠지. 이치노세가 고개를 갸우뚱거렸다.

"그건 아닌데. 호리키타가 카츠라기랑 같은 그룹이라고 해서."

"그렇구나? 그럼 같이 가자. 나중에 봐, 하마구치."

하마구치가 알겠다며 고개를 끄덕였다. 그는 우리가 가는 길을 눈으로 배웅할 모양이었다.

이치노세를 리더로 인식하면서 개인적인 행동을 존중한다. 상하관계 같은 카츠라기, 류엔 쪽과는 전혀 다른 모습이었다.

모든 그룹이 동시에 회의가 진행되는 만큼 해산 시간도 비슷할 것이다. 이치노세는 용 그룹이 해산하기 전에 목적지에 도착하려고 서둘러 복도로 나왔다.

"조금 서두를게."

가볍게 양해를 구한 이치노세는 빠른 걸음으로 목적지를 향했다.

각 그룹의 방은 모두 같은 층에 있기 때문에 비교적 시간이 걸리지 않았다.

아직 시험 종료가 되기까지 1, 2분 정도 남아 있어서 복도에 나와 있는 학생은 별로 없었다.

잠시 후 용 그룹의 팻말이 걸린 객실 앞에 도착했다.

안에서 목소리는 들리지 않았지만 실내에서 인기척이 느껴져 우리는 그 자리에 멈췄다.

아무도 안 나온다는 건 회의가 길어지고 있다는 뜻일까.

채팅 메시지를 보내보았지만 호리키타는 확인하지 않았다.

"시간이 꽤 걸리나 보네."

"류엔이랑 카츠라기가 회의에서 자리를 지킬 거라는 생각은 하기 힘든데 말이지. 아니면 B반의 힘이 작용했나?"

"글쎄. 칸자키는 분위기를 정리하는 타입이 아니고…… 이야기를 통합한다면 호리키타가 있는 D반이 아닐까? D반의 라인업이 상당하잖아."

호리키타는 그렇다 치고, 히라타와 쿠시다라면 그럴지도 모른다는 생각이 들기도 했다.

규정 시간이 10분 정도 지났을 무렵 드디어 용 그룹의 방문이 열렸다.

제일 먼저 나온 사람은 이치노세가 만나려고 온 인물, 카츠라기였다. 그 뒤에 같은 A반으로 보이는 학생들의 모습이 보였다. 카츠라기는 곧바로 이치노세를 알아차리고 다가왔다.

"이치노세냐. 이런 데서 뭐해. 우연은 아닌 것 같고."

"너하고 잠깐 이야기 좀 하고 싶어서. 지금 시간 돼?"

"이 시험은 인터벌이 길지. 시간이 충분히 남아 있으니까 문제없어."

역시 B반 리더 이치노세를 무시할 수 없었는지 대화에 응하겠다고 나왔다. 카츠라기는 그렇게 받아들인 후 뒤에 있는 학생들에게 먼저 가라고 지시했다.

"나만 남으면 되겠지?"

이의가 없는 이치노세는 살짝 고개를 끄덕인 다음, 통행자에게 방해가 되지 않도록 살짝 벽 쪽으로 붙었다.

어쩌다 보니 이 대화에 끼게 된 나는 이치노세의 옆에 섰다. 카츠라기의 입장에서는 구경꾼 중 한 사람으로밖에 보이지 않았는지 특별히 뭔가를 추궁하거나 하지는 않았다.

"내가 무슨 말이 하고 싶은지, 카츠라기라면 이미 짐작하고 있을 것 같아. 네가 A반 애들한테 회의를 거절하라고 말했다는 게 정말이야? 만약 그렇다면 생각을 고쳐주지 않을래? 이번 시험은 회의를 바탕으로 대답을 찾아야 해. 그런데 시험 자체가 성립하지 않잖아?"

지금까지 총 세 번의 회의에서 A반은 침묵으로 일관했다. 그 철벽 전략은 이치노세 혼자 돌격한다고 해서 무너질 만한 것이 아니었다. 이치노세로서는 A반의 아성을 무너뜨릴 계기를 찾기 위한 행동이라고 할 수 있으리라. 자, 그렇다면 카츠라기의 반응은…….

"지극히 당연한 의문이군. 그 이야기는 이미 어제 귀에 못이 박힐 만큼 많이 추궁 당했지. 이치노세치고는 상당히 늦게 찾아왔다고 볼 수 있을 정도야."

카츠라기의 작전이라는 소문이 상상 이상으로 많이 퍼진 모양이었다.

"이쪽은 이쪽 사정이 있으니까. 아무튼 카츠라기. 대화를 단절하겠다는 네 생각에는 찬성할 수 없어. 다시 생각해보지 않을래?"

카츠라기는 세 반이 계속해서 주장한 의제에 대해 자신의 생각을 정면으로 내세웠다.

"이건 누가 물으러 와도 똑같이 대답할 건데, 나는 이기기 위한 전략을 세운 거다. 그리고 거기에는 제대로 된 이유가 있어. 너는 이번 시험이 회의라고 생각하지? 그래서 부정적이고 내 생각에 찬성할 수 없다고 말하지만 그거야말로 틀렸어. 이번 시험은 씽킹, 생각하는 시험이다. 그 점을 확대 해석해서 착각하면 곤란해. 난 제대로 시험에 맞게 생각해서 회의를 거부하기로 결정한 거다. 아무런 문제도 없어."

"하지만 카츠라기의 생각은 시험 자체를 거부하는 것처럼 보이는데."

"표현은 별로지만 틀린 말은 아니야. 이번 시험뿐 아니라 앞으로도 난 시험에서 결과에 차이가 안 나는 구조를 찾아갈 생각이다. 우리 A반이 지금 위치를 유지하기 위한 수법으로는 하나도 틀리지 않았다고 생각하는데?"

"이게 반 대항 시험이라면 카츠라기 네 생각이 맞아. 하지만 지금은 모든 반이 뒤섞여서 치르는 시험인데, 정말 그게 올바른 의견일까?"

회의에 응하지 않는 A반의 마음을 돌리기 위해 카츠라기를 만나러 온 이치노세지만, 이번만큼은 카츠라기의 의견이 옳다. 시험 결과는 총 네 종류. 그중 하나에 따르기만 하면 정당성은 성립한다. 카츠라기는 그룹 내의 자잘한 경쟁따위에는 흥미가 없었고, 어디까지나 A반의 리드를 유지하기 위한 수단을 취했을 뿐이다.

"더 이상의 회의가 무의미하다는 건 너도 알지? 이치노세. 내 생각은 바뀌지 않아."

"정말 요지부동이네?"

곤란하게 됐다고 쓴웃음을 지으며 이치노세가 뒤통수를 긁적였다. 낙담한 모습이 아닌 걸 보니 카츠라기가 들어주지 않을 거라고 짐작했던 모양이다. 잘하면 본전이라는 기대로 와본 걸까.

"그럼 넌 계속 발버둥 쳐볼 생각인가?"

"물론. 그게 시험이니까."

이치노세와 카츠라기. 두 실력자의 생각이 충돌했다.

"안타깝지만 이 시험의 결과는 불 보듯 뻔해. 우리 A반이 불참가를 표명한 이상 너희가 할 수 있는 건 제한되어 있어. 승산 따위 없지."

설령 세 반이 똘똘 뭉쳐도 이 시험은 간단히 이길 수 없다. 우대자의 정체를 밝히면 누군가 배신할 가능성이 높다. 배신자가 이익을 보는 구조인 이상 끝까지 협력 관계를 유지하기가 어려운 것이다. 균등하게 보수를 얻지 않으면 애초에 협력할 이유도 없다.

"한 가지만 묻자. 만약 네가 A반 리더였다면 어떻게 했을 것 같아? 어쩌면 나랑 똑같은 작전을 전개하지 않았을까?"

"글쎄, 어떨까? 아직 A반의 입장에서는 생각할 수가 없어서. 쫓기는 입장이 되어보는 건 쫓아가는 경험을 쌓은 후에 해도 좋다고 생각하고, 처음부터 계속 도망치기만 하는 건 힘들지 않아?"

질문이 이상하다는 이치노세의 태도에 카즈라기는 눈을 감고 팔짱을 꼈다. 그리고 다시 이치노세와 시선을 마주쳤다.

"이건 개인적인 이미지인데, 나와 같은 입장에 서면 대화는 할지 몰라도 결국은 너도 나와 똑같은 전략을 쓸 거라고 생각해. 자기 반을 지키기 위해서라면 다른 비판 따위 신경도 안 쓸걸."

이치노세가 자신과 같은 신념을 가진 것처럼 느껴진다고 카즈라기가 말했다.

이치노세는 유연한 미소로 그 말을 흘려 넘겼다.

"시간 빼앗아서 미안해. 대충 이해는 했어. 카즈라기의 마음과 생각을."

"그거 다행이군. 그럼 실례."

이치노세는 그 자리에서 움직이지 않고 카즈라기를 눈으로 배웅했다.

"이 시험은 지키는 쪽 입장에서는 정말 편하겠어. 쓸데없는 행동만 안 하면 되잖아."

그런 점에서 포인트를 원하는 반은 어림짐작으로 힌트를 필사적으로 긁어모아야만 한다. 거기에는 커다란 위험도 포함되어 있다. 우대자를 잘못 맞히면 반에 엄청난 피해가 돌아가니까.

"그나저나 칸자키랑 다른 애들은 안 나오네."

카츠라기를 비롯한 A반은 빨리 나왔지만 나머지 사람들은 아무도 모습을 드러내지 않았다.

1시간이라고 정해져 있는 것은 최소한의 결정사항이고 그보다 더 오래 회의해도 문제되지 않았다.

"칸자키를 기다리려고?"

"아야노코지는 호리키타를 기다릴 거지? 이야기도 들어보고 싶으니, 같이 기다릴까."

칸자키와는 언제든지 이야기할 수 있겠지만, 호리키타와는 기회를 잡기가 흔치 않으니까.

안타깝게도 카츠라기에게 살짝 무시당한 이상 다른 반의 의견을 구하고 싶은지도 모르겠다. 그렇다고 카츠라기의 작전을 무산시킬 방법이 딱히 있을 것 같지는 않지만.

30분 정도 더 기다리자 용 그룹 객실의 문이 열렸다. 나온 사람은 류엔을 제외한 C반 학생들. 그리고 쿠시다와 히라타였다.

"앗? 아야노코지, 여기 어쩐 일이야? 혹시 호리키타를 기다린 거야?"

나를 발견한 쿠시다가 의아한 표정으로 다가왔다. 순간 어젯밤 일이 생각나 몸이 굳어버렸다. 하지만 쿠시다는 평소대로 돌아왔는지 특별히 태도가 달라지진 않았다. 조금 아쉽다.

"안녕, 쿠시다."

"우와, 이치노세네. 안녕. 왠지 새롭다고 할까 의외의 조합인데?"

쿠시다는 우리가 아는 사이인 줄 몰랐는지 놀라움을 감추지 않았다.

"호리키타랑 칸자키를 기다리는 중이야. 아직 회의 다 안 끝났어?"

"그 두 사람이라면 지금 류엔이랑 이야기하고 있던데. 안에 들어가 보던지?"

쿠시다가 들어가라며 문에 손을 댔다.

"아니야, 아니야. 회의 다 안 끝났으면 기다릴게."

"괜찮지, 뭘. 시험도 1시간만 정해져 있잖아. 나머지 시간은 방에 들어가든 나가든 자유라고. 그리고 시험 내용에 대해 이야기하는 상황인지도 모르는 거고."

살짝 강제적으로 느껴지기도 하는 태도로 쿠시다가 문을 열고 안으로 들어오라고 했다.

청을 거절할 수도 없어서 이치노세와 함께 따라 들어갔다.

히라타와는 가볍게 눈인사를 나누는 선에서 끝냈다.

실내에는 세 사람이 약간 거리를 둔 채 앉아 있었다. 꼭 서로가 서로를 견제하는 것 같았다.

손에 땀을 쥐는 긴박감은 없지만 그렇다고 이완된 분위기도 아니었다. 그 이질적인 공간에 외부인이 들어오자, 모두의 시선이 일제히 쏠렸다. 호리키타와 칸자키는 특별히 표정 변화가 없었지만, 류엔은 뭔가 재미있는지 살짝 웃음을 터트렸다. 그리고 손을 들어 이치노세에게 아는 척했다.

"요~. 일부러 정찰하러 왔어? 사양 말고 앉아."

"상당히 흥미로운 조합이구나. 시간을 넘기면서까지 무슨 이야기 중인지 궁금하네."

"크큭. 그야 그렇겠지. 원래는 네가 칸자키랑 이 자리에 있을 줄 알았거든. 그런데 막상 뚜껑을 열어보니 넌 다른 그룹. 그것도 아무짝에도 쓸모없는 덜떨어진 팀에 들어갈 줄이야. 아니면 넌 원래 그 정도 수준의 인간이었나?"

"무슨 그런 심한 말을, 류엔. 전략이고 뭐고 학교에서 정해준 일이고 자세한 건 몰라. 그냥 우리는 주어진 상황, 정보를 바탕으로 싸우는 거야. 네 말은 순서가 반대잖아. 학교에서 의도적으로 그룹을 나누었다는 거야?"

아무것도 모른다는 듯 행동하는 이치노세였지만 류엔은 그것을 곧이곧대로 믿는 남자가 아니다. 그는 살짝 웃으며 이치노세와 거리를 좁혔다. 그의 시야에 나 따위는 들어오지도 않는 것 같다. 뭐, 개인적으로는 그편이 더 고맙지만.

"눈치 못 챘으면 알려 주지. 이번에 모든 그룹을 나눈 건 의도적으로 교사들끼리 결정한 게 분명하잖아? 그렇다면 B

반의 필두에 선 네가 제외된 이유는 뭘까?"

"엥. 랜덤이 아니라 정해진 그룹이라고? 류엔의 그룹이 우수한 사람들로 구성된 건 알고 있었지만, 다른 그룹도 그랬던 거구나. 고마워, 조언해줘서. 그런데 그런 정보를 나한테 알려줘도 괜찮니?"

어디까지나 생각한 대로라는 듯 재빨리 대답한 이치노세였는데, 류엔의 표정이 변하는 것을 나는 놓치지 않았다. 자신은 상상도 못 한 사실을 알게 되었을 때 사람은 보통 깜짝 놀라고 당황하거나 혹은 의심의 눈초리를 보내기 마련이다. 하지만 이치노세는 그런 모습을 보이지 않고 오히려 조언해줘서 고맙다고 말했다. 그것은 일반적인 반응이 아니었다. 물론 일부러 그런 척했다고 생각할 수도 있지만, 이치노세의 명랑하고 쾌활한 성격을 고려하면 정말 진실을 알면서 감추었다는 판단도 충분히 가능하다. 류엔이 사람의 본능을 이기적으로 이해하고 있을지는 모르겠지만, 상대방의 반응을 보고 직감했을 가능성이 높다. 고작 한 번 대화를 나누었는데 상대에게 준 정보가 생각보다 훨씬 컸다.

이 경우에는 학교에서 의도적으로 그룹을 나누었다는 사실을 이치노세가 미리 눈치채고 있었는지는 그리 중요하지 않고, 그 사실을 왜 감추었으며 무슨 심리로 아무 말 하지 않았는지가 중요하다. 경쟁하듯 서로의 의중을 파악하는 것이란 바로 지금의 이 두 사람을 가리키는 말이다.

"그나저나……."

약간 질렸다는 투로 류엔이 나를 흘깃 쳐다보았다.

"나도 여자 뒤꽁무니를 졸졸 따라다니는 걸 좋아하지만 넌 나보다 더하군. 스즈네며 이치노세며, 항상 뒤에 찰싹 달라붙기나 하고."

별로 그러려던 건 아닌데, 듣고 보니 부정도 못 하겠다. 류엔도 나한테 흥미가 있어서 말을 붙인 건 아닌지, 더 이상 다른 말은 하지 않았다.

"아무튼 마침 잘 왔다, 이치노세. 너한테 흥미로운 제안을 하나 할까 해."

"제안? 일단 무슨 이야기인지는 들어볼게."

"시답잖은 이야기야. 귀를 빌려주는 것만으로도 시간 낭비야."

호리키타는 이미 무슨 제안인지 아는지 단칼에 베듯이 부정했다.

"A반을 무찌르기 위한 제안이야. 나쁜 이야기라고는 생각 안 하는데. 스즈네와 칸자키는 반대라는군."

"무슨 이야긴데?"

"스즈네한테 조금 전에 얘기했는데, 난 이미 C반의 우대자를 전부 알고 있어."

류엔이 그렇게 말을 꺼냈다. 카츠라기에게 생각이 있는 것처럼 류엔도 류엔 나름의 책략이 있었다.

그리고 그것은 아침에 말했던 것보다 더욱 진전되려 하고 있었다.

"우리 세 반이 정보를 공유하는 거다. 모든 우대자의 정보 말이야. 그렇게 해서 학교 측의 규칙을 간파하는 거지."

그러기 위한 삼자 모임, 이라는 이야기인가.

"상당히 대담한 아이디어지만, 현실적인 이야기 같지는 않네. 애초에 류엔이 C반의 모든 우대자를 파악했다는 건 진짜야?"

"안 믿어지는 것도 당연하지. 그럼 이번에 한해 서약서라도 쓸까? A반의 우대자 세 사람을 우리가 서로 나누자고. 이렇게 해서 A를 제외한 세 반이 위로 간격을 좁히는 거다."

A반이 철저하게 대화를 거부한다면 우리끼리 똘똘 뭉치자는 그답지 않은 제안.

"서약서를 쓴다고 해도 누가 어떻게 배신했을지 모르는 이상 아무 의미 없어. C반이 배신하면 끝이야."

호리키타가 그렇게 일축하는 것은 자연스러운 흐름이었다. 내가 가진 정보를 근거로 해도 류엔은 예전부터 A반과 손잡고 있었던 것으로 보인다. 그리고 류엔은 무인도 시험에서 너무도 빨리 배신행위를 했다. 그래도 카츠라기가 불평불만을 터트리지 않았던 것은 그만큼 이 남자가 약삭빠르게 대처했다는 증거이기도 하다.

작전 자체는 나쁘지 않았지만 제안자가 류엔이어서 말처럼 잘될 리가 없었다.

"호리키타의 말도 맞지만, 류엔처럼 우대자 파악이 되어 있지 않으면 어차피 무리인 제안이야."

"시치미 떼 봐야 무슨 의미가 있지?. 네가 반의 실태를 파악 안 했을 리가 없는데."

두 사람은 웃고 있었지만 분위기가 확 바뀌었다. 피부를 따끔하게 찌르는 느낌이다.

"날 너무 과대평가하고 있어. 생각도 못 해봤고 나한테는 그런 신뢰도 없어. 게다가 위험은 높고 이익은 적어. 도저히 못 받아들일 것 같은데."

"비밀주의도 좋지만 손을 쓸 때는 써야 한다고."

"네 입장에서는 그렇겠지. 강제로 정보를 수집하고 있는 지금, 투망으로 확 낚아채면 B반으로 올라가는 것도 꿈이 아닐 테니까."

"D반인 호리키타도 반대라면 애초에 이 작전은 성립할 수 없네."

"무리도 아니군. 스즈네한테는 찬성하고 싶어도 못 하는 이유가 있으니까 말이지."

"……그게 무슨 뜻이지?"

"너도 알 거 아니야? 이 작전은 자기 반의 상세한 상황을 완벽하게 파악하고 있어야 가능하지. 팀워크가 눈곱만큼도 없는 D반은 실행 불가능하다는 거야. 맞지? 반이 둘로 갈린 A반보다도 못하잖아."

또 공기의 흐름이 바뀌었다. 이번에는 탁하고 무거운 공간이 되었다.

"하지만 반을 지배하는 나와 절대적인 인기를 지닌 이치노세라면 가능한 제안이다. 지금 나는 세 반이 연합하자고 제안했지만 사실 두 반만 뭉쳐도 실현 가능해. 규칙을 알아차릴 확률은 내려갈지도 모르지만, 나라면 어떻게든 할 수 있어. 그렇게 하면 A반도 D반도 탈탈 털리는 거나 마찬가지다."

D반과 A반의 우대자를 두 반이 사이좋게 나누겠다는 제안.

"과대평가지만 말이야."

또 흐름에 변화가 찾아왔다. 흐름을 바꾼 사람은 류엔이었다.

호리키타, 나, 그리고 쿠시다와 D반 아이들이 있는 상황에서 자신의 아이디어를 피로하고, B반에 붙어 협력을 요구하는 류엔의 자세는 도저히 이해할 수 없었고 어쩐지 기분 나빴다.

이것이 허세가 아니라면 류엔은 반의 우대자를 알면서 뭔가를 더 알아내려 하는 건지도 모른다. 그리고 이제 한 걸음만 더 내디디면 그곳에 도달하는 것이다.

그렇다면 이는 D반에 있어서 상당히 중요한 포인트가 되리라.

"저기, 역시 그건 성립하지 않는 이야기 아니야?"

가만히 보고 있기만 하려고 생각했던 나지만, 호리키타의 자세가 여기서는 독이 되리라는 판단에 입을 열었다.

이치노세가 D반과 힘을 합친다고 해도, 그것을 어디까지 믿어도 될지는 알 수 없는 일이다. 그렇다면 여기서 이치노세가 류엔과 손잡을 가능성을 남겨두면 상당히 위험하다.

"금붕어 똥이 방금 내가 한 이야기를 이해했다는 거냐?"

류엔이 놀리듯이 웃었지만, 나는 잔머리 굴리지 않고 솔직한 의견을 꺼내 보이기로 했다.

"만약 B반과 C반이 손잡게 되면 그 다음에는 A반과 D반이 손잡게 되겠지? 지금 D반 분위기는 따로 국밥이지만 패배가 확정되면 역시 결속할 거라고 생각해. 그건 A반도 마찬가지일 거고."

"나랑 이치노세가 힘을 합친다는 사실은 이 순간에 하나도 결정되지 않았어. 힘을 합칠지 말지 확인할 수 있는 길도 없고. 그런 불확정 요소를 가지고 카츠라기가 협력해주기라도 한다는 말이냐?"

물론 카츠라기는 진중한 남자다. 증거도 없이 쉽게 움직이지는 않으리라. 하지만 류엔에게 타격을 입은 만큼 교섭의 여지는 있을 터였다.

내가 내뱉은 한 마디에 호리키타도 이 관계를 성립시켜서는 안 된다는 것을 깨달았다.

"이 대화에는 미래가 없어. 결국 서로를 무너뜨리기만 하게 될 거야."

"그게 무슨 의미냐, 스즈네."

"그 애 입장에서는 목표를 이루었다는 뜻이야. 만약 계속해서 담합 같은 말을 계속 나눌 생각이라면 우리도『그렇다는』걸 전제로 움직일 수밖에 없어. 그것뿐이야."

"바라던 바다. 너희가 협력 관계가 될 수 있을지 없을지, 기대하고 있을게. 알겠냐?"

닥치는 대로 적의를 마구 드러냄과 동시에 후안무치하게도 적에게 손을 내미는 류엔. 그런 그에게 호리키타는 철저히 싸울 자세를 보였다. 그것이 이치노세를 막는 효과로 이어질 것이다.

지금 여기서 D반을 배신하면 모든 반에 배신자로 인지되리라.

포인트를 얻기 위해서라면 어떤 타이밍이든 상대를 배신할 수 있다. 그런 전력이 붙으면 앞으로 한참 남은 기나긴 학교생활에서 발목 잡히게 된다.

"미안해, 류엔. 우리 B반에는 네 행동 때문에 상처받은 애도 있어. 포인트를 받을 수 있다는 이유만으로는 쉽게 너랑 손잡을 수는 없어."

"그래? 그거 아쉽군."

하지만 전혀 아쉬운 얼굴이 아니었다. 처음부터 성립 따위 없다는 전제로 움직였으니까 말이다.

류엔은 자리에서 일어나 우리를 스쳐 지나갔다. 그리고 방문 앞에 서서 다시 한번 나를 쳐다보았다. 무의식중에 나온 행동인지도 모르지만, 우연히 나와 시선이 교차했다.

"……설마."

아슬아슬, 귀에 어렴풋이 들린 말에 당연히 나는 아무런 반응도 보이지 않았다.

류엔은 가볍게 고개를 가로저으며 방을 빠져나갔다.

"아, 나도 슬슬 돌아갈게. 친구가 불러서."

쿠시다가 미안해하면서 퇴실했고 결국 평소와 같은 멤버만 남았다.

"후. 여러 가지로 간파당해버렸나 봐."

특별히 초조한 기색 없이, 이치노세가 가볍게 한숨을 내쉬었다.

"힘들겠어. 저런 애한테 쫓기면."

"이름에 용이라는 글자가 들어있지만 용이 아니라 뱀이네, 뱀. 사냥감을 찾아내면 지구 끝까지 쫓아가 물고 늘어질 집념을 느꼈어. 하지만 지금은 나보다도 호리키타 쪽이 더 힘들지 않아? 류엔은 당연히 A반도 경계하고 있을 테니까. B반도 언젠가는 적이 될 거라고 생각하면 걱정도 되고."

뭐, 그건 그렇다. 지금까지 바닥을 쳤던 D반이 무인도 시험에서 단숨에 올라왔다. 그 사실은 다른 반에 있어서 D반이 경계해야 할 존재로 바뀌었음을 가리킨다.

"괜찮겠지. 호리키타는 주목이나 압박을 받는다고 무너질 애가 아니니까. 그렇지?"

"당연하지."

그렇다고 한다. 허세였다고 해도, 오히려 그렇게 해서 진가를 발휘할 가능성도 있다. 이것만큼은 언제일지 나도 짐작이 안 간다. 오늘일지 10년 후일지. 대체로는 진가를 발휘하기 전에 인간적으로 완성되고 끝나버리는데 말이지.

"호리키타에 아야노코지까지. 우리의 협력 관계를 아는 사람이 모두 모였으니까 묻겠는데…… 이번 시험에서 반을 초월한 협력 관계가 성립한다고 생각해?"

"굳이 적대시할 필요는 없지만, 협력하려고 서로 의논하는 건 어렵겠지. 시험 구조상 두 반이 협력하려고 해도 불완전하니까. 게다가 D반과 B반 전원의 굳건한 협력이 필수 조건. 성립할 수 없다고 생각해."

"응. 역시 호리키타야. 시험을 잘 이해하고 있네. 류엔의 아이디어는 탁상공론에 불과해. 역시 우리가 힘을 합친 건 정답이었어."

자신과 가치관이 일치하는 호리키타의 모습에 어딘지 기뻐 보이는 이치노세.

"응. 류엔의 작전은 불발로 끝날 거야. 아마 걱정 안 해도 좋을걸. 문제는 카츠라기의 농성 작전 쪽이지. 본인이랑 얘기해보니 반응이 어떤 것 같았어?"

호리키타와 칸자키에게 카츠라기의 상태를 묻는 이치노세.

"어제도 보고했지만 나머지 그룹처럼 씨알도 안 먹혀. 말을 걸면 대답은 하는데, 회의에 참여하려는 의지는 전혀 느껴지지 않아. 시험 종료 때까지 그런 태도는 무너지지 않겠지. 카츠라기가 없는 곳도 태도가 똑같아?"

"응. 이쪽도 안 돼. 역시 다른 방법으로 접근할 수밖에 없겠어."

이제 남은 회의 회수는 3회. 그것만으로 각 그룹은 답을 이끌어내야만 한다.

반 전체를 위해서일까 그룹을 위해서일까. 혹은 개인을 위해 움직일까.

"그럼 난 방으로 돌아갈게."

모두 용 방을 나가자마자 바로 해산해서 호리키타는 자기 방으로 돌아갔다.

그리고 밖에서 기다리고 있었던 듯한 하마구치가 합류했다.

이치노세는 호리키타의 뒷모습을 눈으로 배웅한 후 우리에게 이렇게 말을 꺼냈다.

"혹시 괜찮으면 조금만 더 얘기하다 갈래?"

"응, 좋아."

내 주위에는 이치노세를 비롯한 B반 학생이 세 사람 있었다. 좀 주눅이 든다.

그 후 칸자키와 헤어지고 나머지 아이들과 갑판으로 나가, 벌써 노는 분위기로 전환한 학생들 사이를 지나 적당한 위치에서 발걸음을 멈췄다.

"호리키타는 그렇게 말했지만, 난 협력할 여지가 있다고 생각해."

"협력할 여지?"

"응. A반이 우리한테 거리를 둔 건 좀 놀랐지만, 기회는 있다고 봐. 그러기 위해 모든 것을 허심탄회하게 밝혀야 하지 않을까?"

"모든 것을……?"

"이 시험은 결국 우대자를 찾아내는 과제잖아? 그럼 그렇지 않은 인물을 한 사람이라도 더 많이 만들어서 확률을 높이는 게 정석이라고 생각해. 그래서 말하는 건데…… 난 우대자가 아니야. 그리고 우대자를 밝혀서 그룹의 승리로 이끌어갈 생각이야."

내 눈을 똑바로 쳐다보며 이치노세가 말했다. 그리고 이렇게 덧붙였다.

"만약 내가 우대자였다면 존재를 감추려고 했을 거야. 아야노코지가 물어본다고 해도……. 이유는 단순히 내가 B반을 위해 전력을 다하고 있으니까."

그 말은 내가 도저히 말로 표현할 수 없는 수수께끼 같은 공기에 휩싸여 있었다.

지금까지 이치노세의 행동을 계속 봐온 나로서는 지금 이런 행동에 의문을 느낄 수밖에 없었다.

지금 이 순간에 모든 것을 말해서 협력을 구한다면 좀 더 적극적으로 요청했어야 옳다. 직접 휴대폰을 보여줘서 백 퍼센트 신뢰를 거둬들이고 싶어 해야 이치에 맞다.

하지만 이치노세는 그럴 기색이 없었다. 휴대폰을 꺼내려고조차 하지 않았다.

이런 발언을 단순히 경솔하고 생각이 짧은 여자로 받아들여야 할 것인지, 아니면 뭔가 뒤에 꿈꾸는 스토리가 있다고 봐야 할 것인지 판단이 상당히 어렵다. 그래서 수수께끼 같은 공기였던 것이다. 지금은 있는 그대로 받아들이는 자세를 보이는 게 무리일지도 모른다.

"……이상, 하니?"

내가 침묵하자 이치노세가 불안한 듯 말했다.

"아, 미안. 특별히 이상한 건 없어. 그저 너무 솔직히 말해서 놀랐을 뿐이야. 보통은 거짓말로 꾸미려고 하지 않아? 자기가 우대자라면 그룹 전체가 승리하는 선택을 할 거라고."

"이런 걸로 거짓말 안 해. 시험으로 경쟁할 때는 필요하면 거짓말도 하지만, 평소에는 최대한 정직하게 있고 싶으니까. 전부 말한 건 정정당당하게 이기고 싶기 때문이야. 우대자인지 아닌지 범위를 좁히다보면 승리를 위한 길이 보일 거라고 생각해. 아, 아야노코지는 무리해서 대답할 필요 없어. 난 내 기분을 말했을 뿐이야. 그게 전해지면 마음이 편할 것 같아서."

"협력 관계를 최대한 발휘하는 건 무리라도 견고하게 해두는 건 나쁘지 않지. 여기서 나만 대답 안 하면 나중에 그 관계에 금이 갈지도 모르겠군."

"에이, 그렇지 않은데?"

내가 대답하려고 하자 당황하며 말렸지만, 그렇다고 여기서 감출 수는 없었다.

지금 이치노세가 한 말은 틀림없이 사실이리라. 지금 나를 속이는 데 성공해서 얻는 배신의 대가가 너무 적다. 호리키타와의 협정을 깨면서까지 최하위로 떨어져 있는 D반을 쥐어짜는 것은 난센스다. 가능성을 생각하면 백 퍼센트 부정할 수는 없지만, 운석이 떨어질 것을 걱정하며 살아가는 사람은 없으니까. D반에서 밝혀진 사실을 솔직하고 정확하게 전해주기로 하자.

"나도 우대자가 아니야. 유키무라도 그렇고. 유키무라는 절대로 우대자가 아니라고 단언할 수 있어. 다만 유감스럽게도 카루이자와 박사…… 아니, 소토무라는 어떤지 잘 몰라. 그리고 나도 이치노세가 주장한 방침에 찬성이야, 전혀 반대하지 않아."

유키무라가 소문이라면서 카루이자와 박사가 우대자가 아니라고 알려주었지만, 그것을 곧이곧대로 받아들이지는 않는 편이 좋으리라. 경솔하게 아니라고 말했다가 우대자로 드러나면 신뢰를 잃기 쉽다.

그리고 유키무라가 우대자가 아니라고 단언한 것은 녀석의 언동과 태도로 판단한 것이다. 일단 틀림없이 유키무라는 우대자가 아니다.

"미, 미안해. 왠지 억지로 말하게 한 것 같네."

죄책감이 드는지 이치노세가 머리를 꾸벅 숙여 사과했다. 사과할 필요까지는 없는데.

'결국 사과해야 할 사람은 바로 나'니까 말이다.

"저기, 하마구치. 잠깐 괜찮아?"

"왜? 이치노세."

왠지 긴장감이 하나도 없는 하마구치가 다가오자 이치노세는 지금 상황을 이야기해주었다. 그 말을 들어보니 의외로 이치노세는 D반과 협력 관계라는 것을 밝히지 않았던 모양이다. 이치노세의 성격으로 봐서는 반의 찬성을 얻은 줄 알았는데.

"저 애도 밝혔는데 내가 거절할 수는 없지. 나도 우대자가 아니야. 믿어도 괜찮아."

이치노세와의 관계까지 고려하면 자기고백이라도 신빙성이 높다고 봐야 하리라. 여기서 거짓말해서 얻는 이점이 너무 낮다. 거짓말이 드러났을 때 호리키타와의 협력 관계에 금이 갈 수밖에 없기 때문이다.

물론 절대 들킬 일 없다고 생각하는 작전을 취한다면 이야기는 달라지지만.

"너희 반은 확인 안 했지?"

인망이 두터운 이치노세는 류엔처럼 공포정치를 하지 않고도 전원의 상태를 파악할 수 있을 것이다.

"개인의 자주성에 맡기는 느낌이랄까. 포인트를 원하는 애도 있을 거고. 우대자로 선택된 권리를 내가 멋대로 조정할 수도 없으니까."

"주제 넘는 얘기인 줄은 알지만 나머지 한 사람도 확인해 둘게. 그 애가 솔직하게 대답해주면 나중에 아야노코지한테 알려줄게."

"그래주면 고맙지만, 난 D반에 대해 알려줄 수 없을 거야. 솔직히 말해서 우리 반 애들과 좋은 관계가 형성되어 있다고 말하기도 어렵고, 내가 들은 게 사실이라는 보장도 전혀 없어서."

"응, 괜찮아. 아야노코지 너만이라도 협력해주는 걸로 난 만족해."

이렇게 해서 세 사람은 공평한 입장에서 서로 상의해서 토끼 그룹에서의 협력이 가능해졌다. 나, 이치노세, 하마구치, 그리고 하는 말과 태도로 볼 때 우대자가 아니라고 확신할 수 있는 유키무라, 이 네 사람을 제외하면 현 시점에서 우대자 후보는 10명. 틀림없이 그중에 우대자가 숨어 있다.

어쨌든 무인도에서 리더를 찾아냈던 작업과 똑같거나 혹은 그 이상으로 난해한 작업이 될 듯하다. 그러니까 시험으로 성립한다. 우대자 역할도 부담을 느끼고 있겠지만, 노골적인 행동만 참으면 잘 감출 수 있다. 불합리해 보이면서도 학교는 균형을 잘 맞춘 시험을 실시하고 있다.

"그럼 이제부터 어떻게 우대자를 찾아낼 생각이야? 직접 물어도 솔직하게 정체를 드러낼 것 같지도 않고, 우리처럼 말만으로 서로 믿기는 어려울 텐데."

"그 부분을 어떻게든 해결하라는 게 이번 시험이 아닐까?"

그 말이 맞았다. 상당히 높은 난이도의 시험.

사실을 은폐하려는 상대에게서 올바른 정보를 이끌어내야 한다.

이치노세가 새롭게 움직임으로써 경직되어 있던 상황에 변화가 찾아오기 시작했다.

2

남의 거짓말을 전부 다 알아내는 초능력자가 아닌 이상 우대자를 가려내기란 쉽지 않다.

사람은 원래 태어날 때부터 거짓말쟁이다. 거짓말에 익숙해져 있다.

만약 살면서 거짓말을 해본 적 없는 사람이 있다면 그 존재 자체가 거짓이리라. 사람과 거짓말은 떼려야 뗄 수 없는 관계다. 선의의 거짓말도 일단 거짓말인 것은 분명하다.

적어도 이 방에 모인 학생들 중에 우대자가 있다.

아직 회의 시작 시간까지는 여유가 있지만, 지난번과 마찬가지로 제일 먼저 방에 도착한 것은 모두의 행동을 살펴보고 싶었기 때문이다. 저녁 회의 시간에 제일 먼저 찾아온 사람은 C반 여자 그룹이었다.

와자지껄 즐겁게 담소를 나누며 방에 들어왔는데, 내가 앉아 있는 모습을 발견하자 살짝 겸연쩍었는지 목소리 톤을 낮추고 거리를 두고 앉았다.

그리고 그 다음으로 유키무라가 험악한 표정을 지으며 들어왔다. 그는 가볍게 나와 눈을 마주친 후 가까운 자리에 앉았는데, 특별히 평소와 다른 기색은 보이지 않았다.

뒤이어 A반 아이들이 등장했다. 마치다와 타케모토. 그리고 또 한 사람인 모리시게.

여느 때와 다름없이 회의에 참여할 필요가 없다고 판단해서 가장 구석 자리에 자리를 잡았다. C반 여자애들이 앉아 있는 곳 옆이었다.

"마치다. 이거 끝나면 우리랑 같이 놀러 안 갈래? 여자 셋이 놀기로 했는데, 같이 놀 상대를 못 찾았거든."

"……그렇구나……."

대화에 참여하지 않는 마치다였지만 여자애들 사이에서 존재감이 컸다. 이치노세와 이부키를 제외한 여자애들은 모두 마치다에게 흥미를 드러냈다. 별로 부러운 건 아니다. ……아주 조금 부러운 것 같기도 하다. C반은 이미 반쯤 우대자 색출을 포기했는지, 아니면 작전인지 모르겠지만 같이 놀자며 마치다를 꼬드겼다. 이렇게 해서 남녀 관계가 깊어지는 것일까.

마치다도 전혀 싫지만은 않은지 고민하는 척하면서도 내심 기뻐 보였다.

그리고 다음은 D반, 박사와 카루이자와였다. 함께 왔다기보다는 우연히 같은 타이밍이 된 듯 카루이자와가 노골적으로 싫은 표정을 지었다. 그리고 방에 들어오자마자 박사에게서 멀리 떨어져 안쪽에 자리 잡으려고 했다.

"야, 거기 내 자린데?"

늦게 온 카루이자와가 먼저 와 앉아 있던 C반 아이를 귀찮다는 듯 노려보았다.

다른 여자애가 마치다와 친하게 이야기 나누는 장면을 목격해서 짜증을 더욱 드러냈다.

"의미를 모르겠네. 네 자리라니? 아무 데나 대충 앉으면 되잖아."

"난 거기가 좋아. 비켜."

"뭐라고? 지금 마치다랑 얘기 중인데. 이따 밤에 같이 놀자고 약속하는 중이니까."

"마치다도 뭐라고 말 좀 해주지 않을래? 내가 네 옆자리라고."

마치다가 살짝 곤란한 듯 어느 쪽을 편들어야 할지 몰라 우물쭈물했다. 하지만 그 모습을 바로 이해한 카루이자와는 마나베와 마치다 사이에 끼어들어 손을 붙잡았다.

"다음에 단둘이 만나서 놀래? 혹시 얘랑 약속해버린 거야? 나 양다리 걸치는 사람 싫으니까, 얘네랑 논다고 하면 이 이야기는 없던 걸로 하고……."

음, 여기서 태클이라도 걸어주길 기다리는 건가? 히라타랑 사귀면서 당당히 저렇게 말할 수 있다니 참 대단하다.

'단둘이'라는 부분에 강하게 끌린 마치다는 마침내 누구 편을 들지 결정한 것 같았다.

"자리 비켜주지 않을래? 낮에도 카루이자와가 여기 앉았으니까."

"뭐……? 아 진짜, 열 받아……."

우리도 네 옆자리 따위 사양이거든 하는 표정으로 여학생이 자리를 비켰다.

그리고 그 자리에 카루이자와가 미끄러지듯 앉았다.

마치다에게 몸을 가까이…… 아니 아예 몸을 찰싹 붙였다.

그 행동이 경박하게 느껴지지 않는 것은 이미 카루이자와의 됨됨이를 알고 있기 때문일까.

카루이자와는 히라타와 사귀고 있다. 그 사실을 아는지 모르는지 마치다는 카루이자와에게 마음을 열었달까, 호의를 느끼기 시작한 듯했다. 외모만 두고 말하면 분명 귀여웠고 좋아하는 쪽에서 보면 지켜주고 싶을지도 몰랐다.

흥미롭게도 며칠 되지도 않은 일시적 그룹인데도 불구하고, 힘 관계를 포함해 독자적인 생태계가 생기기 시작했다.

외톨이 인간은 계속 외톨이이고, 교태부리는 인간은 계속 교태를 부린다. 그리고 주도하는 인간은 계속 주도한다. 하지만 그렇다고 완전히 평소와 똑같은 것도 아니다. 예컨대 주도하는 인간이 같은 장소에 두 명 있으면 둘 중 하나가 추려져 도태된다. 약육강식의 축소판 같군. 그리고 그 싸움에 진 인물은 한 단계 아래 계급으로 인정사정없이 떨어진다. 경우에 따라서는 단숨에 최하층까지 가기도 한다. 있으나 마나 한 공기 같은 존재가 된다. 여기서 말하자면 내가 그렇다.

이 시험의 흥미로운 점은 평소에 적으로 여기고 경계하던 상대와 같은 그룹이 되었다는 것이다.

친구들 사이에서는 절대적인 인기를 자랑하는 이치노세지만, 적에게는 분명 영향력이 미비하다. 만약 히라타였다면 조금은 더 결속력 있는 그룹으로 만들지 않았을까.

"모두 잘 부탁해."

때맞춰 장본인이 나타나 분위기가 싸한 방에 활기를 불어넣었다. 공기가 무겁다는 것을 금세 알아차렸겠지만 경솔하게 말을 걸거나 하지는 않았다.

그나저나 카루이자와의 행동이 너무 억지스러워서 조금이해가 되지 않았다. 정말 마치다와 친해지고 싶어서 그랬다고 하더라도 그렇게까지 노골적으로 C반 여자애와 옥신각신할 필요는 없는데.

다만── 이 일과 시험은 직접적인 관계가 없다는 느낌이들었다.

1학기부터 카루이자와를 봐온 내 눈에는 그녀의 성격에서 비롯한 행동으로 보였기 때문이다.

이번 그룹처럼 소규모이든 혹은 반 단위이든, 카루이자와는 자신이 제일이라고 생각하고 싶은 게 아닐까. 물론 여자로 최고의 자리에 서기란 쉽지 않은 일이다. 이치노세처럼구심력 있는 인재라면 모를까, 빼어난 능력이 없으면 무리인 이야기다.

하지만 학교생활에서는 '인간관계'야말로 카스트 제도의상하 관계를 결정짓는다. 사실 카루이자와는 강경한 태도로D반 여자애들의 리더가 되었다. 또 반을 이끄는 히라타의 여자 친구가 됨으로써 남자들에게도 강한 발언력을 얻었다.

　그러한 1학기 때 카루이자와의 행동을, 지금 카루이자와의 행동에 대입하면 딱 들어맞는다. 의지가 안 되는 남자 멤버 중에 제일 강하고 이기적인 답을 내리는 마치다를 수중에 넣으면 이 방에서도 주도권을 쥘 수 있다.

　실제로 C반 여학생들은 마치다를 거스를 수 없어 뚱한 표정으로 물러났으니까.

　그렇다면 미움받을 것을 각오하고 이 공간을 지배해서 얻어지는 게 뭘까?

　우월감?

　자기만족?

　자기과시욕?

　속사정은 알 수 없었지만, 그러한 종류의 뭔가가 있다는 건 어렴풋이 느낄 수 있었다.

　"이럼 안 좋은데……."

　"그렇지. 이대로 계속 있다간 우대자의 독주를 허용하고 말아……."

　내 말을 시험 걱정으로 알아들었는지, 옆에 앉아 있던 유키무라가 대답했다. 그게 아니라고 부정하기도 귀찮아서 그대로 한 귀로 흘렸다.

　"자자. 이번에도 A반은 회의에 참여 안 할 거야?"

　"당연하지. 너희 마음대로 의논해. 우리 방침은 바뀌지 않으니까."

당당하게 딱 잘라 말하는 마치다의 옆에서 희로애락의 감정을 지워가는 학생이 있었다. A반 모리시게였다. 그는 시험 전에 봤던 기억이 있었다. 소문에 의하면 A반은 지금 카츠라기 파와 사카야나기 파로 양분되어 있는 모양이었는데, 모리시게는 무인도 시험 때 카츠라기에 반기를 들었던 남자 중 하나였다.

평소 같으면 카츠라기의 의견을 순순히 받아들이거나 하지 않겠지만, 사카야나기가 아파서 결석했는지 이번 여행에 오지 않았다.

지시를 내려줄 인물이 존재하지 않는 이상 얌전히 따를 수밖에 없다는 소리인가.

무인도 시험에서 허를 찔려 타격을 입음으로써 카츠라기는 리더로서의 구심력을 잃을지도 모른다고 생각했는데, 그 정도로 무너지지는 않는 모양이었다. 모리시게가 이틀간 침묵을 지키는 모습을 봐도 이번 시험은 계속 참을 수밖에 없다고 생각하고 있으리라.

"그럼 아무 말도 안 하고 한 시간을 보내는 건 아까우니까 이번에도 카드놀이나 할까?"

이치노세도 익숙해져서 처음 확인이 끝나자마자 트럼프 카드를 꺼냈다.

이 시험의 접근 방식은 저마다 달랐다. 이치노세는 정면으로 대화해 우대자를 가리려고 했고 반대로 카츠라기는 대화를 단절함으로써 안정을 노렸다. 류엔은 모두를 적으로 돌리면서도 반을 장악하여 시험의 구조, 밑바탕에 깔린 규칙을 찾아내려 하고 있었다.

하지만── 그것이 어디까지 맞을지는 뚜껑을 열 때까지 아무도 알 수 없었다.

결국 이번에도 1시간 동안 카드놀이만 하다가 어쩔 수 없이 해산했다.

유키무라는 필사적으로 주위를 관찰했지만 누가 우대자 같은지는 파악하지 못한 것 같다.

그것은 다른 아이들도 모두 마찬가지겠지. 그리고 슬슬 결론을 내리고 있을 것이다. 가령 대화를 반복한다고 해도 우대자가 자신을 밝힐 일은 없겠다고. 나는 모두가 퇴실하는 순서를 관찰했다.

늘 빨리 나가는 C반 학생들이 아직 움직이지 않았다. 반면 그보다 더 빠른 A반은 평소와 다름없이 일등으로 나갔다. 마치다는 카루이자와와 연락처를 교환했는지 다음에 연락하겠다는 말을 남기고 사라졌다. 그 후에 유키무라와 박사도 자리에서 일어났다.

"돌아가자. 아야노코지도 갈 거지?"

"응."

그와 거의 동시에 카루이자와가 전화를 하면서 일어서서 즐겁다는 듯 담소를 나누며 방을 빠져나갔다. 그리고 우리 옆을 C반의 세 사람이 스쳐 지나갔다.

"방금 세 사람, 아무래도 상태가 좀 수상하지 않았어?"

유키무라도 이상하게 느꼈는지 조금 수상쩍다는 표정을 지었다.

"그러하였사옵니까? 소인은 못 느꼈는데."

뒤죽박죽 엉망인 말투로 말하는 박사는 내버려두기로 하고, 유키무라가 느낀 위화감은 틀리지 않았다. 아무래도 C반 측도 울분이 상당히 쌓인 모양이었다.

나와 유키무라는 방문을 살짝 열고 복도의 상황을 살폈다.

그러자 세 사람이 카루이자와의 뒤를 따라붙듯 쫓아가는 모습이 보였다. 한 사람이 빠진 것이 무엇보다도 마음에 걸렸다. 카루이자와에게 유일하게 흥미를 보이지 않았던 이부키가 없었다.

"무슨 짓 저지르는 거 아니야?"

유키무라가 어떻게 하지, 하며 내게 시선을 보냈다.

"일단은 뒤쫓아가볼까? 폭력 사태까지 번지지는 않겠지만, 소란이 벌어질지도 몰라."

"진짜, 카루이자와 녀석. 남한테 원한이나 사고…… 우리는 우대자를 찾느라 정신이 없는데."

박사는 방에 돌아가게 하고 나와 유키무라는 네 사람을 몰래 뒤쫓아갔다.

모퉁이를 돌자 비상구 문이 쾅 닫히는 소리가 났다. 엘리베이터가 복잡한 것도 아닌데 비상계단을 쓸 이유는 없다. 즉 그것 말고 다른 목적이 있다는 뜻이다.

"잠깐만, 이런 데로 날 데려와서 뭐 어쩔 셈인데?"

몰래 비상구 문을 열자 가까이에서 그런 목소리가 들려왔다.

"시치미 떼지 마. 네가 리카 밀친 것 맞잖아? 그거랑 관련된 얘기야."

"……뭐, 뭐라고? 어째서 나라는 건데? 다른 사람이라고 말했잖아."

세 사람이 카루이자와를 벽으로 내몬 다음 도망가지 못하게 에워쌌는데, 그런 상황에서도 카루이자와는 사과하려고 하지 않고 사실을 부정했다. 정말 다른 사람인가?

"나 볼일 있거든? 좀 비켜줄래?"

"그럼 확인시켜줘. 지금 여기로 리카를 부를 테니까. 그래서 네가 아니면 용서해줄게."

"의미를 모르겠네. 선생님한테 다 말할 거야."

"선생님한테 뭘 말할 건데? 우리가 널 때린 것도 아니고. 그럼 리카를 밀친 걸 문제로 삼아도 되겠지?"

상대도 승부를 걸기로 결정한 이상 물러서지 않았다. 달아나려는 카루이자와의 팔을 붙잡고 다시 벽으로 밀어 둘러쌌다.

여자애 중 하나가 리카라는 아이에게 연락하려고 휴대폰을 만지기 시작했다.

"기, 기다려."

그 모습에 진심임을 알아차린 카루이자와가 그만두라고 말했다.

"뭐야. 우리가 왜 기다려야 하는데?"

"……지금 생각났어. 저번에 나랑 부딪친 애가 있었던 거."

"속보여. 처음부터 다 알았으면서. 뭐, 여하튼 됐어. 리카한테 제대로 사과할 거지?"

"내가 왜. 그건 그 애가 잘못한 거야. 몸이 굼떠서 그런 거 아냐."

책임을 인정하는 줄 알았더니 카루이자와가 강하게 주장했다. 그것이 그녀들의 신경을 거스른다는 사실을 잘 알면서도 말이다.

"애 진짜 짜증나네. 리카한테 사과하면 아까 우리한테 한 짓은 용서해주려고 생각했더니. 더는 안 되겠네."

한 사람이 카루이자와의 어깨를 손바닥으로 확 쳤다.

"어차피 처음부터 그냥 둘 생각도 없었으면서……."

지금까지 마나베 뒤에 있던 야마시타라는 소녀가 방금 내뱉은 카루이자와의 작은 목소리에 화가 폭발했다.

"시호. 나도 이제 한계야. 정말로 카루이자와를 용서 못 할 것 같아."

"그렇지? 리카한테도 이렇게 나왔을 게 틀림없어. 진짜로 괴롭혀버려?"

이번에는 아까보다도 더 세게, 손바닥으로 카루이자와의 어깨를 때렸다.

유키무라가 순간적으로 문을 활짝 열려고 했지만 내가 그의 팔을 잡아 말렸다.

이 단계에서 말려봐야 조만간 또 카루이자와를 공격할 것이다. 그렇다면 차라리 우리가 보고 있는 지금 단계에서 약간이나마 폭력을 당하는 편이 앞으로 이런 일을 막을 수 있다.

정도에 따라서는 학교 측에 알리겠다고 협박해서 유효하게 이용할 수 있는 가능성도 있으니까 말이지.

무엇보다 카루이자와 케이의 존재 자체의 관점이 이 순간 바뀌려고 하고 있었다.

"하아, 하아……."

점점 거칠어져가는 카루이자와의 호흡. 고통이 느껴졌는지 두 손으로 머리를 억눌렀다.

그 괴로워하는 모습은 마나베 일행의 동정을 사기는커녕 쓸데없이 신경을 자극했다.

"이제 와서 연약한 척해도 용서 안 할 거니까."

마나베 무리는 카루이자와의 머리채를 붙잡아, 아래로 내려가려는 얼굴을 강제로 들어 올렸다.

"나, 카루이자와의 이 얼굴 싫어. 완전 못 생기지 않았니?"

"맞아. 갈기갈기 찢어버릴까?"

"하, 하지 마…… 하지 마……."

"하, 하지 마, 란다. 아까 그 기세등등하던 모습은 다 어디로 갔을까?"

상대를 미워하면 미워할수록, 싫어할수록 상대방의 장점도 안 좋게 보이기 마련이다.

외모만 두고 말하면 만장일치로 카루이자와의 승리이지만 마나베, 야마시타, 야부는 카루이자와의 예쁜 얼굴까지 부정하지 않으면 납득할 수 없는 것 같았다.

바들바들 떨던 카루이자와는 결국 울먹이며 머리를 감싸 안고 그대로 얼어붙었다.

그 모습에 평소의 면모는 눈곱만큼도 남아 있지 않았다.

사람은 궁지에 몰렸을 때 비로소 본성이 나온다.

나는 조금만 더 있으면 카루이자와 케이에 대해 더 자세히 알 수 있을 것 같은 기분이 들었다.

하지만 유키무라가 참지 못하고 쓸데없는 정의감을 발휘했다. 말려도 듣지 않고 문을 활짝 열어버린 것이다. 그의 등장에 세 사람은 당연히 소스라치게 놀랐다. 한편 카루이자와는 살았다는 듯 순간 안도하는 표정을 지었다.

"너희, 여기서 뭐해?"

"뭘……. 아무것도 안 했는데? 카루이자와랑 얘기 좀 했을 뿐이야. 그렇지?"

허튼소리 하지 말라는 식으로 마나베가 카루이자와를 노려보았지만 그런 걸로 겁먹을 인간이 아니다.

"유키무라. 뭐라고 한 마디 좀 해줘. 얘들이 날 강제로 여기 끌고 와서 폭력을 휘둘렀다니까. 진짜 최악 아니야? 나 보고 짜증나니까 사라지라고 그랬어."

평소 유키무라를 전혀 상대도 해주지 않는 카루이자와지만 지금 이곳에 나타나 준 것이 고맙게 느껴졌으리라. 마음

이 놓인다는 표정이었다.

C반 아이들이 무섭게 노려보았다. 너희가 무슨 상관이야, 하는 눈빛이었다.

"카루이자와랑 리카 문제로 좀 도와줬을 뿐이야. 둘이 부딪쳤다는 얘기는 들었지?"

"……원만하게 풀지 그래? 카루이자와가 뭐 악의가 있어서 부딪친 것도 아닐 텐데."

유키무라는 그렇게 대답할 수밖에 없었다.

"넌 입 다물어. 무슨 상관이야?"

"…………."

그렇게 말하면서 노려보니 이번에는 입을 다물 수밖에 없었다.

카루이자와는 한심한 남자를 보는 눈빛으로 유키무라를 쳐다보았고 나는 조용히 휴대폰을 손에 쥐었다.

"얼른 꺼져버려. 안 그럼 사람 부를 거야."

"부르다니 누굴? 히라타? 마치다? 아니면 걸레 같은 너는 걔들 말고도 남자가 아주 많이 있나?"

여자들끼리의 싸움은 음습하다고 하는데, 남자와는 달리 폭력으로 해결하기 어려워서겠지. 같이 휘말린 우리로서는 눈과 귀를 어디다 둬야 할지 몰라 곤란한 상황이었다.

"조금 전에 선생님 봤어. 빨리 돌아가는 게 좋을 것 같은데."

어쩔 수 없이 비상계단에 들어선 내가 그렇게 말하며 빨리 가라고 재촉했다.

C반 입장에서도 지금 일이 커지는 것은 바라지 않으리라.

"반드시 리카한테 고개 숙이게 만들 거니까."

그 말은 수단과 방법을 가리지 않겠다는, 상대편의 협박이었다. 카루이자와는 필사적으로 강한 표정을 지었지만, 여유가 없다는 것은 보면 금방 알 수 있었다. 상대편 여자애들도 그런 카루이자와의 모습에 느낀 것이 있었으리라. 시종일관 깔보는 태도였다.

"괜찮아?"

과호흡 상태를 보이는 카루이자와를 그대로 내버려둘 수도 없는 노릇이라 유키무라가 물었다.

"내버려 둬……!"

가까이 다가온 유키무라를 카루이자와가 힘껏 뿌리쳤다.

"뭐야, 생각해서 와줬더니!"

"시끄러워. 누가 그러래?!"

카루이자와는 그렇게 말하며 거친 숨으로 한 걸음 내디뎠다.

유키무라가 위압당한 듯, 한 걸음 뒤로 물러났다.

긁어 부스럼 만들지 말자며 나도 덩달아 뒤로 물러났다. 카루이자와는 나까지 무섭게 노려본 다음 비상구 문을 거칠게 열어젖히고는 쾅 하고 문 닫는 소리와 함께 사라졌다.

"뭐야, 쟤! 항상 남한테 민폐만 끼치고……!"

분개하는 유키무라의 마음도 모르는 바는 아니었다. 트러블 메이커도 적당히 해야지.

유키무라는 갑자기 피로가 확 몰려왔는지 더 이상 아무 말도 하지 않고 비상문을 통해 돌아갔다.

이제 아무도 없는 비상계단 앞에서 나는 카루이자와에 대해 생각했다.

D반 여자들을 하나로 뭉치게 하는 리더가 보여준 위태로운 일면.

조금 전 겁에 질린 표정은 단순히 협박당해서 그런 것만은 아닌 듯 보였다.

3

이틀째 시험이 끝난 한밤중. 낮 동안 소란에 휩싸였던 수영장은 인기척이 완전히 끊겨 정적에 잠겼다.

나는 어떤 것을 확인하기 위해 휴대폰을 손에 쥐고 있었다.

지급된 휴대폰에는 처음부터 선생님들의 연락처가 들어 있었기 때문에 차바시라 선생님과 연락하기는 비교적 간단했다. 이곳은 선생님과 만나기로 한 장소다.

한여름이라고는 해도 이곳은 넓은 바다 한복판. 빠른 속도로 나아가는 배 위에서 맞는 밤바람은 몸이 으스스 떨릴 정도였다.

"……많이 기다렸나? 아야노코지."

"괜찮아요. 그보다도 밤늦게 나오시라고 해서 죄송합니다."

"담임은 학생이 청하는 상담에 응할 의무가 있지. 별로 이상한 일도 아니야. 다행인지 불행인지, 개별적으로 나를 불러낸 학생은 네가 처음이지만 말이야."

차바시라 선생님이 애정을 담아 D반을 대하지 않는 만큼, 반 아이들 역시 빈말로라도 선생님을 좋아하지 않았다. 고민이 있어도 상담하러 오는 일이 좀처럼 없으리라.

"선생님께 여쭤보고 싶은 게…… 그런데 안색이 영 안 좋으시네요?"

밤이라서 처음에는 몰랐는데 차바시라 선생님의 표정이 꼭 죽을 것 같이 어두웠다.

"……신경 쓰지 마, 어른들 일이니까. 그래, 무슨 일이야?"

토해낸 숨에서 술 냄새가 나는 것을 보아 대충 상황을 짐작했다.

"이 학교는 포인트로 못 사는 게 없다고 하셨는데, 아무리 그래도 예외는 있겠죠?"

"그렇지. 예외는 당연히 존재한다. 포인트로 교사나 다른 학생의 목숨을 요구해도 들어줄 수 없는 것처럼 말이지."

"그럼 과거에 포인트로 샀던 것 중에 가장 비싼 건──."

질문을 던지던 도중에 인기척을 느껴 입을 다물었다.

"야호, 사에. 몸 괜찮아?"

등장한 사람은 호시노미야 선생님이었다. 우연히 이 장소에 나타난 건가? 그 가능성은 현저히 낮다.

차바시라 선생님의 뒤를 몰래 밟은 게 아니라면 무리인 일이다.

"……넌 잔뜩 취해서 곯아떨어졌었잖아?"

"뭐? 어머, 난 하나도 안 취했어. 그건 그냥 자는 척한 건데?"

"진짜…… 변함없이 술이 세군. 어제도 그렇고 오늘도 그렇고."

보아하니 호시노미야 선생님은 한결같이 페이스를 유지하며 계속 마셨던 모양이다.

"안녕, 아야노코지. 잘 지냈니?"

친한 척 다가와서 친한 척 어깨에 손을 감고 친한 척 술내가 진동하는 체취와 숨을 내게 풍겼다. 미성년자인 나는 도무지 짐작도 안 가는데 술이 그렇게 맛있나? 냄새만 맡아서는 별로 마시고 싶은 마음이 안 생기는데.

"그럭저럭요. 좋지도 나쁘지도 않아요."

"정말 귀엽지 않은 대답이네. 아야노코지는 사에처럼 쌀쌀맞은 누나가 제일 좋니?"

"학생한테 달라붙지 마. 실무에 지장이 생기니까."

고맙게도 차바시라 선생님이 호시노미야 선생님의 목덜미를 잡아떼어 주었다.

우연히 엿들었던 어제 대화가 뇌리를 스치고 지나갔다.

교사는 교사대로 서로 경계하고, 경쟁하고. 속고 속이며 윗반을 노리고 있다.

그것은 단순히 그만큼 월급이 올라가서일까, 아니면 차바시라 선생님과 호시노미야 선생님과 같이, 학창시절 친구여서 한마디로는 다 설명할 수 없는 뭔가가 있는 것일까.

학교 측, 교사 측이 철저하게 공정성을 지키려 한다는 것은 틀림없으리라. 만약 쓸데없는 정보를 흘려보내 문제가 되면 그것만으로도 큰일이다. 그 책임은 이루 헤아릴 수 없다. 그것을 전제로 생각하면 이치노세는 아무것도 모르고 토끼 그룹에 배정된 것이 된다. 그 녀석은 예리한 통찰력과 관찰력을 지녔다. 언젠가 이상하게 여기는 것은 시간문제다. 왜 자신이 토끼 그룹에 들어가게 되었나 하고. 단순한 우연으로 여기면 다행이지만, 호시노미야 선생님은 감정 컨트롤이 서툰 편이니까.

아야노코지 키요타카를 관찰하게 하려고 토끼 그룹에 넣었다는 사실을 이치노세에게 들키는 것은 얼마든지 일어날 수 있다. 그렇다면 어떻게 대처하는 것이 최선책일까? 그런 고민을 하면서 이미 나는 행동에 결론을 굳히기 시작했다.

"그런데 두 사람은 무슨 이야기 중이었어? 이런 한밤중에. 이건 이거대로 심각한 문제 아니니?"

"심각한 문제? 학생의 고민을 들어주는 건 교사로서 당연한 일이라고 보는데."

"그럼 좀 더 사람들이 있는 데서 만나면 되잖아. 뒤에서 몰래 숨어 만나면 영 수상해 보이는데."

탐색해 들어오는 호시노미야 선생님에게 차바시라 선생님은 어디까지나 냉정한 태도로 일관했다.

"아야노코지가 원했기 때문이야. 아무도 없는 데서 상담받고 싶다고."

"흐음. 뭐, 규칙 위반은 아니지만 말이지……."

"알면 당장 돌아가. 나도 곧 돌아갈 테니."

"아, 네네. 느긋한 시간 보내셔요~. 하지만 엄한 짓 하면 안 되는 거 알지?!"

그런 쓸데없는 한 마디를 남기고 호시노미야 선생님은 선내로 돌아갔다. 기색을 죽이고 숨을 필요도 없었다.

"미안하군. 여러 가지로 성가신 교사라서."

"아니에요."

정탐 당하고 있다는 것을 차바시라 선생님은 입에 담지 않았다. 뭐, 개인적인 문제이기도 하니까. 두 사람 사이에 무슨 일이 있는지는 몰라도 나는 상관없는 일이다.

"아까 하던 얘기 말인데, 과거에 포인트로 샀던 제일 비싼 게 뭐냐고 물었지?"

살짝 고개를 끄덕이자 차바시라 선생님은 잠시 생각에 잠긴 자세를 취했다.

"내가 부임한 후에 한해서 말하자면 『학교의 교칙 바꾸기』였나. 물론 현실적인 범위에서 말이야. 이를테면 지각으로 인정하는 시간을 1분만 늦춘다는 정도?"

어디까지나 사실이 아니라 예를 들어 대답하는 차바시라

선생님.

"어디까지나 참고 사례, 인가요?"

"불만이냐?"

"뭐, 상관없어요. 학교의 구조와 포인트의 유용성은 이해했으니까요."

사사로운 것이라고 해도 포인트를 쓰기에 따라 학교의 구조도 손볼 수 있다. 즉 무한대의 가능성이 숨어 있다고도 말할 수 있다. 프라이빗 포인트는 아주 중요한 요소다.

"그런 건 문자로 물어봐도 되잖아? 굳이 날 불러내서 물어볼 내용은 아닌 것 같은데."

"문자로 하면 기록이 남으니까요. 그걸 피하고 싶었을 뿐이에요."

나는 그 말만 남기고 호시노미야 선생님이 돌아간 입구와는 다른 문 쪽으로 향했다.

확인하고 싶은 부분은 몇 가지 더 있었지만, 지금은 일단이 정도만으로 만족한다.

"조만간 부탁 좀 드리러 올게요."

뒤돌아보자 차바시라 선생님은 약간 의아하다는 표정을 지으며 나를 쳐다보고 있었다.

4

새벽 2시에 접어들었을 무렵, 옆자리의 주인이 조용히 눈

251

을 뜬 것 같았다.

그는 잠들어 있는 다른 세 사람이 깨지 않게 최대한 배려하면서 천천히 침대를 빠져나갔다. 학생은 규칙상 체육복 차림으로 자게 되어 있었기 때문에 그 상태로 방에서 나갈 수 있었다.

나는 그가 화장실에 가려고 일어난 게 아니라는 사실을 확인하고 내 카드 키를 꽉 움켜쥔 채 침대 밖으로 나왔다. 오늘 움직인다는 보장은 없었는데 드디어 행동의 성과가 나온 듯했다.

그는 내가 깼다는 사실을 알아차리곤 아무 말 없이 시선을 마주쳤다.

내가 그의 시선을 피하지 않고 할 말이 있다고 눈빛으로 호소하자, 복도에서 기다리겠다고 손짓했다. 복도로 나오자 그…… 히라타가 조금 곤란하다는 표정으로 기다리고 있었다.

"내가 깨워버린 거야, 아니면 원래 깨어 있었던 거야?"

"후자야. 어쩌면 오늘, 네가 방에서 나가지 않을까 생각했거든."

"어떻게 그렇게 생각했어? 한밤중에 나가는 건 오늘이 처음인데."

어설프게 둘러대면 역효과라고 판단하고 순순히 대답하기로 했다.

"혹시 카루이자와한테 연락받지 않았어?"

그 한 마디에 대충 알아차린 모양이었다. 역시 우수한 히라타, 반박할 여지가 없는 이해력이다.

"뭐 아는 거 있어?"

"카루이자와랑 같은 그룹이어서. 네가 어디까지 들었는지는 모르겠지만 어느 정도는 파악하고 있어."

그래서, 하고 히라타는 내 입에서 다음 말이 나오길 기다렸다.

물론 지금 설명으로는 한밤중에 방을 빠져나간 이 녀석을 뒤쫓아 나온 이유가 되지 않는다.

"호리키타와 연결해 달라고 저번에 말했었잖아? 그 요구를 들어줄 수 있을지도 모르겠어."

"그렇군. 그러니까 아야노코지가 지금 여기 있는 건 호리키타의 지시라는 거?"

이해가 빨라서 정말 살 것 같다. 쓸데없이 말을 빙 둘러 설명하지 않아도 되니까 말이다.

"카루이자와 이야기까지 포함해서 토끼 그룹에서 일어나는 구체적인 내용을 상세히 보고하고 있거든. 카루이자와의 어떤 사건을 얘기하니까 히라타를 지켜보라고 하더라고. 뒤를 밟아서 몰래 이야기를 듣고 오라고도 했고. 하지만 히라타가 나보고 중개 역할을 해줬으면 좋겠다고 했었잖아. 그러니까 이게 그 기회가 될지도 모른다는 생각에 몰래 행동하지 않기로 한 거야."

"호리키타가 원하는 정보는 뭔데?"

"카루이자와에 대해 히라타가 아는 것 전부겠지. 그리고 앞으로 할 이야기의 내용이야."

왜 카루이자와에 관한 정보가 필요한지까지는 토끼 그룹의 실정을 파악하지 못한 히라타로서는 이해하지 못했으리라. 하지만 그 정보가 앞으로 영향을 주리라는 사실만큼은 알 것이다.

"어디까지 대답할 수 있을지 잘 모르겠어. 카루이자와의 기분도 생각해줘야 하니까."

그 말만을 남긴 히라타는 복도를 걷기 시작했다. 차분한 모습으로, 갑작스러운 제안과 요청에도 동요한 느낌은 전혀 없었다. 발걸음도 조용하고, 시간대를 의식했는지 걸음걸이에도 신경 썼다.

두 시간 정도는 침대에 누워 있었을 텐데 머리 모양도 전혀 흐트러지지 않았다. 자신을 위해서가 아니라 남이 봤을 때 불쾌하게 느끼지 않도록 하려는 배려라고, 그를 알아가면서 직감하게 되었다.

"아야노코지라면 허튼소리는 안 하겠지만, 지금부터 할 얘기는 아주 민감한 내용일 거라고 생각해. 게다가 카루이자와가 말하는 걸 거부하고 돌아가 버릴 가능성도 있어. 그걸 먼저 이해해줬으면 해."

내가 숨어서 몰래 엿들을 수도 있지만, 히라타는 그 방법을 좋게 보지 않았으리라. 카루이자와가 아무에게도 들려주고 싶지 않아서 밤에 불러낸 것일 텐데, 뒤에서 내가 들는 구도를 용인할 리가 없다. 그렇다면 지금 확인에 대해서는 솔직하게 대답해두는 편이 무난했다. 그래서 반론하지 않고 고개를 끄덕이며 대답했다.

약속 장소는 지하 2층에 있는 휴게 코너의 자판기 앞으로, 긴 선내 복도의 중앙에 위치했다. 장소 자체는 남의 눈에 띄기 쉬운 곳이었지만, 누군가 가까이 접근한다면 반드시 보이게 되어 있었다. 여기라면 숨어서 몰래 엿듣기도 힘들 것이다.

카루이자와는 먼저 와서 히라타를 기다리고 있었는지 체육복 차림으로 소파에 앉아 있었다.

발소리에 뒤돌아본 카루이자와는 히라타를 발견하고 순간 미소를 지었다가 그 뒤에 내가 있는 것을 확인하자 곧바로 불쾌한 표정으로 바뀌었다. 벌떡 일어나 내게 말을 던졌다.

"왜 아야노코지가 히라타랑 같이 있는 건데?"

"내가 같이 가자고 했어."

"히라타가……? 왜? 단둘이 얘기하고 싶다고 말했잖아……."

"응. 하지만 카루이자와가 전화상으로 한 말이 마음에 좀 걸려서. 상황을 잘 아는 것 같은 아야노코지도 같이 오는 편이 좋다고 생각했어. 내 멋대로 정해서 미안해."

불만 가득한 표정의 카루이자와였지만, 히라타 앞이어서 강하게 딱 잘라 말하지도 못하는 것 같았다.

"하지만…… 둘이서 얘기하고 싶은데……."

"필요하면 그렇게 하자. 하지만 전화로 했던 말은 둘이서 얘기한다고 정할 수 있는 문제가 아니야."

마나베를 비롯한 C반과의 트러블에 관한 일 같은데, 카루이자와가 어떤 식으로 말했을까. 그저 울분을 토하기 위해 말했다면 이렇게 단둘이 만나고 싶다고까지는 말하지 않을 것이다.

제삼자가 있어서 말할 기분이 안 생기는지 카루이자와는 이야기를 꺼내지 않았다.

기다리다가 지친 건 아니겠지만 이대로 침묵이 계속되어도 의미가 없다고 생각했는지 히라타가 전화로 들었던 것으로 보이는 내용에 대해 말을 꺼냈다.

"C반 마나베 무리랑 다퉜다고 들었는데 정말이야?"

그 질문에 카루이자와는 무슨 말을 하려고 작게 입을 벌렸다가 내 존재를 신경 쓰며 아무 말도 하지 못했다. 또다시 침묵을 깬 것은 히라타였다.

"아야노코지는 카루이자와가 마나베 무리랑 싸웠다는 얘기, 이미 알고 있어?"

"나름대로는."

아무래도 대화가 원활히 이어지지 않겠다고 판단했는지 내 이야기와 대조해볼 생각 같았다.

카루이자와는 불만스러워 보였지만 그래도 아직 얌전히 이야기를 듣고 있었다.

그건 아마도 마나베 무리에게 둘러싸여 있던 순간을 내가 목격했기 때문이겠지.

"카루이자와 말로는 그 애들이 트집을 잡았다고 하던데. 그래서 사람이 별로 없는 곳까지 데리고 가서 폭력을 휘두르기 직전까지 갔다고."

"맞아. 그건 사실이야. 실제로 그 장면을 목격했어. 유키무라도 같이."

"그렇구나……."

잠시 생각에 잠긴 동작을 보인 히라타가 눈을 감았다. 이럴 때 히라타는 어떤 판단을 내릴까. 마나베 무리를 질책하기 위해 개별적으로 불러낼까? 아니면 학교에 보고할까?

"만약 마나베 무리가 일방적으로 폭력을 휘두른 거라면 제대로 대응해야만 해. 친구 사이에 일어난 폭력 사태는 절대 용납할 수 없으니까."

그 정의감 넘치는 말을 듣자 한순간이지만 카루이자와의 얼굴에 미소가 비쳤다. 하지만 내가 보고 있다는 것을 깨닫고는 다시 불쾌한 얼굴로 돌아갔다.

"카루이자와가 일방적으로 당한 게 맞아?"

"아니……."

경위를 말하려다가 카루이자와가 아무 말 없이 노려보고 있다는 것을 알았다.

그래도 허위로 말할 수도 없어서 본 대로 느낀 대로 전했다.

카루이자와가 과거에 리카라는 소녀와 트러블이 있었다

는 것. 그 일로 마나베 무리가 사과를 요구했다는 것. 그리고 실제로 카루이자와가 맞을 뻔했다는 것까지.

내 말을 전부 들은 히라타는 그 전에 들었던 이야기와의 차이를 메우듯 몇 번인가 고개를 끄덕였다.

"그랬군. 그래서 나한테 그런 얘기를 했구나."

"그런 얘기?"

"카루이자와는 나보고 마나베 무리한테 복수해달라고 말했어."

그것 또한 생각한 것 이상으로 굉장한 이야기군. 한 번 당한 입장에서, 본격적으로 당하기 전에 먼저 치자는 생각일까. 그 사실을 히라타가 폭로하자 카루이자와는 짧은 침묵을 깨트렸다.

"그걸 왜 말해……."

"카루이자와답지 않아서. 폭력으로 해결하고 싶다니 너답지 않아."

"여친이 힘들어 하는데? 남친이라면 당연히 도와줘야 하는 거 아니야?"

"물론 그렇지. 하지만 눈에는 눈 이에는 이 정신은 나한테 없어. 너도 잘 알잖아?"

내가 모르는 두 사람의 내면, 신념 같은 것이 서로 맞부딪히는 느낌이 들었다.

"앞으로는 같이 고민해보자. 어떻게 하면 마나베 무리랑 사이좋게 지낼 수 있을지."

"무리인 게 뻔하잖아. 난 일방적으로 미움받고 있어. 좀 알아달라고……!"

"일방적? 애초에 카루이자와가 모로후지랑 싸워서 그런 거잖아?"

모로후지란 리카라는 아이를 가리키겠지. 상대방에 대해 제대로 파악하고 있다니 정말 대단하군.

"하지만 그건…… 어쩔 수 없었다고…… 시노하라가 있었단 말이야……."

"시노하라가 있어서 어쩔 수 없었다고? 그게 무슨 말이야?"

"넌 끼어들지 마!"

내가 궁금해서 물었는데 카루이자와가 곧바로 버럭 소리를 지르며 화냈다. 목소리가 복도 끝까지 울렸다.

"부탁이니까 좀 도와줘……. 히라타는 날 지켜줄 거지?"

"물론 지킬 거야. 하지만 불합리한 이유로 마나베 일행한테 상처 줄 수는 없어. 대화를 통해 서로 납득할 수 있는 결과를 내도록 유도해볼게."

"무리라고 몇 번을 말해! 그런 게 가능했으면 애초에 도와달라고 말도 안 했어!"

너무 억지스럽기는 하지만 카루이자와의 말도 이해는 갔다. 지금 카루이자와가 놓인 입장은 상상 이상으로 위태로웠다. 본격적인 폭력 사건으로 발전해도 이상하지 않으니까 말이다.

학교의 규칙 따위는 사실 쉽게 통용되지 않는다. 미성년자에게 금지된 흡연은 당연히 전국 어느 고등학교에서든 교칙 위반이다. 하지만 세상에는 몰래 숨어서 담배를 피우는 학생이 많다. 법과 규칙으로는 묶을 수 없는 것이 이 세상에는 많이 있는 것이다. 왕따, 학교 폭력도 그중 하나이리라.

히라타는 카루이자와를 걱정하는 것 같았지만 그와 동시에 마나베 무리 역시 걱정하고 있었다. 원만한 해결을 우선하려는 자세를 무너뜨리지 않았다. 소중한 연인을 대한다기보다 그냥 다른 친구를 대할 때와 똑같았다고 할까.

"이유가 뭐든 간에 그 기대에는 부응해줄 수 없어. 나한테 카루이자와는 소중한 반 친구 중 한 사람이야. 힘들 때는 도와주고 지켜줄 거야. 하지만 그렇다고 다른 누군가에게 상처를 줄 수는 없어. 그게 설령 C반 아이라고 해도."

"거짓말쟁이! 지켜주겠다고 말했으면서!"

"거짓말? 난 처음부터 줄곧 같은 태도였는데."

히라타는 연이어, D반 학생이라면 누구나 바로 믿기는 힘든 이야기를 입에 담았다.

"처음에 말했지? 우리는 진짜 사귀는 사이가 아니라고. 사귀는 척하는 건 상관없지만, 네 편만 드는 건 절대로 안 한다고."

아무도 의심하지 않았던 두 사람의 관계가 가짜였다고, 그렇게 말한 것이다.

"뭐?! 왜, 왜 지금 그걸 말하는 거야!"

그건 물론 내가 듣고 있어서 나온 불만이리라.

그리고 나는 그것이 히라타의 노림수였다는 사실도 이해했다. 이 녀석은 지금 카루이자와를 이용해서 정보를 끌어내 호리키타에게 바치려고 하고 있다. 그런 식으로 보였다.

"슬슬 새로운 선택지가 필요하다고 생각했기 때문이야. 난 너를 정말 돕고 싶거든."

하지만 카루이자와를 그대로 내버려두는 것도 아니다. 카루이자와를 진심으로 구해주려고 하고 있다.

이성을 잃은 카루이자와에게 다가가 그렇게 말했다.

하지만 그 가늘고 연약한 어깨를 감싸주려고 하지는 않았다.

"내가…… 폭력을 당해도 좋다는 거야?"

"그렇게 말하지 않았어. 난 온 힘을 다해 널 도울 거야. 아침이 되면 마나베 무리에게 가서 말할 작정이야. 더 이상 카루이자와를 괴롭히지 말아 달라고. 본의가 아닐지도 모르지만 카루이자와는 사과하려고 했다고 전해줄 수도 있어."

"그건 싫어!"

마나베 무리에게 추궁 당했던 순간 그리고 히라타에게 복수를 부탁했던 것.

그러한 것을 고려해서 점점 떠오르는 것, 그것은 카루이자와의 본질이었다. 진짜 성격이었다.

카루이자와에게는 어느 무엇보다도 두려워하는 것이 있었다.

"그럼 내가 도와줄 방법이 없어. 안타깝게도 말이야."

히라타는 냉정했다. 이럴 때도 냉정했다. 그것은 믿음직스럽기도 했지만 한편으로는 히라타를 의지하며 지낼 수밖에 없는 카루이자와에게 내려진 사형선고이기도 했다.

"아야노코지, 넌 뭔가 해결책이 떠올라?"

어디까지 중계역에 불과한 나에게 큰 역할을 맡기려고 했다.

"아, 됐어! 내 부탁을 안 들어줄 거면 너 따위 나도 필요 없어!"

그렇게 소리친 카루이자와는 가지고 있던 주스 캔을 복도에 내동댕이쳤다.

내용물이 사방에 튀었고, 날카로운 소리만이 공허하게 울려 퍼졌다.

"오늘로 우리 관계는 끝. 끝이야!"

카루이자와는 이야기를 시작한 지 얼마 되지도 않아 포기해버렸다. 감춰온 사실을 들켰다는 것보다도 히라타가 자신을 도와주지 않는 데에 잔뜩 화가 난 것 같았다.

히라타는 멀어지는 카루이자와를 따라가려고 하지 않았다.

그것은 지금 우선해야 할 사항이 그녀가 아니라는 뜻이었다.

"아야노코지. 나한테는 할 수 있는 일과 할 수 없는 일이 있어. 그러니까 지금 네가 이 자리에 있는 이유에 대해 생각해주면 좋겠어."

나는 히라타를 이용해서 카루이자와의 정보를 빼내려고 했다. 하지만 히라타는 그것을 역이용해 카루이자와가 안고 있던 문제의 해결책으로 나를 이용하려 하고 있었다.

"호리키타와 다리를 놔주는 것 이상의 역할을 원하는 것 같은데 상당히 제멋대로군. 넌 모두의 편이잖아?"

"맞아. 난 카루이자와의 편이고 아야노코지의 편이기도 해. 하지만 당연하게도 상대에 따라 대응은 달라지는 거지. 넌 다른 애들이 생각하는 것보다 훨씬 제대로 된 녀석이야."

"그야말로 과대평가야."

"정말 그래? 이래봬도 난 상대의 감정을 읽어내는 데 자신이 있어. 그래서 잘 알지."

그 자신에 대해 자세하게 들려줬으면 좋겠지만, 일단 해결을 위한 이야기부터 하는 게 좋겠다.

"그럼 먼저 너랑 카루이자와의 관계에 대해 솔직히 말해줘. 역시 사귀는 건 형식적이었고 실은 아니었다는 거지?"

"그 말은 아야노코지는 짐작하고 있었다는 얘기야?"

"너랑 카루이자와가 사귄 지 4개월 가까이 지났어. 그런데도 두 사람 사이는 진전될 기미가 전혀 보이지 않았지. 물론 서로 순수하고 플라토닉한 관계를 쌓고 있다고 생각할 수도 있지만, 아무리 그렇다고 해도 항상 일정 거리를 계속 유지했어. 서로를 편하게 부르지 않는 것도 그렇고."

육체적으로 거리가 좁혀지지 않았어도 마음이 가깝다면

호칭 하나쯤은 바뀌었을 터다. 하지만 히라타와 카루이자와의 관계는 좋지도 나쁘지도 않고 처음부터 쭉 똑같았다.

사귀는 남녀 사이에 진전이 전혀 없다는 건 이상한 일이다.

"네 말이 맞아. 우리는 사귀지 않았어. 하지만 서로 사귈 필요가 있다고 느꼈기 때문에 사귄 거야. 이 모순을 이해할 수 있을까?"

사귀지 않았지만 사귈 필요가 있었다. 즉 서로 이해관계가 있었다는 소리다. 그렇다면 사귀어서 얻을 수 있는 이점은? 둘 중 누가 부탁했고 누가 승낙했을까? 그야 뻔하다. 카루이자와가 히라타에게 사귀는 척하자고 제안했고, 히라타가 그것을 받아들였겠지. 그것은 지금까지 그녀가 했던 행동을 생각하면 충분히 설명 가능하다.

"입학하고 3주 정도 지나자 소문이 돌아서, 그때부터 카루이자와의 지명도가 급상승했어."

그것은 그룹 내에서도 비슷한 현상을 확인할 수 있었다. 마치다와 엮이면서 카루이자와는 평소보다 강한 발언을 하게 되었고, 그 존재감이 시간이 흐를수록 커졌다.

즉 카루이자와에게 히라타는 그 지위를 확립하기 위한 숙주나 다름없었다.

"넌 카루이자와가 지위를 얻게 도우려고 가짜 남자 친구를 연기했다는 거네?"

진상을 파악한 내게, 히라타가 희미하게 웃었다.

이렇게 해서 진실에 닿았다──고 순간적으로는 그렇게

생각했지만 그래도 아직 확 와 닿지 않았다.

카스트 제도의 상위에 오르기 위해 히라타와 마치다를 이용했다?

아니, 그것만으로는 설명이 다 되지 않는다.

반을 지배하기 위한 위치가 필요해서 사귀어달라고 부탁하니까, 응 알겠어 하고 히라타가 순순히 받아주었다는 말인가? 아무리 부탁이라고 해도 그대로 받아들이기에는 너무 큰 소원이었다. 카루이자와는 날이 갈수록 태도가 점점 심해졌고, 때로는 집단 괴롭힘의 가해자처럼 굴기도 했다.

그런데도 책망하지 않고 그대로 용인한 이유는 뭘까?

그리고…… 카루이자와는 정말로 분위기를 지배하기 위해 히라타, 마치다를 이용한 것일까? 그것도 의문이다. 이번에 마치다를 이용해서 그룹 내에 발언력을 얻었는가 하면 꼭 그렇지도 않다. 말하자면 그룹에서는 흥미 따위 보이지 않고 아무 말 없이 있을 때가 더 많기 때문이다. 어쩌면 마치다를 이용하려는 생각은 애초부터 없었던 것이 아닐까?

그렇다면── 마치다에게 접근한 이유가 뭐였을까?

그렇게 생각이 꼬리에 꼬리를 물다가, 마침내 나는 '카루이자와 케이'라는 소녀의 전체상을 본 듯한 느낌이 들었다.

"자신을 지키기 위해서, 인가."

소거법으로 다 지우고 남은 것은 단 하나의 대답. 하지만 틀림없다.

"용케 알았네……. 지금 너한테서 그 말을 들었을 때 솔직히 소름이 돋았어."

"호리키타한테 들었을 뿐이야. 카루이자와가 히라타에게 접근한 이유를 여러 개나."

그렇게 둘러댔지만 그대로 받아들일 만큼 히라타는 단순한 아이가 아니었다.

"아야노코지. 솔직히 말해서 난 네가…… 표현이 좀 나쁘지만 조금 꺼림칙하달까, 어쩐지 무섭게 느껴져. 기분 상했으면 미안해."

"무서워? 왜 그렇게 생각했지?"

"입학해서 지금까지 너를 봐왔지만 그때의 아야노코지랑 지금의 아야노코지는 전혀 다른 사람 같아. 풍기는 느낌도, 말투도, 모든 것이 전혀 동일인물 같지가 않아."

히라타는 눈에 보이는 범위에 있는 인간의 일거수일투족을 놓치지 않는 능력이 있다.

예전과 다른 생각을 가진 나를 이상하게 여기는 것도 무리는 아니었다.

"말했잖아. 호리키타의 조언이 있었다고. 우리 그룹의 정보는 몽땅 호리키타한테 전하거든. 그 녀석의 지시에 따라 움직이고 있을 뿐이야. 무인도에서의 일도 그렇지만 호리키타는 적확한 판단을 내려서 D반을 승리로 이끌었어. 결과적으로 반 포인트를 대량으로 획득했지. 그러니까 나한테도 큰 이익이야. 녀석은 남과 소통하는 걸 두려워할 정도로 못 하잖아? 그래서 내가 대신 네 이야기를 듣고 오라고 명령을 받은 거지."

많은 시간을 호리키타와 보내고 대화를 나누는 나를 잘 아는 히라타라면 의심하지 않을 것이다.

"호리키타라면 카루이자와를 돕는 게 반의 향상으로 이어진다고 판단했을 거야."

"응."

"하지만 난 아야노코지 역시 대단하다고 생각해. 이케, 야마우치 등과는 좀 달라."

"난 그 두 사람 이하인데."

"호리키타의 명령으로 움직인다고 해도 지금 여기서 나랑 얘기를 나누는 사람은 아야노코지잖아. 미리 지시받은 내용만으로 성립될 이야기가 아니야. 게다가 네가 구사하는 말에는 명확한 논리가 짜여 있는 것 같아. 하루아침에 가능한 일이 아니지."

"…………."

히라타는 상상 이상으로 우수하군.

도와주고 싶다는 충동적 폭주가 걱정스럽기는 하지만 높은 수준의 능력을 가지고 있다.

"네가 한 말인데, 내가 카루이자와의 남자 친구 역할을 받아들인 건 그 애가 자기 자신을 지키기 위해서야. 그 애가 부탁했어. 도와줬으면 좋겠다고. 좀 상상하기 어려울지도 모르겠지만 카루이자와는 초등학교, 중학교 내리 9년간 줄

곧 심한 집단 괴롭힘을 당했거든."

"의심하려는 건 아니지만, 진짜야?"

카루이자와가 과호흡 상태가 되어 버린 것은 역시 과거가 방아쇠 역할을 했기 때문이었다.

강한 트라우마가 있을 것 같다고 짐작은 했지만 막상 말로 들으니 쉽게 믿기 어려웠다.

"물론 내가 카루이자와를 만난 건 이 학교에 들어와서야. 하지만 난 알아. 집단 괴롭힘을 당한 사람에게는 특유의 냄새랄까 느낌이 있거든. 그래서 겉으로 사귀는 걸 허락했어. 카루이자와는 내 여자 친구라는 입장을 이용해서, 괴롭힘 당했던 과거로부터 벗어날 수 있었어. 아마 지금의 성격은 진짜 카루이자와가 아니라고 생각해. 무리해서 강한 척 행동하고 있을 뿐이지 않을까?"

그래서 평소에 감정 조절이 잘 되지 않는 건지도 모른다.

왕따를 당하는 사람은 대부분 사쿠라처럼 수수하고 얌전하고 약한 성격인 경우가 많다. 한편 카루이자와처럼 자기 좋을 대로 말하고 세게 나오는 인간은 왕따 당하는 쪽이 아니라 보통은 그 반대쪽에 위치한다.

하지만 결국 카루이자와의 성격은 꾸며진 것. 가짜. 그래서 뒤에 히라타나 마치다 같이 공간을 지배할 수 있는 인간을 세운다. 그런 식으로 강인한 성격을 의도적으로 만들었다.

"하지만 잠깐만. 대충 알긴 알겠는데, 그래서 네가 얻은 건 뭐야?"

속된 이야기이긴 하지만 우리에게 연애는 청춘의 일부다. 히라타는 많은 여자에게 인기 있다. 아무리 카루이자와를 위해서라고 하지만 사귀는 척하면 진짜 연애를 할 수 없다.

"내가 얻은 거? 카루이자와가 괴롭힘 당하지 않고 학교를 잘 다니는 것. 그것뿐이야."

히라타가 딱 잘라 말했다. 위선이나 사랑이 아니라 그것이 자신을 위하는 것이라고 망설이지 않고 말이다.

"납득이 안 가? 그런 이유만으로는?"

"납득이 안 가는 건 아니야. 다만 거기에 깊은 의미가 있는 거야?"

히라타는 친구를 돕기 위해서라면 도움을 아끼지 않는 아이였다. 게다가 마나베 무리도 친구로 인식하고 있었다. 병적이라고까지 표현할 수 있을 정도로 남을 배려하는 마음이 지나쳤다.

여기까지 말했으면 그것 역시 말해야만 한다고 히라타도 느끼고 있으리라. 자판기에서 음료수를 뽑아 하나를 나에게 내밀어서 고마운 마음으로 받아들였다.

"난 중학교 2학년 전까지, 어느 쪽이었냐 하면 반에서 별로 눈에 띄지 않는 학생이었어."

"네가? ……좀 상상이 안 가는데."

늘 리더십을 발휘하는 남자였기 때문에 이미지를 떠올리기 어려웠다.

"눈에 띄지도 않았지만, 그렇다고 또 존재감이 너무 없는 것도 아닌. 친구도 그럭저럭 있고. 정말 평범했지. 그런 나한테는 아주 어릴 적부터 친했던 스기무라라는 친구가 있었어. 초등학교 때는 1학년 때부터 6학년 때까지 줄곧 같은 반에 집도 근처여서 매일같이 등하교를 했었지."

그립다는 듯, 그리고 왠지 허무하다는 투로 히라타가 옛날이야기를 꺼냈다.

"중학교 1학년에 올라가서 처음으로 다른 반이 됐어. 그래도 초반에는 같이 등하교를 했었지만, 어느 날을 기점으로 점점 횟수가 줄어들게 되었고 난 새로 사귄 반 아이들이랑 주로 놀게 되었지. 그것 자체는 뭐, 누구나 다 그럴 수 있는 이야기 아닌가?"

환경이 바뀌면 새로운 친구를 사귀는 것은 자연스러운 일이다. 하나도 이상하지 않다.

"그런데 말이야…… 내가 새로 사귄 친구들이랑 놀고 있을 때 스기무라는 집단 괴롭힘을 당하고 있었던 거야."

곁눈질하자, 히라타가 캔을 힘주어 구기는 모습이 보였다.

"스기무라는 몇 번인가 내게 SOS를 쳤어. 얼굴에 상처가 나 있거나 멍이 들기도 하고. 하지만 난 친구들이랑 노는 걸 우선하느라 건성으로 봤어. 성격이 센 스기무라는 원래도 시비가 잘 붙는 편이어서 별로 깊게 생각하지 않았던 거야……. 그리고 2학년으로 올라가 다시 만났을 때, 스기무라는 마음이 병들어 있었어. 밝고 활발했던 이미지는 온데간데없이 사라지고, 발로 차고 때리는 폭력을 당연한 듯이 당했어. 화장실에도 못 가게 하는 바람에 수업 중에 실수해서 또 맞고. 그런 광경이 펼쳐졌던 거야……."

"넌 그걸 보고……."

"응. 대충 느낌이 오지? 난 아무 행동도 하지 않았어. 할 수 없었어. 내가 타깃이 될까 봐 겁이 나서, 즐거운 환경이 무너지는 게 무서워서…… 늘 친하게 지냈던 스기무라를 계속 보고도 못 본 척했어. 언젠가는 질려서 그만 괴롭히겠지, 언젠가는 스기무라가 학교에 안 나오게 되어 폭력도 사라지겠지, 혹은 다른 누군가가 도와주지 않을까 하는 속 편한 생각만 했던 거야."

"그래서 그 스기무라라는 애는……? 결국 어떻게 됐어?"

"그날 일은 지금도 선명히 기억해. 축구 아침 훈련을 마친 내가 교실로 돌아왔을 때 스기무라는 탱탱 부은 얼굴로 나를 기다리고 있었어. 솔직히 말해서 그때는 마음이 너무 불편했어. 어릴 때부터 같이 놀았던 친구인데 꼭 완전 남처럼 느껴져서. 그 애랑 엮이면 나도 학교 폭력을 당하리라는, 그런 가혹한 생각까지 해버렸던 거야. 스기무라의 눈에는 그런 내 못된 마음이 다 보였겠지. 아무 말도 하지 않고, 그러면서도 꼭 호소하는 것처럼…… 그날 수업 중에 갑자기 창문 밖으로 뛰어내렸어."

"뛰어내렸다니…… 죽었다는 말이야?"

"뇌사 판정을 받았어. 지금도 스기무라의 부모님은 스기무라가 회복할 거라고 굳게 믿고 기다리고 계셔. 하지만 살아있다고 해야 할지 죽었다고 해야 할지, 지금의 나는 모르겠어. 그때 일은 왠지 비일상적이어서 지금도 혹시 꿈이나 환상이 아닐까 하고 생각할 때가 있어. 그 정도로 현실감이 없었어. 스기무라가 뛰어내린 순간에 비로소 깨달았거든. 나만 생각하다가 소중한 친구를 죽음으로 내몰았다고."

그것이 히라타 요스케라는 남자가 탄생하게 된 계기라는 이야기인가.

"이런 행동이 스기무라를 구하는 길이라고 생각하는 건 아니야. 하지만 적어도 보상은 해주고 싶어. 그리고 그 보상은 다른 누군가를 구하는 행동으로만 가능하다고 생각했어."

"네 마음도 알 것 같기는 하지만, 이 세상은 그리 단순하지 않잖아. 오늘도 어딘가에서 누군가는 폭력을 당하고 있고, 그 스기무라라는 녀석처럼 목숨을 끊으려고 하고 있어. 그걸 다 막는 건 불가능한 일이야."

"물론 나도 알아. 난 정의의 히어로가 아니라는 거. 하지만 적어도 곁에 있는 사람들은 돕고 싶어. 도와야만 해. 그게 죄를 짊어진 나의 책임인 거야."

"그럼 이번 경우는 어떻게 판단해야 하지? 넌 카루이자와와 마나베, 상반된 두 사람을 모두 구하려고 하고 있잖아. 하지만 그건 성립할 수 없는 일 아니야?"

"……모순이라는 건 잘 알아. 그래서 네가 지금 여기 있는 건지도 몰라."

과연 그렇군. 자기 자신이 이상하다는 사실은 깨닫고 있다는 거네.

어쨌든 곁에 있는 잘 아는 누군가를 구해야만 한다는 것인가.

"설마 내가 이 이야기를 누군가에게 하는 날이 올 줄은 상상도 못했어. 이 사실을 아는 사람이 없다는 것도, 이 학교를 선택한 이유 중에 하나였는데."

히라타는 주스를 다 마신 후 캔을 입구가 큰 쓰레기통에 던져 넣었다.

"이번 일, 너랑 호리키타한테 부탁 좀 해도 될까?"

"중간에 참견하지 않겠다고 약속한다면 호리키타가 어떻게든 해 줄 거라고 생각해."

"난 너희를 믿기로 했어. 그게 내 신념으로도 이어질 테니까."

히라타로부터 카루이자와의 일에 관여하지 않겠다는 언질을 이끌어낼 수 있었던 건 수확이 크다. 그리고 아마도 앞으로 히라타는 곤란한 일이 있을 때마다 내게 부탁하게 되겠지. 하지만 동시에 히라타의 협력을 구하는 것 역시 성공한다는 의미다. 그것은 내가 원하던 커다란 힘 중 하나. 충분한 보상을 손에 넣은 것이나 마찬가지였다.

"히라타. 교우관계가 넓은 너한테 한 가지 부탁이 있는데 들어줄래?"

그렇게 말한 나는 어떤 것을 메모한 종이를 히라타에게

내밀었다.

그 메모를 본 히라타는 특별히 싫은 표정도 짓지 않고 받아들여 주었다.

"그런데 아야노코지. 시험을 시작한 뒤로 너한테 한 가지 말 안 한 게 있어. 나 사실 D반에서 남은 우대자가 누구인지 알아──."

5

시험의 중간 휴식 날, 나는 원래 어떤 목적을 위해 행동하기로 정했었지만, 예상치 못한 사건 때문에 사쿠라를 불러내 이야기를 듣기로 했다.

"소 그룹 시험이 종료되었다며."

"응······."

소 그룹 소속인 사쿠라가 합류해서 함께 학교 측이 보낸 문자를 확인했다.

'소 그룹 시험이 종료되었습니다. 소 그룹에 속한 학생은 앞으로 시험에 참여할 필요가 없습니다. 다른 학생에게 방해되지 않도록 조심해서 행동해 주세요.'

원숭이 그룹 시험 종료 때와 똑같이, 맥락도 없는 짧은 문장이 기재되어 있었다.

불안한 눈동자로 나를 올려다보는 사쿠라.

"혹시 나, 쓸데없는 짓을 해버린 걸까······?"

"그렇지 않아. 이건 소 그룹의 누군가가 학교에 답을 전송한 거야."

코엔지의 폭주에 의한 종료는 별개로 하고, 현 시점에서의 배신은 둘 중 하나가 아닌가. '확신을 가진 배신' 아니면 '조급한 마음에서 비롯한 배신'.

"참고로 묻는 건데 사쿠라, 네가 우대자였던 건 아니야? 아니면 우리 반에 있었다거나?"

그렇게 묻자 사쿠라는 고개를 가로저으며 부정했다.

"난 우대자가 아니야. 다만 스도를 비롯한 애들은, 그러니까, 잘 모르겠는데⋯⋯."

이틀 동안 그룹 활동을 한 사쿠라도 전혀 모르는 눈치였다.

"지나치게 많이 생각하는 건 안 좋아. 나도 우리 그룹에 우대자가 누군지 모르는걸."

"응⋯⋯ 고마워, 아야노코지. 그렇게 말해주는 것만으로도 기뻐⋯⋯."

"A반의 상태는 어땠어? 소문으로 들었겠지만⋯⋯ 너희 그룹에서도 회의에 참여하지 않았어?"

"그건, 응. 다른 애들이 말하는 거랑 똑같았어. 전혀 말 안 하더라."

카츠라기의 방침은 어느 그룹이든 철저하게 지켜지고 있는 듯했다. 그렇다면 행동을 일으킨 가장 유력한 범인은 C반인가. 다만 그 경우에도 의문은 남는다. 류엔은 학교가 만든 법칙을 알아내려고 하고 있다. 하지만 시험의 구조상 도중에 경과 발표는 없기 때문에 정답인지 오답인지 판별하기란 불가능하다. 그래서 법칙성을 발견하기가 무척 어렵다. 만약 그 법칙성을 잘못 파악하게 되면 자폭해서 큰 타격을 입을 수도 있다. 소 그룹 이외에 시험 종료 보고가 오지 않는 것은 류엔이 아직 답에 도달하지 못했다는 증거이기도 하다.

불가사의한 시험 종료에 아마도 많은 학생이 당혹감을 느끼고 있으리라.

"혹시 또 무슨 일이 있으면 나한테 알려줘. 언제든지 고민 상담에 응할 테니까."

"고마워, 아야노코지. 그럼 또 봐."

작고 귀엽게 손을 흔드는 사쿠라에게 인사한 나는 지하로 향했다.

일반인이 출입하지 않는 가장 아래층으로 발걸음을 옮겼다. 금지되어 있다고는 해도 승무원이 이용하기 위해서인지 자물쇠는 잠겨 있지 않았다. 배전반실 등이 있는 구역은 기본적으로 필요할 때 출입할 뿐이어서 평소에는 인기척이 없었다.

크게 소리를 질러 보니 메아리는 들려도 무인 시설이라 아무도 찾아오지 않았다.

출입구는 일반적인 입구를 포함해서 두 군데가 있었다. 하나는 비상계단으로 이어진 문으로 평소에는 작업원도 쓰지 않는 것으로 보였다. 문 근처에 쌓인 먼지를 보아 오랜 기간 사용하지 않았음을 알 수 있었다. 즉 단 하나의 출입구를 통해 보면 모든 상황을 파악할 수 있다는 뜻이다.

게다가 안성맞춤으로 휴대폰 전파도 거의 잡히지 않았다. 이따금 희미하게 전파가 잡히기는 했지만 문자나 채팅을 보내는 것도 상당히 힘들어서 통화는 거의 불가능하다시피 한 장소였다.

"모든 조건이 다 갖춰진 곳이군."

남은 것은 순서가 틀리지 않게 차근차근 좁혀가기만 하면 된다.

우선 처음에 히라타에게 연락하고 그 다음 히라타가 카루이자와를 이곳으로 불러낸다.

시간에 다소 여유가 있었으면 하니, 실제로 카루이자와를 불러내는 것은 1시간 이상 지난 뒤로 할 필요가 있으리라. 나는 가장 높은 층으로 돌아간 후에 전화로 연락을 취했다.

간밤에 있었던 일 때문에 강하게 경계하겠지만, 히라타가 다시 한번 둘이서 대화를 나누고 싶다고 말한다면 카루이자와는 분명 응할 것이다. 욱한 마음에 헤어지자고 말하긴 했지만 히라타와의 관계가 틀어지면 곤란한 쪽은 그녀니까. 마나베 무리에게 찍힌 지금 상황에서 카루이자와에게 히라타는 앞으로 남은 기나긴 학교생활에 없어서는 안 되는 존재이리라.

'카루이자와랑 오후 4시에 약속을 잡았어. 그리고 마나베의 ID를 보낼게.'

히라타가 그렇게 문자를 보냈다.

역시. 이야기가 잘 되어 불러내는 데 성공한 모양이었다.

덤으로 히라타는 다른 반인 마나베의 연락처도 알고 있었
다. 경우에 따라서는 쿠시다에게 묻는 수고와 위험을 동반
해야만 했었는데 큰 도움이 되었다.

'하지만 난 더 이상은 거짓말로 도움을 줄 수 없어. 카루
이자와를 슬프게 하지 말아줬으면 좋겠다.'

덧붙여서 이런 내용의 문자가 왔다.

"슬프게 하지 말아줬으면 좋겠다, 라."

내가 하려는 일이 뭔지 알면 히라타는 격노할지도 모르는
데 말이지.

하지만 결과적으로 문제만 되지 않으면 그만 아닌가.

일단 한 번 무너뜨리더라도 티 안 나게 다시 이어붙이면
되는 거다.

극단적인 예지만, 살인을 저질러도 증거가 없으면 살인자
로 재판받는 일은 일어나지 않는다.

오늘 아침에 미리 생각해둔 문장을 재빨리 입력한 나는
채팅 메시지를 날렸다.

'저기, 잠시 시간 괜찮아?'

그런 무난한 한마디.

원칙적으로 채팅 어플은 각 휴대폰당 한 계정만 만들 수
있으며 복수의 계정을 쓰는 것은 불가능하다. 하지만 약간
의 편법도 준비되어 있어서, 모 유명 SNS의 계정을 신규로

만들면 계정을 하나 더 만드는 것이 가능했다. 물론 일반적으로 메인과 서브를 구분해서 사용하는 학생은 없었다. 계정을 전환하는 것도 번거롭고 그렇게 써서 얻는 이점이 별로 없었기 때문이다. 하지만 신규로 만들면 자신의 정체를 숨긴 채 제삼자와 연락을 취하는 것이 가능하다.

여기서부터는 예민하게 진행할 필요가 있지만, 순서를 틀리지만 않으면 할 수 있을 것이다.

낯선 착신인의 연락에도 불구하고 마나베는 메시지를 바로 확인했다.

'누구야?'

착신인이 짐작될 리 없는 마나베는 당연한 질문을 던졌다.

'지금 주변에 누구 있어?'

'나 혼잔데…… 누구냐니까?'

'이 채팅 내용, 아무한테도 보여주지 마. 너를 위해서라도.'

'아, 그러니까 너 누구냐고.'

'같은 상대를 증오하는 동지, 라고 소개해둘까.'

역시 바로 확인했지만 마나베는 문장의 의미를 이해하지 못했는지 얼마간 답장을 보내지 않았다.

'혹시 다른 사람이랑 착각한 것 아니야?'

'착각 아니야, 마나베. 네가 엄청나게 싫어하는 카루이자와 일로 연락했어. 어쩌면 내가 네 고민을 들어줄 수 있지 않을까 싶은데.'

'무슨 뜻인지 모르겠는데. 더 보내지 말아줄래?'

경계심이 강한지 나를 적으로 인식하고 있었다. 당연한 반응이다.

일단은 그 오해를 풀어야 한다.

'사실 난 D반인데 평소에 카루이자와 때문에 엄청 힘들었 거든. 그래서 너랑 힘을 합쳐서 그 애한테 복수해주고 싶은 생각에 연락한 거야. 난 그 애랑 같은 반이어서 직접 복수 하기 어려워. 그러니까 네가 도와줬으면 좋겠어.'

'의미를 모르겠네. 무시할게.'

나를 경계하면서도 곧바로 대화를 중단하지 않는 것은 카 루이자와에 호되게 당했기 때문이다. 친구 리카도 돕고 자 신을 무시한 것에 대한 복수를 당연히 해주고 싶은 것이 뻔 하다.

그것은 마나베가 강경 수단을 취해 카루이자와를 비상계 단까지 데려간 점으로도 알 수 있었다.

'리카는 지금도 카루이자와를 무서워해. 친구로서 도와주 고 싶지 않아? 네 얼굴에 복수하고 싶다고 쓰여 있던데. 하 지만 실행하고 싶어도 못 하는 거지? 어제 일로 카루이자와 가 강하게 경계하고 있으니까. 얼마간 히라타나 마치다의 곁을 떠나지 않으려고 할 테고, 여자애들이랑 늘 같이 행동 하면서 혼자 안 있으려고 하겠지.'

'괜한 참견 마. 카루이자와랑 리카를 강제로 대면하게 할 거야. 그럼 진실이 밝혀질 테니까.'

'그렇게 말처럼 쉽게 될까? 태연하게 거짓말하는 그 애가 인정할 리 없을 것 같은데. 오히려 리카만 곤란해지는 거 아니야? 카루이자와가 인정사정없이 말을 퍼부으면 상처받을지도 몰라. 아니, 그것뿐만이 아니야. 미움을 사면 리카가 학교 폭력을 당할 수도 있지.'

'……그럼 어떻게 하면 되는데? 방법이 있다는 말이야?'

다음에 만날 때 끝장을 보고 싶다는 마음이 마나베의 문장에서 어렴풋이 드러났다.

'있어. 너랑 내가 힘을 합하면 확실하고도 안전하게 복수할 수 있어.'

'어떻게 믿지? 나를 덫에 걸리게 한 다음에 학교에 일러바칠 셈 아니야? 이것도 서브 계정 같은데.'

'만약 내가 마나베를 팔면 이 대화 내용을 당장 선생님께 보여드려. 이 계정은 학교 휴대폰으로만 등록 가능하잖아. 그러니까 카루이자와한테 복수하고 싶다고 먼저 말을 꺼낸 내 정체를 특정할 수 있지. 그럼 제일 큰 책임을 지는 사람은 나야. 내 말이 틀려?'

마나베도 잘 알고 있겠지. 아무리 서브 계정이라고 해도 분석하면 곧 주인이 누군지 알아낼 수 있다. 어떠한 책임 문제가 발생했을 경우 복수 계획을 먼저 제안한 주모자인 내가 엄한 처벌을 받게 되리라는 것은 불 보듯 뻔했다.

'지금 내가 학교 측에 이 대화를 보여주면 어쩔래? 넌 끝이야.'

'마나베는 그런 짓을 할 사람이 아니라고 생각해. 신뢰를

얻으려면 내가 먼저 신뢰해야지.'

'무슨 말이 하고 싶은지는 잘 알았어. 이야기는 얼마든지 들어줄게.'

그 후로도 비슷한 이야기를 몇 분간 이어갔다. 카루이자와를 얼마나 미워하고 있는지. 되갚아주고 싶어도 할 수 없는 약한 입장이라는 것. 마나베 무리가 카루이자와와 싸웠다는 것을 우연히 듣고 접촉하려고 마음먹었다는 것 등. 철저하게 가짜 희생자를 연기했다.

육지로 돌아가면 카루이자와와 접촉하기 어려워진다는 것. 학교와 기숙사에는 감시 카메라가 설치되어 있고, 사적인 공간으로 데려가려고 해도 남들 눈이 신경 쓰여서 잘 되지 않을 가능성이 높다는 것. 도망칠 곳 없는 배에 있는 지금이야말로 기회라는 것.

마나베 무리가 복수 가능한 것은 이 배에 있을 때뿐이라고 일깨워 주었다.

부글부글 끓어오르는 분노를 천천히 그리고 확실하게 불러 일으켰다.

'그래서── 네가 뭘 할 수 있다는 거지?'

내 이야기를 이해한 마나베는 마침내 내 계획에 편승하기 시작했다.

'카루이자와를 불러낼 수 있어. 나머지는 네가 원하는 만큼 얘기하고 끝장을 보면 그만이야.'

그런 문장을 보낸 나는 선내 최하층의 지도를 보냈다.

'여기는 전파가 잘 안 들어오니까 도움을 요청할 수도 없어. 평소에는 아무도 드나들지 않는 장소야.'

'그러네…… 같은 반인 너라면 카루이자와를 쉽게 불러낼 수 있다는?'

'내 계획에 동참할지 말지를 지금 정해줬으면 좋겠어. 그리고 카루이자와를 불러낸 후에 복수할지 말지는 만나고 나서 결정하면 되고. 그럼 문제없을 거야, 그렇지?'

그렇게 입력하자 바로 읽은 다음 지금까지 중에서 가장 오래 답장하지 않았다.

하지만 이윽고 온 문장을 보고, 나는 성공을 확신했다.

만약 채팅으로 꼬드기는 데 실패했을 경우, 또 다른 계획을 실행할 예정은 있었다. 위험하기는 하지만 마나베 본인에게 직접 접촉하는 방법이었다. 비상계단에서 카루이자와를 위협했을 때의 사진을 찍어두었기 때문에 직접 협박하는 것도 가능하기 때문이다. 다만 리스크도 무척 컸다. 내 인상을 강하게 남기는 것은 최대한 피하고 싶으니까.

"이제 남은 건 마나베 무리의 솜씨를 지켜보기만 하면 되는군."

6

이따금 깊고 둔탁한 소리가 플로어에 울려 퍼졌다. 배가 항로를 변경할 때 울리는 건지, 아니면 배에 뭔가가 부딪혀서 나는 소리인지, 자세한 것은 모른다.

그저 기계음만 들려오는 이 장소에, 그 소녀는 혼자 찾아왔다.

"뭐야, 휴대폰 안 터지잖아……."

아직 약속 시간까지는 10분 넘게 남아 있었다. 히라타를 만나기 전에 감정을 차분하게 만들어두고 싶었기 때문일까. 휴대폰을 쓸 수 없다는 사실을 알자, 카루이자와는 지루하다는 듯 주머니에 폰을 넣고 벽에 기댔다. 그리고 눈을 감고 입을 움직여 뭔가 중얼거렸다.

내게는 전혀 들리지 않는 크기. 그동안 그녀는 어떤 결론을 내렸을까.

안타깝지만 그 말을 히라타가 들을 일은 없었다.

시계가 오후 4시를 가리키려 할 때쯤, 이곳의 유일한 문이 무거운 소리를 내며 열렸다.

모습을 드러낸 것은 C반 3인조. 마나베를 중심으로 한 여자애들이었다. 그리고 또 한 사람.

사쿠라와 분위기가 비슷한 얌전해 보이는 여자아이. 아마리카라고 불렸던 인물이리라.

괜찮아, 하고 마나베가 그녀를 다독이며 안으로 데리고 들어왔다.

그리고 곧바로 카루이자와를 발견했다. 당연히 카루이자와도 알아차렸다.

"어, 어째서 너희가 여기에?!"

예상하지 못했던 무리가 나타나자 카루이자와가 동요했다.

게다가 외길에 좁은 선내여서 달아나기도 어려웠다.

"네가 여기로 들어가는 걸 봤을 뿐이야. 아, 때마침 잘됐네. 소개할게, 얘가 리카야. 카루이자와는 기억하려나?"

마나베는 등에 숨은 리카를 앞으로 잡아당겨 두 사람을 대면하게 했다.

카루이자와는 시선을 피하면서 모르는 척했지만 태도를 보니 아는 얼굴임은 명백했다.

"리카, 전에 너 밀친 애, 카루이자와 맞지?"

"응, 이 애야……."

결정적인 대답을 듣자 마나베는 진심으로 기쁜지 미소를 지었다.

한편 카루이자와는 누가 봐도 위험한 상황에 조바심과 혼란이 일기 시작했다.

이제 남은 건 지금부터 일어날 비참한 상황을, 그저 묵시하고 있으면 그만이다. 만약 카루이자와가 상상 이상으로 비참한 일을 당하더라도 도중에 도우러 나갈 생각은 털끝만큼도 없다.

"리카한테 사과해."

"뭐래, 누구더러 사과하라는 거야? 난 아무 잘못도 하지 않았는데."

"이런 상황에서도 강한 척하다니 대단하네. 하지만 난 왠지 알겠어."

"……알다니 뭘?"

"그 이상하게 겁에 질린 태도. 카루이자와 너, 혹시 학교 폭력 당한 적 있는 거 아니야?"

"윽?!"

자신이 감추려고 했던 사실을 잘 알지도 못하는 상대에게 간파당해 버렸다.

"봐, 딱 맞췄네. 역시 그랬어. 어쩐지 그런 느낌이 들더라고, 처음부터 말이야."

"아, 아니거든!"

서툰 부정이었다. 하지만 만약 배우처럼 연기를 잘 했다고 하더라도 통용되지는 않았을 것이다. 마나베가 관찰력이 뛰어난 아이여서는 아니다. 이미 내가 말했기 때문이다.

카루이자와는 어릴 때부터 심각한 집단 따돌림을 당했다고. 그 트라우마가 강하다고.

답을 아는 사람에게는 무슨 말을 해도 소용없는 법이다.

"아직은 네가 무릎이라도 꿇으면 용서해 줄 수 있는데? 너 잘하잖아, 무릎 꿇는 거."

"아, 안 할 거야! 아니, 해본 적도 없거든!"

도망치듯 옆으로 지나가려고 했지만. 마나베에게 긴 머리카락을 붙잡혀 벽으로 세게 밀쳐졌다.

완벽한 복수 무대가 마련되어 마음도 놓이고 기고만장해져서 마나베가 점점 폭주하고 있었다. 나와 채팅할 때 정했던 건 카루이자와와 '만나는 것까지'였다. 힘으로 복수해야 할지 고민했을 것이다. 하지만 한 번 만나자 쌓인 스트레스도 해소하고 싶고 카루이자와에게 복수할 것을 기대하는 주위 시선이 겹쳐지면서 그에 상응하는 고통을 상대방에게 주지 않으면 안 된다고 무의식중에 생각하기 시작해버렸다. 그것이야말로 내가 노린 바이기도 했다.

이는 '밀그램 실험'이라는, 1960년대에 했던 심리학 실험을 응용한 작전이다. '아이히만 실험'이라고도 부르는 이 실험은 격리된 시설에서 교사 역할과 학생 역할을 나누어 진행되었다. 먼저 교사 역할, 즉 피험자에 약한 전기 충격을 가해서 전기 충격의 고통과 공포를 기억하게 한다. 그런 다음 학생을 교사가 있는 곳의 유리벽 너머에 둔다. 학생의 몸에 전기 충격 장치를 달고 교사에게 전기 충격 스위치를 맡기면 실험 준비가 모두 끝난다.

실험자는 피험자인 교사에게, 학생에게 문제를 내고 틀릴 때마다 전기 충격을 주라고 지시한다. 또 한 문제 틀릴 때마다 전압을 점점 높이라고도 한다. 전류를 흐르게 하는 스위치는 최종적으로 450볼트 이상까지 준비되어 있는데, 인간이 죽음에 이를 정도로 강력한 충격이다. 반대로 첫 단계는 45볼트로 피부가 간질간질한 수준이다.

학생에게는 마이크가 연결되어 있어서 전류가 흐를 때마다 학생의 비명이 피험자에게 들리게 되어 있었다. 그런데 사실 피험자에게는 알리지 않았지만, 전기 충격 장치는 가짜였고 학생 역할을 맡은 사람이 전기 충격을 당하는 연기를 할 뿐이었다.

처음에는 학생의 몸에 전기 충격을 줘도 아무런 반응이 없지만, 전압이 점점 올라갈 때마다 비명, 신음소리, 최종적으로 말이 아예 없어지는 등 괴로움에 몸부림치는 소리가 들려오는 것이다.

그런데 이 교사 역할을 맡은 피험자는 강압에 못 이겨 어쩔 수 없이 하는 게 아니었다. 보수도 지급받고 그냥 마음이 가는 대로 하면 된다는 말을 들었을 뿐이다. 즉, 상대가 고통스러워한다는 걸 안 시점에서 그만둬도 되는 입장이었다. 그럼에도 불구하고 실험 결과, 피험자의 66%가 인간이 죽음에 이르는 전압까지 높여서 전류를 흘려보냈다.

이 실험은 '상황에 따라 인간은 누구나 잔혹성, 잔학성을 드러낸다'는 사실을 잘 보여준다.

"앗, 아야! 아파! 이거 놔!"

카루이자와가 머리채를 붙잡혀 고통을 호소했지만, 마나베는 통쾌하다는 듯 웃을 뿐이었다.

폐쇄된 환경은 지금 이 지하 최하층. 피험자는 마나베, 학생 역할은 카루이자와.

밀그램 실험과 비슷한 무대를 준비하는 데 성공한 것이다. 그렇다고 해도 보통은 이 조건으로는 불충분하다고 할 수 있겠지만, 양쪽의 관계에 쌓인 게 많다면 실험과 같은 상황이 성립한다. 당돌하게 나오던 카루이자와가 괴로워하니 틀림없이 속이 시원하리라.

"아윽?!"

"우와, 시호, 방금 무릎으로 친 건 좀 너무 심하지 않았어? 에구구."

마나베는 무릎으로 카루이자와의 복부를 가격했다. 다만 누굴 때리는 데 익숙하지 않아 움직임이 둔해서, 고통 자체는 그리 크지 않을 것이었다.

하지만 마나베에게는 카루이자와가 내뱉은 고통의 목소리야말로 최대의 보상이었다. 참을 수 없을 만큼 기분이 고조됐는지, 거리를 두고 불안한 표정으로 지켜보는 리카에게 이렇게 속삭였다.

"자, 리카. 너도 해버려."

"나, 난 됐어……."

"우리가 지금 누구 때문에 이러는데? 자, 어서. 아무도 보는 사람 없어."

직접 복수하기를 거절한 리카였지만, 이 폐쇄적인 환경이 그것을 허락하지 않았다. 너도 나랑 같은 편이잖아 하고 호소하면 계속 거절하기가 어렵다. 만약 분노의 화살이 자신에게 돌아오기라도 한다면 내일은 자신이 카루이자와와 같은 일을 당할지도 모른다.

"……으, 으응. 해볼게……."

탁 하는 마르고 가벼운 소리. 하나도 아프지 않게 때리는 리카.

"이, 이렇게?"

"그게 아니지. 좀 더 세게 때려, 이렇게."

찰싹 하는 높은 소리와 함께 마나베가 카루이자와의 뺨을 갈겼다. 그에 반응해 카루이자와가 신음했다. 지도라도 받듯 리카가 느릿느릿 다시 때렸다. 점점 그 강도가 세졌다.

"하, 하지, 하지 마……!"

"하하…… 재밌어…… 아하하……."

마나베보다 오히려 이 피험자 쪽이 밀그램 실험에 더 어울리는 것 같았다. 자신에게 거만한 태도로 일관했던 카루이자와가 고통스러워하고 있다.

"그만, 용서해줘……."

카루이자와가 용서를 구했다. 그 모습이 참을 수 없을 만큼 통쾌하고 기분 좋았으리라.

리카는 처음에 겁에 질려 있었다고는 도저히 생각 못 할 정도로 강하게 때렸고 발로 걷어차기도 했다. 더 흥미로운 사실은 처음에는 뺨같이 눈에 보이는 곳을 주로 때렸는데 점점 옷 아래, 머리카락에 가려 보이지 않는 곳 등 폭행의 흔적이 남지 않는 위치를 중점적으로 노리고 있다는 것이었다.

공포로 몸에 힘이 다 빠져나가버린 카루이자와는 얼굴을 잔뜩 찡그린 채 눈물을 흘렸다.

그 광경을 몰래 관찰하던 나는 소리 죽여 자리를 옮겼다.

그리고 마나베 무리가 알아차리지 못하게 비상계단으로 이어지는 문을 조용히 열었다.

그 후로도 마나베 무리의 화풀이는 얼마간 더 이어졌다. 무슨 짓을 벌이든 상관없다.

한 번은 철저하게 무너져 내려야 다시 일어설 때 수고를 줄일 수 있다.

나는 느릿느릿 조용히 문을 닫았다. 카루이자와의 비명은 곧 문에 막혀 들리지 않게 되었다.

7

마나베 일행이 떠난 것을 멀리서 확인한 나는 다시 그곳으로 향했다. 문이 열리고 닫히는 소리가 들렸을 테지만, 카루이자와는 웅크리고 앉아 계속 흐느끼고 있었다. 공포심이 앞서서 눈치채지 못했겠지.

이것이 정녕 반에서 거만하고 강경한 태도로 여자애들을 이끌었던 소녀의 모습이란 말인가.

마나베 무리에게 조언해준 덕분인지, 교복도 멀쩡하고 보이는 부위에 노골적인 상처는 없었다. 만약 교복이 찢어졌거나 머리카락이 잘리기라도 했다면 둘러대기가 상당히 힘들었으리라. 이 세상 어디에나 집단 괴롭힘은 존재하는 법이지만, 이 학교의 경우 특히 다루기가 까다롭다.

굳이 불안한 부분을 들자면 거듭된 폭력 탓에 볼이 조금 붉어진 것일까. 하지만 내일이면 붓기가 빠지는 정도로 그칠 테니 다행이다.

"카루이자와."

말을 걸자 그제야 내가 옆에 있다는 것을 알아차린 카루이자와가 고개를 들었다.

"어, 째서……?"

있을 리 없는 남자가, 절대로 보여주고 싶지 않은 모습을 보고 있다는 것을 알고 당황했다.

하지만 바로 눈물을 그치지도, 아무 일도 없었다는 듯 행동하는 것도 할 수 없었다.

언젠가는 눈물을 그칠 것이다. 언젠가는 냉정함을 되찾을 것이다. 그때 내가 자리를 피해주면 좋겠다, 하는 옅은 기대는 통용되지 않는다. 나는 계속해서 말을 걸지 않고 기다렸다.

그리고 얼마간 엉엉 운 카루이자와는 시간이 지나면서 점차 안정을 되찾아갔다.

어둡고 폐쇄적인 장소에 둘만 있는 상황이 계속되자 자연스레 거리가 좁혀졌다. 평소에 서로 싫어하는 사람들끼리라도, 잠시나마 심리적으로 거리가 좁혀지는 것이다. 사람은 원래 그렇게 생겨먹었다.

"좀 진정됐어?"

"……대충……."

힘이 다 빠져 일어설 수 없는 카루이자와는 눈물로 엉망이 된 얼굴을 교복 소매로 훔쳤다. 손을 내밀어 보았지만 잡으려고 하지 않았다.

"히라타는……?"

"너랑 약속이 있었던 것 같은데 선생님이 불러서 못 오게 됐어. 마침 그때 같이 있었던 내가 히라타 대신 온 거야."

그렇게 설명해두면 일단 일련의 흐름도 납득할 수밖에 없겠지.

지금 바로 진실을 말할 필요는 없다. 우선은 안심시키고, 마음의 간격을 좁히는 거다.

"그런데 왜 울고 있었어?"

"마나베 무리 때문에…… 그 애들 절대 용서 못 해."

조금 전까지 자신에게 일어난 일이 다시 떠올랐는지, 카루이자와의 몸이 마구 떨렸다. 그런 한심한 모습을 보여주고 싶지는 않겠지만, 몸에 각인된 트라우마는 간단히 사라지지 않는다.

"내가 울었다는 건 절대로 비밀이야. 누구한테 말하면 너 용서 안 할 거야."

카루이자와의 약점은 학교에 피해 보고를 할 수 없다는 것이었다. 만약 마나베에게 맞았다는 것이 알려지면 필연적으로 그 이유와 경위도 드러나게 된다. 자신을 지키려고, 지금까지 쌓아올린 지위를 잃을 수는 없다. 그래서 히라타를 이용해 마나베 무리의 행동을 막으려고 했던 거겠지.

"너 말이야, 마나베 무리한테 복수 좀 해줘. 너 같은 애도 여자한테는 이길 거 아냐?"

"그건 도저히 무리인 부탁이군."

"마나베한테 복수하는 게 무서워? 남자 주제에……."

"복수하면 끝. 그런 단순한 이야기로 끝날 문제가 아니라는 건 스도 사건을 봐서 잘 알 텐데. 복수에 또 다시 복수를 거듭하면 언젠가 문제가 커지게 돼. 반 내에서 청취 조사도 하게 될 거고. 그건 카루이자와가 원하는 전개가 아니잖아?"

"그럼 나보고 이대로 울면서 잠들라는 소리야?"

돌려줄 말은 정해져 있었지만, 나는 일부러 잠시 침묵했다.

"게다가, 또 그 애들이…… 나를 또 괴롭힐 게 뻔하단 말이야……."

또 다시 몸을 가늘게 떠는 카루이자와. 하긴 마나베 무리가 앞으로 또 손대지 않는다는 보장은 없다. 학교로 돌아가면 도망칠 장소야 많아지겠지만, 그럼 계속 도망자 흉내를 내야 한다.

그 짓을 언제까지고 계속하는 것은 비현실적이고, 카루이자와의 행동 변화에 반 아이들도 언젠가는 눈치채게 되리라. 이 시험 때문에 카루이자와는 궁지에 내몰리고 말았다.

어떻게든 해서 해결하고 싶다는 조바심이 카루이자와의 모습에서 엿보였다. 나는 그 조바심을 더 깊이 건드렸다.

"또 옛날처럼 되면 큰일이니까 말이지. 어떻게든 해결하고 싶다는 마음은 나도 이해해."

"뭐……? 뭐야, 그 말은. 무슨 의미야?"

이곳에 등장한 나에게, 카루이자와는 지금 두 가지 감정을 안고 있을 것이다. 마나베 무리한테 폭력을 당했다는 사실을 들킨 것도 모자라 자신의 과거까지 알고 있는 걸까. 모른다면 계속 감추고 싶다, 라는.

"있는 그대로의 의미야. 겨우 폐쇄적인 학교로 도망쳐 와서 D반에서 패권을 거머쥐는 지위까지 올라왔는데 말이지. 결국 집단 괴롭힘을 당한 아이의 본질은 바뀌지 않았다는 거야."

"누, 누가 괴롭힘 당했다고 그래?!"

"너 말이야, 카루이자와."

나는 카루이자와의 팔을 잡아 억지로 일으켜 세웠다.

"잠깐, 무슨 짓이야!"

그리고 벽으로 카루이자와를 밀친 다음 강제로 시선을 맞추었다.

"넌 지금 마나베한테 철저하게 폭력을 당했어. 머리카락을 뜯겼고, 뺨도 맞았지. 가슴, 배, 허리 할 것 없이 된통 언어맞았잖아? 그래서 비참하게, 한심하게, 애처로울 정도로 울고 있었던 거잖아."

"윽?!"

마주칠 생각 따위 손톱만큼도 없었을 카루이자와의 눈이 내 눈과 겹쳐졌다.

빨려 들어갈 듯 서로의 눈동자를 응시했다. 그것은 물론 사랑 따위가 아니었다. 어둠이었다.

"너는 옛날부터 괴롭힘을 당한 아이였지. 초등학교 때도

중학교 때도 계속해서. 그래서 이번에는 괴롭힘 당하지 않으려고 굳게 결심했어. 그렇지?"

"히, 히라타한테…… 들었어……?"

"히라타는 좋은 의미로도 나쁜 의미로도 우리 모두의 편이야. 널 돕기도 하지만 다른 사람 역시 도와주지. 히라타의 여자 친구 자리를 꿰차 D반에서 너의 입장을 약속받았지만, 결국 지금 같은 상황이 되자 그 녀석은 도움이 되어주지 않았어. 기생하기에는 부족한 상대였다는 뜻이야."

다만 카루이자와는 남들이 생각하는 것보다 훨씬 영리했다. 히라타가 중립적인 입장의 인간이라는 것을 이해했기 때문에 처음에는 토끼 그룹에서 무리하지 않았다. 그런 이유로 처음에는 얌전히 있었겠지. 하지만 운이 나빴다. 자신의 입장을 과시하기 위해 일으킨, 리카라는 소녀와의 마찰이 이번 소동으로 이어지고 말았다.

아마 시노하라 등이 있는 앞에서 약한 모습을 보이고 싶지 않아서였으리라.

"뭐야, 너…… 어째서 그렇게 잘났다는 듯이 말하는 거야?!"

"잘난 듯이? 당연하잖아. 너도 네가 처한 상황을 똑바로 보는 게 좋을 거야. 지금 네 눈앞에 있는 사람이 누구지? 히라타가 아니라 바로 나야. 네가 괴롭힘을 당했던 과거, 히라타와의 가짜 관계, 게다가 지금도 마나베 무리에게 괴롭힘 당하고 울부짖었던 것까지 전부 알아버렸어."

카루이자와는 숨기고 싶은 것을 남에게 들키고 말았다.

그것은 다시 말해, 내가 심장을 움켜쥐고 있어 생살여탈의 권리가 넘어온 것이나 마찬가지인 상태였다.

"건방진 태도를 취하면 언제든지 폭로할 수 있다는 소리야."

그것이 얼마나 무서운 일인지는 카루이자와가 제일 잘 알 것이다.

"우, 웃기지 마! 네가 뭔데!"

"진실을 아는 사람. 그 이상도 그 이하도 아니야. 중요한 건 그것뿐이잖아?"

얼굴이 닿을 정도로 가까이 다가갔다. 카루이자와가 시선을 피해 고개를 홱 돌리려고 하자 턱을 붙잡아 다시 억지로 눈을 맞추었다. 카루이자와는 참지 못하고 피하려고 했지만, 남자의 힘으로 잡고 있으니 움직이기도 불가능했다. 눈을 질끈 감고 내 시선으로부터 달아나려고 했다.

"뭐야, 나한테 뭘 하고 싶은 건데! 몸이라도 요구하고 싶어?!"

"몸이라. 그것도 나쁘진 않겠군."

나는 손가락 끝을 움직여 카루이자와의 허벅지를 더듬었다. 같은 사람의 것이라고는 생각할 수 없는 부드러운 감촉.

"싫어엇!!"

다리가 내 손으로부터 달아났다. 나는 그것을 확인한 후 턱을 더욱 강하게 붙잡아 얼굴을 빤히 쳐다보았다.

"도망칠 생각 마. 또 그러면 당장 네 모든 걸 학교에 다 퍼트릴 거니까."

그 마법 같은 한 마디에 마치 단단히 포박당하기라도 한 듯 몸이 경직되었다.

"윽, 흑⋯⋯ 흐흐흑⋯⋯."

분노, 겁, 공포, 절망. 아아, 지금 카루이자와에게 부정적인 감정이 얼마나 많이 쌓이고 있을까.

지금까지 학교생활을 하면서 얌전히 있었던 나라는 존재가 돌변한 것도 불쾌하게 느끼고 있을 것이다.

"다리를 벌려."

그렇게 명령하자 카루이자와는 닭똥 같은 눈물을 뚝뚝 흘리며 천천히 다리를 벌렸다.

이 자리에서 당할 것까지 각오하면서까지 그 위치를 지키고 싶어 했다.

괴롭힘 당하는 괴로움 쪽이 이겼다. 그 증거다.

나는 일부러 벨트에 손을 대 푸는 소리를 냈다. 그래도 카루이자와는 도망치지 않았다.

그리고 필사적으로 현실을 받아들이려고, 빛을 잃은 눈동자로 중얼거렸다.

내 눈이 틀리지 않았다. 카루이자와 케이는 충분히 쓰임새가 많은 인재다.

나는 그녀의 몸을 목적으로 하는 것이 아니다. 어디까지나 협박해서, 필요해지면 무슨 짓이든 하겠다는 각오가 필요했을 뿐이다. 카루이자와는 충분히 알았겠지.

지금 내가 진짜 본성을 드러내는 것은 위험했다. 카루이자와가 나를 고발함으로써 입장이 확 바뀌는 일은 충분히 일어날 수 있다. 하지만 이 소녀는 그렇게 못 할 것이다.

자신의 과거가 밝혀지고, 지금의 위치를 잃는 것을 무엇보다도 두려워하고 있다. 그 비밀을 지키기 위해서라면 몸을 달라는 요구조차 들어줄 정도인 것이다. 그만큼의 무게를 차지하고 있었다.

"난 인정하지 않아……. 너 따위에게, 괴롭힘 당하는 게 아니야…… 그저 약점 잡혀서 험한 일을 당하고 있을 뿐이야. 자기 하고 싶은 대로 해대는 변태한테 말이야!"

카루이자와가 그렇게 소리쳤다. 마음속 깊은 곳에서 올라온 포효 같았다.

"뭐 나도 상관없어. 이렇게 힘으로 굴복당하는 게 처음도 아니니까……."

자조 섞인 웃음과 함께 카루이자와는 내 눈을 바라보았다.

"후후…… 너, 아니? 자신의 힘으로 도저히 어떻게 할 수 없는 현실이 닥쳤을 때, 사람이 어떤 반응을 보이는지……."

덜덜 떨리는 몸을 스스로 끌어안으며 카루이자와는 음침하게 웃으며 끝없이 어두운 눈동자로 나를 응시했다.

"저항하는 걸 포기하게 돼. 아아, 나는 이렇게 잡아먹히는구나, 그냥 그렇게 무덤덤하게 생각해. 울부짖는 것도, 날뛰는 것도, 아무것도 할 수 없게 되어서. 그냥 받아들이는 거야."

이 현실도 받아들인다며, 카루이자와는 제 손으로 치마를 걷어 올리고 속옷으로 손을 가져갔다.

나는 그 연약하고 무력한 팔을 붙잡아 카루이자와를 벽에 거칠게 밀어붙였다.

"무슨 짓을 당한 거야. 과거에 네가 받은 고통이 뭔데?"

"뭐냐니…… 있을 수 있는 모든 것이지. 상의가 벗겨지고 압정에, 책상 서랍에는 죽은 동물이 들어 있고. 화장실에 들어가면 오물을 끼얹고, 교복에는 음란, 창녀 같은 단어가 적히고. 머리카락을 뜯기고, 구타는 당연하고, 네가 상상할 수 있는 모든 폭력은 다 받았어. 다 셀 수도 없어. 지금 말한 것도 극히 일부분에 불과해. 비웃는 것 정도는 친절한 축에 속하지. 비웃어보지그래? 괴롭힘 당하기만 하는 못난 녀석이라고 마음껏 비웃어보란 말이야."

그렇게 호되게 당했으면서도 잘 이겨냈군. 다시 한번 싸우자고 마음먹은 것이다.

심지가 강하기 때문에 이 녀석은 재기하자고 결심하고 고등학교에 입학했다.

그런 거겠지.

하지만…… 그것만으로는 다 증명이 안 되는 뭔가가 있다.

"받은 고통은 정말 그게 전부야?"

"뭐……?"

"지금 말한 게 전부냐고."

정말로 마음을 박살내버린 뭔가가 있었던 것 같은 느낌을 지울 수 없었다.

저 이상할 정도로 겁에 질린 모습은 다 증명하지 못한 다른 이유가 있는 것처럼 보였다.

자기 몸을 바치는 것에 필적할 만큼의 뭔가를 카루이자와는 숨기고 있다.

"뭘 감추고 있는 거야."

"아, 아무것도……."

순간 카루이자와가 시선을 자신의 왼쪽 옆구리로 떨어뜨렸다.

그 모습을 놓치지 않은 나는 그녀의 교복 위로 그 부분을 만졌다.

"하, 하지 마!"

그녀의 비명이 투박한 쇠로 둘러싸인 복도에 울려 퍼졌다.

하지만 그 반응에 확신이 생긴 나는 교복을 잡아 위로 들어 올렸다. 아름다운 피부에 어울리지 않는 생생한 상처 자국. 예리한 흉기에 찢긴 듯한 상처가 깊게 남아 있었다.

"이거였어? 네 어둠이."

"으, 흑, 흐흑……!"

그 상처는 어린애들의 집단 괴롭힘으로 치부할 수준이 아니었다.

깊은 상처 자국은 목숨까지 위험했다는 것을 암시할 정도였다.

이런 과거를 껴안고도 이 녀석은 다부지게 행동하고 재기했단 말인가.

요 며칠 동안 나는 가까이에서 카루이자와 케이라는 여자를 관찰해왔다. 이 녀석은 스스로 살기 위해 주위를 강제적으로 자기편으로 만들고, 미움을 사면서까지 그 자리를 계속 지키려고 했다.

"절망에는 여러 가지 종류가 있어. 네가 겪은 그것도 틀림없이 절망이었겠지."

카루이자와의 어둠이, 눈동자가 내 눈동자와 겹쳐졌다.

어둠을 가진 자는 서로 끌리는 법. 그리고 서로가 서로를 침식해간다.

이윽고 깊은 어둠을 가진 자가 상대방의 어둠을 뒤덮어갔다.

"뭐, 뭐야…… 너……!"

이 녀석이 과거에 발이 묶여 있는 거라면, 그곳에서 강제로 해방시켜주면 된다.

너무 깊게는 연관하지 않아도 내가 받아온 어둠을 피부로 느낄 수 있겠지.

그렇다……. 이 세상에는 아직, 카루이자와가 아는 것보다 훨씬 더 뿌리 깊은 어둠이 존재한다.

"너한테 약속할 수 있는 게 하나 있어. 앞으로는 네가 괴롭힘 당하지 않게 지켜줄게. 히라타, 마치다보다 훨씬 더 확실하게."

"네가 마나베 무리를 막을 수 있다는 말이야……?"

"지금의 너라면, 내 말이 얼마나 진실한지 잘 알 거라고 생각해. 작은 불은 바람이 불면 꺼지지. 하지만 큰 불과 만나면 꺼지지 않고 더욱 몸집을 키우는 법이야. 그래서 바람이 불어도 비가 내려도 꺼지지 않는 불이 돼. 넌 나를 위해 움직이고 난 너를 위해 움직이는 거야. 호의나 혐오 같은 감정은 아무래도 좋아. 그 관계만 성립한다면 문제없겠지? 그 시작으로 네 불안요소를 제거해줄게."

그렇게 대답한 나는 휴대폰을 꺼냈다.

"마나베를 막을 방법이 있어."

나는 카루이자와에게 휴대폰 화면을 보여주었다.

휴대폰에는 카루이자와를 괴롭히려고 했던 비상계단에서의 상황을 찍은 영상이 들어 있었다.

"이건……."

"그쪽에 이 영상을 보내놓으면 허튼짓 못할 거야. 앞으로 카루이자와를 괴롭히거나 나쁜 소문을 내지 않도록 막을 수 있어."

마나베 무리도 이번 일로 속이 꽤 풀렸을 것이다. 무의미하게 상처를 더 키웠다가 류엔에게 피해를 끼치게 된다면 자신들의 목이 졸리게 될 것이다.

카루이자와의 턱에서 손을 뗀 나는 아무 감정도 싣지 않았던 목소리를 살짝 부드럽게 바꾸었다.

"난 그냥 협력자가 필요할 뿐이야. 앞으로 내가 필요할 때 도움을 주었으면 좋겠어."

"뭐야, 그 협력자라는 게. 나한테 뭘 시키고 싶은 건데……."

"지금 이대로라면 D반은 물구나무서기를 한다고 해도 A반으로 올라갈 수 없어. 애들 개개인의 능력은 나쁘지 않지만 단결력이 압도적으로 부족하고 따로국밥인 반이야. 하지만 여자애들을 잘 제어해줄 수 있는 네가 도와준다면 앞으로 그것도 조금씩 달라지겠지."

호리키타와 같이 단독으로 싸우는 존재보다도 더 요긴하다.

"너, 정체가 뭐야……."

지금껏 나를 음지의 존재로만 여겼으니 더욱 꺼림칙하게 보이겠지. 하지만 많은 말은 하지 않았다. 말하지 않으니까 더 무서워서 거스를 수 없으리라.

"그럼 협력의 시작 단계로, 우선 그룹의 같은 편으로서 시험에서 이기자."

"시험에서 이기자니 어떻게——."

"그야 네가 ——잖아."

이 자리에서 나올 리 없는 키워드를 듣자 카루이자와가 무심코 내 눈을 쳐다보았다.

눈동자 너머, 뇌, 마음속까지 울리듯 그 사실을 들이밀었다.

카루이자와는 당황한 몸짓을 보였다. 하지만 그것은 몸짓

뿐이었다.

　기생충은 누군가를 이용하지 않으면 애초에 살아갈 수 없으니까.

　나라는 새로운 숙주를 찾아낸 지금, 카루이자와 케이가 살 길은 하나로 압축되었다.

이름	사카야나기
반	1학년 A반
학적번호	S01T004737
동아리	무소속
생일	3월 12일

평가

학력	A
지성	A
판단력	A
신체능력	E−
협조성	C+

Unknown

면접관 코멘트

선천성 심장 질환이 있어 몸이 상당히 약하기 때문에 운동을 일절 금합니다. 또 보행에 문제가 있어 항상 지팡이를 휴대하는 것을 허가받았습니다. 모쪼록 무리하지 않도록 모두 주의해 주시기 바랍니다.

담임 메모

동학년에서도 월등한 성적을 자랑하는 학생이며, 학교의 프로파일로는 미처 다 헤아릴 수 없는 높은 수준의 사고 능력을 가진 것으로 추측된다. 차분한 성격으로 반 아이들의 신뢰도 두텁다. 다만 호전적인 사고 때문에 같은 반 카츠라기와의 충돌에는 주의가 필요하다.

○각자의 차이

시험 최종일에 접어들었다. 무인도 때와 달리 오락거리로 넘치는 선내에서는 시간의 흐름이 무척 빨랐다.

게다가 하루에 2시간씩 주어진 귀중한 회의는 이렇다 할 내용 없이 허무하게 진행되고 있었다.

류엔의 공투 작전, 카츠라기의 농성 작전에도 B반의 이치노세 호나미는 거기에 대항하는 수단을 취하지 않고 시간을 보냈다.

"으아아! 또 졌다! 나 도둑잡기 너무 못 하는 거 같은데?!"

이치노세는 남은 카드를 뿌리듯 눈앞에 확 내려놓았다.

다섯 번째 회의 시간을 맞이했어도 이치노세가 또 제안한 것은 카드놀이. 그 행동을 비난하려고 해도, 아무도 A반을 대화에 끌어들일 수 없었기에 말릴 방법이 없었다. 그저 시간을 주체 못 하고 있는 것보다야 낫다고 판단한 일부 아이들이 참가했을 뿐이다.

마나베 무리가 카루이자와에게 어떻게 나올지 조금 신경 쓰였지만 예의 영상을 보낸 효과가 상당해서 지금은 얌전히 있었다. 카루이자와 역시 그렇게 믿고 평소의 자신을 연기했다.

한편 비상계단에서 있었던 영상을 받은 마나베의 입장에서는 나 혹은 유키무라를 비밀 채팅의 인물과 겹쳐 생각하고 싶은 부분이 있으리라. 영상을 보냈을 때는 반 친구한테 입수했다고 덧붙였지만, 그 자리에 있었던 누군가가 몰래 찍었다고 보는 것이 자연스러웠기 때문이다. 아니면 목격자가 비밀 채팅의 인물에게 반쯤 장난으로 보여주었거나 양도했다는 상상도 가능할지 모른다.

어쨌든 나라는 확신이 없는 이상, 마나베 무리가 손 쓸 방법은 없었다. 그 영상을 찍은 사람이 누구인지 따위 찾아내봐야 의미가 없었기 때문이다.

"난 이대로 있어도 되려나……."

옆에서 낙담한 모습으로 도둑잡기를 지켜보던 유키무라가 우울해했다.

"표정이 어둡네, 유키무라. 지금은 같이 놀면서 울분을 떨치는 게 좋지 않을까? 재도전하고 또 재도전하고."

"됐다. 그럴 기분 아니야. 그것보다도 이치노세, 이대로 시험을 끝내버리자. 난 네가 이 그룹의 고삐를 쥐고 모두와 대화하도록 끌고 갈 줄 알았는데."

바닥에서 카드를 섞던 이치노세의 손이 순간 멈췄다.

"그건 너무 속편한 생각 아니니, 유키무라? 만약 진심으로 이기고 싶은 생각이 있었다면 누군가에게 의지하는 게 아니라 자기 힘으로 그룹을 한 데 모으려고 노력해야 하지 않을까?"

"……그런 건 나도 알아. 안다고."

분명 유키무라도 책임을 떠넘기려고 생각한 건 아니었으

리라. 그저 이렇게 수습 안 되게 이완된 공기를 바꾸고 싶었던 거겠지.

학년에서도 최고 성적을 자랑하는 유키무라는 학력을 측정하는 시험이었다면 의지할 만한 존재였으리라. 하지만 학력이 높다고 해서 아이들을 똘똘 뭉치게 만들 수 있는 것은 아니다. 기발한 발상을 떠올릴 수 있는 것도 아니다. 단어, 방정식을 암기하는 것만으로는 어쩌지 못하는 일도 있다.

여름방학의 두 특별시험에서 호리키타가 그랬듯 그 역시 싫어도 자신의 무력함을 통감하고 있으리라.

무엇보다도 지금 같은 교착 상태에서도 움직일 생각이 보이지 않는 이치노세와 마치다에게 짜증을 느끼는 게 아닐까?

다만 그 분한 마음은 좌절하지 않는 한 언젠가 힘이 되어 돌아올 것이다.

1

"다음 한 번이면 시험도 모두 끝이네. 아야노코지 쪽은 좀 어때?

나는 호리키타와 마지막 회의를 하러 나섰다. 바깥은 이미 어둠에 휩싸여 있었다. 채팅으로 대화를 나누면 아무래도 기록이 남는다. 그것을 피하기 위해 직접 만난 것이다.

"특별한 진전은 없었어. 이대로 우대자의 독주를 허용할 것 같아. 너희 쪽은?"

호리키타에게 거의 기대는 할 수 없다고, 그렇게 생각하고 있었는데……

"이길 거야."

호리키타가 짧게 대답했다.

"실수는 없다는 건가?"

"어디서 누가 듣고 있을지 모르니까 지금은 자세한 얘기는 안 하겠지만, 믿어도 좋아. 모든 일이 잘 되어가고 있어."

히라타로부터 용 그룹의 우대자가 쿠시다라는 사실을 들었다. 당연히 류엔과 칸자키 무리가 계속 속을 떠보려고 시도했겠지만, 호리키타의 주도로 그것을 이겨낸 듯했다.

이렇게까지 자신한다면 걱정할 필요는 없겠지. 남은 것은 50만 포인트가 굴러들어오길 기다리기만 하면 된다. 확실한 승리라고 말할 수 있으리라.

"너한테 상의하길 바랐어?"

"그럴 필요는 없어. 넌 너 좋을 대로 움직이면 돼."

용 그룹의 이야기를 듣는다고 한들 도와줄 수도 없다.

"그래서 나한테 할 얘기란 게 뭐야? 부주의하게 접촉하는 걸 피하고 싶어 했잖아?"

혈안이 되어 호리키타와 연관된 인물을 찾는 류엔의 존재를 걱정……해 주는 건가?

태도에서는 전혀 다정함을 느낄 수 없었는데, 호리키타가 갑자기 친절한 태도로 나와도 곤란하다.

"그렇다고 항상 류엔의 시선을 겁낼 수도 없는 거니까."

"그 말투는, 뭔가 성공할 방법이라도 찾아낸 거야?"

별 기대 없이 물어보았을 텐데, 내가 고개를 끄덕이자 살짝 놀란 눈치였다.

"히라타를 우리 쪽으로 끌어들였어. 앞으로 협력 관계를 쌓아갈 수 있어."

"난 별로 바라지 않는데."

"그래도 괜찮아. 네가 히라타랑 얽힐 필요는 없으니까. 내가 알아서 히라타랑 이야기를 진행시킬 테니 넌 적당히 맞춰주기만 하면 돼."

"……마음에 안 들어. 뒤에서 멋대로 움직이는 거 난 좀 싫은데?"

호리키타라면 그렇게 말할 줄 알았다.

"그럼 의논할 때 너도 얼굴만 내밀어줘. 특별히 무리해서 발언할 필요는 없고 그냥 진행 중인 이야기에 따라가기만 하면 문제없잖아?"

"뭐…… 그건 그러네."

불만스러워 보이기는 했지만 호리키타에게 참가할지 말지 주도권을 준다면 반론도 못 한다.

게다가 반에서 히라타의 존재가 차지하는 비중이 크다는 사실은 무인도에서의 통솔력도 봤기 때문에 지금의 호리키타라면 충분히 이해했을 터였다.

"히라타도 포함해서, 나중에 소개해주고 싶은 인물이 있어. 시험 결과가 나오기 전에 시간을 좀 내줘."

"역시 마음에 안 들어. 네 멋대로 사람을 늘리지 말아 줄래?"

"네가 전면에 나서기로 결정한 대가라고 생각해라. 하지만 분명 도움이 될 거야."

"대충 예상은 가지만…… 좋아. 일단 시험이 끝난 후에 다시 여기서 만나기로 하자."

그렇게 약속을 주고받은 후 휴대폰으로 시각을 확인했다. 30분 후면 마지막 회의 시간이다.

"이 시험, 몇몇 그룹에서 배신자에 의한 투표가 진행될까?"

"글쎄. 소 그룹 시험 종료 때는 놀랐지만, 그런 일이 또 일어날 것 같지는 않아. 결국 주어진 시간이 다 지나가서 우대자가 승리하는 게 제일 가능성이 높겠지."

"그래. 나도 그렇게 생각해."

찰나에 불과했지만 호리키타가 시선을 내리깔았다. 그것은 걱정거리가 있을 때 인간이 무의식적으로 드러내는 신호였다.

"왜?"

"아무것도 아니야. 다만 조금, 이 시험의 전개에서 도저히 이해되지 않는 게 있을 뿐이야. 하지만 실수는 없었을 거야. 절대로 질 리 없으니까."

지금까지 참아왔던 불안한 감정이, 조금씩 새어나오는 건지도 모르겠군. 다정한 말이라도 하나 해주려고 했다가 쓸데없는 참견이란 말만 들을 것 같아 그만두었다.

2

토끼 그룹 멤버들은 시험 돌파의 광명을 보지 못하고 여섯 번째, 마지막 시험을 맞이했다. 나는 조금 냉정하게 생각을 정리하고 싶기도 해서, 히라타를 비롯한 애들이 있는 방을 빠져나와 그룹이 모이는 방으로 향했다. 그룹 회의 개시까지 아직 30분 정도 남아 있었기 때문에 당연히 아무도 없을 거라고 생각했다.

하지만 그런 옅은 기대는 예상하지 못한 인물에 의해 사라지고 말았다.

"……먼저 온 사람이 있었군."

아무도 없어야 할 실내 바닥에 한 소녀가 누워 새근새근 잠자고 있었다.

그나저나 스커트란 어째서 이렇게 남자의 마음을 간질간질하게 만드는 것일까. 위험하다, 위험해. 누워 있었기 때문에 이치노세의 살이 적당히 오른 허벅지가 평소보다 더 눈에 잘 들어오는 데다가 절묘하게 그 안이 보이지 않는 스커트에, 자꾸 시선을 빼앗겨 버렸다. 지금의 이치노세를 보고도 아무렇지 않은 남자가 있다면 그는 필시 게이 아니면 양성애자 같은 쪽이리라. 평범한 남자라면 도저히 피할 수

없는 운명이다.

안 된다고 생각하면서도 허벅지와 다리 끝, 그리고 얼굴에서부터 가슴, 또 허벅지로 시선이 마구 돌아다녔다. 그러한 한창 나이의 번뇌를 답답하게 생각하면서도 나는 이치노세의 뒤통수 쪽에 놓여 있는 물건에 시선을 빼앗겼다.

자기 전까지 만졌던 것으로 보이는 이치노세의 휴대폰이었다.

지급된 휴대폰에는 여러 가지 정보가 들어 있다. 그래서 이번 시험에서 중요한 역할을 할 뿐 아니라, 개인의 포인트에 대해서도 정확하고 상세한 내용을 확인할 수 있었다.

물론 확인하려면 개인 ID와 비밀번호가 필요하지만, 매번 로그인하기 귀찮은 사람은 생략하려고 정보들을 단말기에 저장해두는 경우가 많다. 다시 말해, 어쩌면 지금 이치노세의 휴대폰을 훔쳐보면 이치노세의 생활 상황, 포인트 보유량 등을 알아낼 수 있을지도 몰랐다.

예전에 이치노세가 ID와 비밀번호를 생략하려고 정보를 저장하는 모습을 확인한 적 있었다.

상황이 달라지지 않았다면 정보를 얻을 수 있겠지. 나는 느리게 한 걸음 가까이 다가갔다.

"음······."

"아차······."

거리가 좁혀지자 공기의 흐름 혹은 인기척을 느꼈는지 이치노세가 살짝 몸을 뒤척였다. 하지만 곧 일정 리듬으로 새

근거리기 시작했다. 다행히 깨지 않은 것이다. 나는 한 발짝 더 거리를 좁혀 보았다.

"으음······."

도대체 지금 나 뭐하는 거지? 정보를 모으는 데 유효한 수단이겠지만, 누가 봐도 변태 행위를 하는 것 같으리라. 만약 내가 등 쪽에 있을 때 이치노세가 잠에서 깨어나기라도 한다면? 꼭 뭔가 하면 안 될 짓을 했다고 오해하지 않을까? 30분 후가 되면 그룹 시험이 시작되니 좀 일찍 방에 와 있어도 문제는 없다. 그렇다면 당당히 방에서 기다리고 있어야 하는 것 아닐까? 뒤가 켕기는 일을 하지 않았다면 태연하게 있으면 된다. 나는 한 걸음 더 방 안으로 들어왔다.

"으······음······ 음냐음냐."

안 되겠다. 내가 움직일 때마다 이치노세는 각성의 파편을 보이고 있었다. 시험 삼아 그 자리에서 발을 앞뒤로 내디뎌보았다. 이렇게 해서 이치노세가 반응한다면 수면이 얕고 예민한 인물이라고 추측할 수 있다.

이런 사람은 대체로 신경질적인 성격인데······.

스윽, 스으윽······ (오른 발을 앞으로 내디뎠다가 다시 원래 위치로 되돌리는 소리)

······비참하다.

내가 왜 살금살금 도둑고양이 흉내를 내야 하는 거지? 심지어 잠꼬대도 안 하는데.

지금의 내 모습을 누가 본다면 미친 변태라는 네 글자 말고는 아무 것도 떠오르지 않는 상황이리라.

지금 하는 짓이 바보 같다고 생각한 나는 휴대폰을 만지는 것을 포기하고 다시 거리를 벌렸다. 그리고 이치노세와 웬만큼 거리가 떨어진 곳에 앉았다. 여기라면 허벅지 안쪽에 가려진 비밀이 보일 가능성도 없고, 접촉하려고 했다는 의심도 사지 않으리라.

그나저나 상당히 빨리 왔군. 이치노세는 도대체 언제부터 여기 와 있었던 것일까?

회의 시작 시간까지 20분 남았을 때 갑자기 귀여운 음악이 실내에 울렸다. 이치노세의 휴대폰에서 나는 소리였다.

"으음······."

이치노세가 눈을 감은 채 소리가 나는 뒤통수 쪽으로 손을 뻗어 휴대폰을 쥐고는 적당히 화면을 만지작거려서 음악을 껐다. 보아하니 맞춰둔 알람이 울린 모양이다. 이치노세는 아직 졸린 표정으로 상반신을 일으키고는 얼마 후 방 안의 이물질, 그러니까 내 존재를 알아차렸다.

불쾌한 표정이라도 지으면 어떡하나 생각했는데 전혀 걱정할 필요 없었다.

"안녕, 아야노코지. 미안, 알람 소리 때문에 놀랐니?"

"아니, 별로. 푹 잔 모양이네."

"오호호, 미안해. 세상모르고 잠들었었네. 그나저나 꽤

빨리 왔구나? 아직 20분 남았는데?"

"그러는 너야말로 언제부터 와 있었어?"

"1시간쯤 전인가? 조용히 혼자 있고 싶어서. 잠자는 방은 친구들이 드나드니까 소란스럽잖아."

하긴 여기는 낮잠 자기에 최적의 장소다.

"그리고 여러 가지로 생각도 정리하고 싶었고."

자고 일어나 개운하다기보다는 뭔가 번뜩이는 아이디어가 떠오른 듯한 표정이었다.

"성과가 있었어?"

"나름대로?"

그렇게 말하고 자리에서 일어난 이치노세는 굳이 다가와 내 옆자리에 앉았다. 단둘만 있는 실내. 가까워진 거리. 이런 상황이니 긴장감을 숨길 수 없었지만, 내가 당황한 것을 이치노세는 눈치채지 못한 모습이었다.

"시험까지는 아직 시간도 있으니 대화나 좀 나눌까? 네가 싫지만 않다면 말이야."

"별로 그렇지 않아. 이치노세만 좋다면 나도 괜찮아."

"그럼 정한 거다? 사실 아야노코지한테 말이야, 좀 물어보고 싶은 게 있었어. 반 친구한테는 말이야, 칸자키라든가 남자애도 포함해서 모두에게 물어봤는데 다른 반 아이가 어떻게 생각하는지는 물어본 적이 없어서, 살짝 궁금했거든. 아야노코지는 A반에 올라가고 싶은 마음이 커?"

무슨 질문을 하나 했더니, 의외로 평범한 것을 물어보았다.

"그야 물론 그렇지. A반에 올라가고 싶다고 생각해. 아니…… A반을 목표로 하고 싶다기보다 A반을 목표로 할 수밖에 없다는 게 옳은 표현일지도 모르겠네."

"그건 그러니까…… 진학이나 취업이 보장돼서겠지?"

이 학교는 A부터 D반까지 학생을 경쟁하게 하고 있는데, 최대 특권인 진학 혹은 취업 보장 제도는 A반만을 대상으로 한다. 사기처럼 느껴지기도 하겠지만 팸플릿을 꼼꼼히 읽어보면 애매하고 교묘하게 그 내용이 실려 있으니 곤란하다.

"요즘 시대는 진학도 취업도 하늘의 별 따기잖아. 특히 취업 쪽이."

"그렇지, 나도 그렇게 생각해. 그렇지만 제도를 지나치게 믿는 건 위험하지 않을까? 99.9%의 말에는 눈에 보이지 않는 함정이 숨어 있다고 나는 생각해."

물론 학교의 '진학, 취업률 99.9%' 실현에 이치노세가 말하는 함정이 숨어 있겠지. 예컨대 내가 프로 야구 선수가 되고 싶어 한다고 해서 야구 경험이 전혀 없는 나를 어떻게 프로선수로 밀어준다는 것일까. 기껏해야 연줄을 이용해 '육성선수'에 넣어주는 정도가 한계다. 정식 선수가 되어 시합에 나갈 수 있을 리 없다. 대학이나 대학원을 졸업한다고 한들 미래가 약속되는 것도 아니다. 하고 싶은 직업에 종사하는 사람은 극소수에 불과하다. 어느 통계 수치에 따르면 초등학교 여섯 명 중 한 명은 꿈을 이루었다고 한다. 언뜻 들으면 확률이 높은 것 같지만, 이 데이터는 모호하고 기준도

흐릿하다. 프로 야구 선수가 되는 것이 곧 일류 선수가 되는 것은 아니다. 프로 야구단에 소속된 선수는 육성선수까지 포함해 900명 내지는 1,000명 정도 된다. 일군에서 정식 선수가 되어야 비로소 진정한 꿈을 이루는 것이라고 한다면 전체 구단에서 100명 정도 되려나. 겨우 거머쥔 정식 선수 자리도 늘 라이벌과의 경쟁에서 이겨 살아남아야만 한다. 요컨대 꿈에서 또 꿈을 이루는 것은 아주 희박한 확률이 되어 버린다. 어쨌든 진짜 꿈을 이루기란 무척 어려운 법이다. 많은 학생은 태만한 생활을 반복하면서 그저 아무 생각 없이, 막연한 꿈을 이야기하며 한 살 두 살 나이를 먹어간다. 그런 우리가 꿈을 이루려고 생각한다면 좀 더 많은 노력과 운이 필요하다.

"그래도 이 학교의…… 바꿔 말하면 권력이 큰 것은 사실이잖아? 학교의 지원을 받아서 대성한 사람도 많을 거고. 아니면 이치노세는 흥미가 없어?"

"그럴 리가. 나도 당연히 있지, A반으로 졸업해서 이루고 싶은 꿈이."

웃는 얼굴이었지만 그 눈동자에 예사롭지 않은 강한 의지가 담겨져 있는 느낌이 들었다.

"학교의 제도는 고맙지만, A반으로 졸업 못 하면 비참하지. 실력주의 학교인 만큼 실력으로 이기지 못했다는 꼬리표가 달리고 말 테니. 무엇보다도 반 단위로 우열을 정한다는 건 지금 여기에 있는 나와 아야노코지 중에 누군가만 꿈을 실현할 수 있다는 얘기잖아. 아, 둘 다 못 이루는 경우도 있겠지만."

이렇게 친구처럼 서로 의논해도 결국 이기는 것은 한 반뿐. 세 반은 보답 받지 못한다.

"예외적인 방법도 있다고 들었는데?"

"응? 개인이 2000만 포인트를 모을 수 있다는 그거?"

"응. 학교 역사상 달성한 학생은 없는 것 같지만, 그런 울트라 C도 있지."

"응응, 하긴 그래. 그것까지 더하면 우리 두 사람이 A반이 되어 졸업하는 것도 가능하겠네."

"그렇다고는 해도 2000만 포인트를 정말 모을 수 있을지 없을지는 별개의 문제지만 말이야. 시험을 통해 포인트를 잘 모았다고 해도 2000만에는 미칠 수 없게 설정되어 있을 테고."

특별시험만 놓고 보면 활약하기에 따라 꽤 큰 수입을 얻을 수 있을 것처럼 보이지만, 대폭적인 페널티도 얼마든지 받을 수 있다.

"그렇지. 절약하고 또 절약해도 그 절반을 채 모을 수 있는가라는 의문이 남긴 해."

"응. 특히 D반은 재정 상황이 최악이니까. 호리키타가 열심히 노력하고 있지만, 무인도 시험에서 획득한 포인트가 들어오려면 아직 멀었고. 아니, 어쩌면 이 시험으로 그 포인트를 다시 잃을 수도 있지. 이치노세는 절약을 잘 하는 편이야? 포인트를 변통하는 데 고생하는 느낌은 없었는데."

"으음, 글쎄? 다른 애들이 어떤지는 잘 모르니까. 남들만큼은 사용하고, 남들만큼은 저축한다는 느낌? B반이어서 그렇게 많이 가지고 있진 않아."

내가 꺼낸 화제에 대해 이치노세는 극히 자연스러운 톤으로 대답했다. 옆얼굴을 살폈을 때는 뭔가 감춘 기색이 없는데…….

"아야노코지."

"응?"

다음 순간, 이치노세가 갑자기 거리를 확 좁히고 들어왔다. 그리고 내 얼굴을 빤히 들여다보았다.

"역시 봐버린 모양이네, 그때."

빨려 들어갈 듯 아름다운 눈동자가 나를 놓아주지 않았다. 아무래도 내가 생각하는 것 이상으로 이치노세는 영리한 것 같다. 내 목적도 다 알아챘을까.

"……미안. 전에 네가 휴대폰을 만졌을 때, 나도 모르게 화면을 봐버렸어. 그래서 좀 궁금해서 그렇게 물어보는 척 해버린 것 같아."

"오호호, 별로 널 탓하려는 게 아니야. 하긴 좀 포인트가 좀 많긴 했지."

그렇다. 이치노세는 1학기가 종료되기도 전에 거액의 포인트를 소유하고 있었다. 매달 1일에 지급되는 반 포인트를 1포인트도 쓰지 않고 절약했다고 해도 이렇게 모일 수 없을 만큼 말이다.

"하지만… 그건 자세하게 말해줄 수 없어. 미안해."

"당연한 거지. 사과할 일은 아니야."

"물론 그 정보는 아야노코지가 알아낸 거니까 호리키타랑 공유한다고 해도 원망 안 할게. 그저, 직접 봐버린 아야노코지 말고 다른 사람이 추궁해도 그걸 바른대로 대답할 수 있을지는 별개의 문제지만."

"다른 녀석한테는 말 안 했어. 내가 잘못 봤을 가능성도 있으니까. 깊게 캐진 않을 거야."

캐봤자 만족스러운 대답도 못 얻을 것 같으니까.

"그래서 넌 이길 수 있는 길을 찾아낸 거야?"

"으음, 그래. 그 힌트는 얻었다고 할 수 있어."

솔직하게 대답해주지 않을 줄 알았는데, 자신이 있는 건지 이치노세가 약간 여유를 보였다.

역시 이치노세는 시간을 낭비한 것이 아니라 자신의 책략을 믿고 행동했던 모양이다.

"그럼 이번 승부는…… A반과 B반의 싸움이 되겠군."

"그건 뚜껑을 열어보지 않으면 모르지. 내가 노리는 필승법은——."

회의 시간이 임박해지자 그룹 멤버가 속속 모이기 시작했다.

A반 무리가 제일 처음 들어왔는데 특별히 인사도 나누지 않고 자리에 앉았다.

"뭐야, 벌써 왔냐? 아야노코지."

"이치노세 공과 단둘이 수상한 밀회라도 한 것이 아니온
지?"

유키무라가 일방적으로 박사를 싫어하는 것이었는지, 이
러니저러니 해도 둘이 함께 방에 들어왔다.

특별히 조바심내거나 침울해하는 모습은 보이지 않았는
데, 이미 승리를 포기했기 때문인지도 모른다. 반대로 B반
학생들은 어딘지 여유마저 느껴졌다.

"이걸로 시험도 끝이네. 뭔가 힌트는 찾아냈어?"

하마구치가 조용히 마지막 회의의 시작을 기다리는 내게
다정한 목소리로 말을 걸었다.

"솔직히 전혀 모르겠어. 대화다운 대화도 안 했으니까 말
이지."

그렇게 대답한 나였지만, 이미 이 시험 초기에 세워두었
던 작전이 있다.

바로 휴대폰으로 온 학교 문자를 이용해 우대자를 몰래
바꿔치기하는 위장 작전이었다.

용 그룹에서는 쿠시다가 우대자인데, 쿠시다의 휴대폰과
호리키타의 휴대폰을 서로 바꿔치기하면 어떻게 될까? 휴
대폰을 보여주었을 때 모두 호리키타가 우대자라고 착각할
것이다.

그리고 그 사실을 알게 된 배신자가 호리키타의 이름을
보냄으로써 판단 오류를 일으켜 승리를 거머쥔다.

"안녕. 오늘도 잘 부탁해."

짧게 인사한 이치노세는 앉은 자세를 고치고 평소처럼 환한 미소를 지었다.

노린 것은 재빠른 공격. 다른 누군가에게 어떤 책략이 숨어 있을지 모르기 때문이다.

게다가 모두가 집중해버리면 바꿔치기를 실행하기 위한 시간을 확보할 수 없으니까 말이다.

이치노세가 말하기를 기다린 나는 다음 발언으로 이어지기 전에 얼른 끼어들려고 했다.

"저기, 모두 내 말 좀 들어줄래――."

"아, 잠깐 말하고 싶은 게 있는데――."

이상하게도 나와 하마구치가 동시에 말을 꺼냈다.

"아, 미안. 먼저 말해, 아야노코지."

"아니야…… 네가 먼저 말해. 난 나중에 해도 상관없어."

설마 여기서 말할 타이밍을 놓칠 줄이야. 이상한 우연이다. 세워 놓았던 계획에 문제는 없지만, 이런 예기치 못한 문제가 일어나면 효력이 아무래도 불안해진다.

하마구치의 이야기를 먼저 들은 후에 다시 한번 타이밍을 계산해서 말을 꺼내자. 그런 식으로 생각하고 있었는데 하마구치는 의외의 형태로 내 계획을 망가트리고 말았다.

"그럼 사양 안 하고 먼저 말할게. 난 이번 3일 동안 어떻게 해야 결과 1을 만들어낼 수 있을지 줄곧 고민해왔어."

하마구치가 별안간 자신의 생각을 토끼 그룹 모두에게 말하기 시작했다.

게다가 내가 세운 작전과 흡사한 내용이어서 깜짝 놀랐다.

"그래서 한 가지 결론에 도달했어. 그룹 전원이 결과 1을 노릴 수 있는 방법이 있었어."

"정말이야? 하마구치."

포기하고 있던 유키무라 일행의 눈에 희미하지만 희망의 빛이 생겼다.

"응. 바로 이치노세랑 마치다, 여기에 있는 멤버의 이야기를 들었기 때문에 떠올릴 수 있었어."

"믿을 수 없어. 회의로 결과 1이 되는 건 절대 불가능해."

꿈같은 제안에 이의를 제기한 사람은 물론 마치다였다.

"일단 이야기를 들어보자. 하마구치는 즉흥적으로 말하는 애가 아니야."

이치노세가 하마구치를 감싸서 이야기를 꺼내기 좋은 환경을 만들어 주었다.

"지금부터 난 내 휴대폰을 모두에게 공개할 거야. 당연히 거기에는 학교에서 보낸 문자가 있어. 이게 무슨 의미인지는 누구나 이해할 수 있겠지? 문자를 부정하게 조작하는 건 금지되어 있으니까 속일 수가 없어. 그러니 단순한 이야기로 문자만 보여주면 우대자인지 아닌지, 그 진실을 알 수 있는 구조인 거야."

"바보 같은 짓을. 누가 그런 이야기에 동참할 것 같아? 보여준 순간 배신당할 게 뻔한데 문자를 보여줄 녀석은 아무도 없을걸."

누구나 생각은 하지만 불가능하다며 포기했던 작전. 당연히 방관자인 마치다도 어이없어했다.

"물론 배신당할 거라는 걸 아니까 우대자는 휴대폰을 못 보여주지. 하지만 우대자가 아닌 사람은 정체를 알리는 게 하나도 위험하지 않아. 시험도 이제 끝이고, 여기서 행동하지 않으면 이길 수 없잖아. 만약 반 내에서 결탁해서 우대자를 감싸려고 하는 거라면 그 반은 아무도 휴대폰을 안 보여주려고 하겠지. 우대자의 범위를 좁히는 게 가능해져."

"설령 우대자의 정체나 반 소재를 안다고 해도, 누군가 배신하면 끝이야. 이 문제가 해결되지 않아. 아니면 누가 먼저 배신하는지 승부라도 내자는 건가?"

이 전략이면 당연히 우대자를 밝히는 것은 성공할지도 모른다. 하지만 그것뿐이다. 결국 모두 마음이 착한 아이여서 답을 하나로 일치시키는 일 따위는 일어나지 않겠지.

"그럼 잠자코 지켜봐. 마치다 네가 참여 안 하면 그만인 이야기니까."

하마구치는 그렇게 말한 후 주위의 거절하려는 듯한 태도에도 아랑곳하지 않고 자신이 받은 문자를 공개했다.

"하마구치의 의견에 찬성이야. 나도 보여줄게."

뒤이은 사람은 물론 같은 B반의 벳푸.

보아하니 이건 단순히 무모한 행동이 아닌 듯하다. 틀림없이 이치노세의 전략이다.

이상하게도 내가 생각한 계획과 완전히 일치하는 전개다.

하지만 과연 어디까지 생각하고 하는 행동인지는 잘 모르겠다.

다만 순수하게 모두를 믿고 휴대폰을 보여주는 거라면 무모하기만 할 뿐인데…….

"의외로 좋은 작전이라고 생각하는데. 나도 휴대폰을 보여주는 데 저항감은 없어."

이치노세 역시 하마구치의 제안에 동의한다는 미소를 지었다.

흐름에 따르듯 휴대폰을 꺼내려고 치마 오른쪽 주머니에 손을 넣는 이치노세.

"나도 줄곧 고민했는데 하마구치의 말을 듣고 알게 되었어. 그러니까, 지금까지 아무 말 안하고 있긴 했지만……."

그런 의미심장한 말을 중얼거리며 휴대폰을 꺼낸 이치노세.

나는 이치노세가 작전을 실행하기 전에 선수를 치기로 했다.

"진심이구나, 이치노세. 너희가 승부수를 건다면 나도 그 작전에 따를게."

이치노세가 문자를 공개하기 전에 내가 먼저 휴대폰을 내밀었다.

그것은 어느 인물과 바꿔치기한 휴대폰으로 내 것이 아니었다.

"아야노코지…… 그래도 돼?"

"응. 하마구치의 이야기를 듣고 솔직히 그 방법밖에 없겠다고 생각했어. 의논하는 데 서툰 내가 할 수 있는 건 사실을 보여주는 것, 너희가 확인하는 것밖에 없으니까 말이야."

"기다려, 아야노코지. 난 반대라고, 이런 노골적인 작전이 잘 먹힐 리가 없잖앗."

유키무라가 말리려고 했지만 그것을 뿌리치고 문자 내용을 공개했다.

그리고 우대자가 아니라는 사실을 알렸다.

지금 보이지 않는 댐에는 이미 다량의 물이 저장되어 있다. 거기에 1센티미터라도 구멍이 뚫린다면, 언젠가 붕괴되고 탁류가 되어 터져 나갈 것이다. 그 구멍을 뚫기 위한 문자 공개였다.

"응. 역시. 아야노코지도 우대자가 아닌 것 같네."

"나도 찬성해."

누가 뒤를 이을 것인가. 아직 하마구치의 작전을 비웃는 사람이 많은 가운데, 또 한 소녀가 나섰다. 누구도 예상하지 않았던 인물, 이부키 미오였다.

"제정신이야? 우리한테 아무 이익도 없다고!"

당연히 위험을 무릅쓰는 일에 반대 의견을 밝히는 마나베.

하지만 이부키로부터 돌아온 말이 또 실로 이치에 맞는 한 마디였다.

"우대자가 아닌 사람, 우대자가 소속되지 않은 반은 어차피 이대로라면 아무것도 얻지 못하잖아? B반도 그걸 알고

있어. 그래서는 언제까지고 윗반을 쫓아가지 못한다는 걸. 그러니까 휴대폰까지 공개한 거야. 나 역시 같은 생각이야. 단지 그것뿐이야."

"그건——."

"아니면 혹시 네가 우대자인가?"

이부키가 같은 편이어야 할 마나베를 적의가 담긴 강렬한 눈동자로 쳐다보았다.

"아, 아닌데⋯⋯."

"그럼 보여줄 수 있겠네. 휴대폰."

어떤 의미로 협박으로도 들리는 동료의 말에, 체념한 듯 마나베 무리도 휴대폰을 공개했다.

서서히 우대자의 포위망이 좁혀지기 시작했다.

카루이자와도 스트랩이 달린 휴대폰을 꺼내 모두의 앞에 내밀었다.

"아야노코지뿐 아니라 너도? 카루이자와. 이 작전에 동참할 생각인 거야?"

"난 나를 위해 할 뿐이야. 프라이빗 포인트를 갖고 싶으니까."

학교에서 보낸 문자에는 우대자가 아니라고 적혀 있었다. 카루이자와도 아니다.

"⋯⋯으흠, 소인은 어떻게 하면 좋단 말이옵니까?"

"너 스스로 생각해, 소토무라. 이건 강제가 아니라 자주적인 거니까."

"으으…… 힘 앞에 굴복하라는 말이 있지 않소."

다수가 공개한 지금 상황에서는 보여줄 수밖에 없다며 박사도 휴대폰을 공개하려고 했다. 하지만 그런 박사의 행동을 유키무라가 팔을 잡아 말렸다.

"……진짜로 보여주는 게 옳다고 생각하는 거냐?"

"너 아까부터 뭘 자꾸 겁내는 거야? 설마 네가 우대자?"

반대 의지를 강하게 표명하는 유키무라에게 이부키가 꼬집어 말했다.

그 순간 유키무라의 표정이 굳어졌다는 것은 누구라도 알았으리라.

"우왓, 진짜?"

"아니, 유키무라는 우대자가 아니야. 전에 우대자가 아니라고 들었거든."

내가 노골적으로 당황하며 그렇게 감싸고 나섰다. 하지만 일부에서 실소가 터져 나왔다.

"그걸 믿으라고? 쟤가 거짓말하는 건지도 모르잖아."

마나베는 당연하다는 듯 의심의 눈초리를 유키무라에게 던졌다.

하긴 여기서 우대자라는 것을 계속 부정하기만 하면 그저 무의미하게 의심만 깊어질 뿐이다. 그런 건 잘 알고 있다. 하지만 움직일 수 없었다.

왜냐하면 유키무라는——.

"결론을 내기는 아직 일러. 유키무라도 생각이 있을 테니까."

일련의 상황을 지켜보던 이치노세가 다시 왼쪽 주머니에서 휴대폰을 꺼냈다.

"흐름상 좀 늦어졌는데, 나도 휴대폰을 공개할게."

그렇게 말하고 자신도 우대자가 아니라는 실을 밝혔다.

"기다려, 이치노세. 아까 네가 했던 말 말인데. 지금까지 아무 말 안 하고 있었다는 게 무슨 뜻이지?"

마치다가 그 부분을 잊지 않고 꼼꼼히 지적했다.

"그건 그저 나 역시 줄곧 같은 생각을 해왔다는 말을 하고 싶었던 것뿐인데?"

"……그런 거야?"

"그런 거냐고 하지만, 일단 B반에서는 위원장을 맡고 있으니까 말이야. 하마구치한테 선수를 빼앗겨서 좀 분했을 뿐."

어쨌든 이걸로 A반과 유키무라를 제외한 모두가 우대자가 아니라는 사실이 드러났다.

"…………."

유키무라의 긴 침묵의 의미를 모를 만큼 여기에 있는 학생들은 둔감하지 않았다.

그리고 A반의 마치다 일행도 어느새 몸을 앞으로 쭉 내밀고 유키무라를 살피고 있었다.

"……알았어. 보여줄게. 보여주면 되잖아."

계속해서 모두의 원망을 살 수는 없다며 유키무라가 한

풀 꺾여 휴대폰을 손에 들었다.

"하지만 그 전에 한 가지 약속해줬으면 해……."

"약속? 무슨 약속을 말하는 거지? 유키무라."

"배신하지 않겠다는 약속. 이 자리에 있는 그 누구도, 특히 A반은 휴대폰을 꺼내서 눈앞에 내려놔. 아니, 모두 다. 모두가 보이는 위치에 휴대폰을 둬."

A반을 대표하는 마치다에게 말했지만, 마치다는 콧방귀를 끼며 당연한 말을 내뱉었다.

"의미를 모르겠군. 뭐하자는 거야?"

"그대로의 의미야. 그 이상도 그 이하도 아니야."

"뭐, 좋아. 앞에 두는 것쯤이야."

거리를 두고 앉은 A반은 전원이 여유롭게 휴대폰을 테이블 위에 올렸다.

그것을 확인한 후, 유키무라는 어두운 표정으로 손을 움직였다.

주머니에서 휴대폰을 꺼내 화면을 껐다.

그리고 여섯 자리 비밀번호를 입력해 잠금 해제.

학교에서 보낸 문자를 열기 직전까지 갔다.

"……거짓말해서 미안해, 아야노코지……."

그렇게 사과한 유키무라는 학교에서 보낸 문자를 공개했다.

거기에 적혀 있는 문장을 보고 깜짝 놀란 것은 D반 멤버들이었으리라.

"내가 우대자야……."

모두와는 다른 문장이 적힌 문자.

"아니…… 유, 유키무라가 우대자였단 말이오……?!"

믿을 수 없다며 박사가 경악에 찬 눈으로 쳐다보았다. 이 상황은 다시 말해, D반에 들어왔어야 할 50만 포인트를 잃고 말았다는 것이다.

하지만 이 유키무라가 바로 나와 뒤에서 몰래 휴대폰을 교환한 인물이다.

"이렇게 될 줄 알았으면 처음부터 말할 걸 그랬어……."

카루이자와도 진심으로 놀랐는지 동요한 표정이 역력했다.

유키무라가 우대자일 리 없다, 그런 식으로 생각했던 두 사람이었으니 무리도 아니다.

마치다는 자리에서 일어나 유키무라의 휴대폰을 잡아먹을 듯이 들여다보았다.

"문자는 진짜가 확실하군. 개인 문자도 전부 유키무라한테 온 거니 틀림없는 것 같아."

마치다는 허락도 받지 않고 유키무라의 개인 문자까지 확인해 진상을 확인했다.

의심하는 마치다에게 이치노세가 이 상황에 대해 냉정하게 말했다.

"가짜일 리 없어. 학교 측에서 규칙을 설명했잖아? 시험 내용에 관해 학교에서 보낸 문자는 복사와 전달이 금지되어 있어. 학교 주소로 온 이상, 가짜 문장을 만들었을 가능성도 제로야."

그렇다, 이 시험에서는 가짜 정보를 만드는 것이 처음부터 강하게 금지되어 있었다.

어길 시 퇴학이라는 처벌이 기다리고 있는 이상 남들 앞에서 드러내는 것은 전부 진실일 수밖에 없다.

만약 이 순간을 거짓말로 모면했다고 해도, 시험 후에 문제가 되면 어차피 똑같다.

"그렇다는 말은 유키무라로 확정이란 거네."

마나베가 고개를 끄덕였다. 여기서 중요했던 것은 유키무라의 문자가 공개되기까지의 과정이다. 휴대폰을 가진 인물이 그 휴대폰의 주인이다……라고는 단정할 수 없다. 즉 본인의 것인지 아닌지 판단하는 것은 의외로 어렵다. 특히 시험으로 예민해진 학생들이라면 어쩌면 휴대폰을 바꿔치기 했을지도 모른다고 추측해도 이상하지 않다. 하지만 눈앞에서 여섯 자리 비밀번호를 입력해 잠금을 풀면 이야기는 달라지리라. 남의 휴대폰 비밀번호를 알 리 없으니까. 무의식중에 본인의 휴대폰이라고 인식시킬 수 있다. 이는 이론이 아니라 오랜 기간에 걸쳐 심어진 선입견이다.

"미안해, 유키무라……. 내가 거의 다 와서 이런 방법을 떠올린 바람에……."

"아니야, 차라리 이게 다행인지도 몰라. 난 어떻게든 끝까지 거짓말로 일관하려고 했는데 그게 잘못이었어. 아야노코지, 소토무라, 카루이자와한테도 이 편이 낫다고 생각해…….”

그렇게 말하면 자신만 안전하게 포인트를 얻으려고 한 인물로 부상하게 된다.

“……이렇게 해서 다들 우대자가 나라는 걸 알았으니까 정답이 나왔겠네.”

그렇다, 전원이 클리어하면 이 그룹은 50만 포인트를 얻을 수 있다.

달성 불가능하다고 여겼던 결과 1로 이어질지도 모른다.

이치노세는 고개를 한 번 끄덕이고는 그 어느 때보다도 강하게 A반에게 요청했다.

“부탁이야. 유키무라의 용기가 헛수고로 끝나지 않도록 도와줘. 배신하지 말아줬으면 좋겠어.”

“우리는 원래부터 카츠라기의 지시에 따라 움직이고 있어. 우리 마음대로 그러지 않아.”

그렇게 대답하긴 했지만, 시험 종류 후에는 반드시 해산해야만 한다. 시험 종료 후 비는 30분 동안, 같은 반도 아니고 다른 반 학생을 신뢰해야만 하는 것이다.

“믿고 싶어…… 아니, 모두를 믿을게…….”

그렇게 부탁하는 유키무라. 그것을 그대로 받아들여 주는 각각의 반 아이들.

며칠 동안 같은 시간을 보낸 학생들 사이에 조금이나마 우정이 싹튼 것일까.

유키무라의 마음을 헤아리고 모두 함께 승리를 나누어가질까.

아니, 그럴 일은 절대 없다.

여기서 틀림없이 누군가가 배신할 것이다.

——그리고 휴대폰을 바꿔치기한 우리 D반의 승리가 확정된다.

그렇게 유키무라는 확신했겠지. 웃음을 간신히 참았을 것이다.

하지만 기쁨도 잠시, 유키무라가 손에 쥐고 있던 휴대폰이 울리기 시작했다.

그 누구보다도 간담이 서늘해진 사람은 유키무라였다.

그는 당황하며 테이블에서 휴대폰을 거둬들이려다가 그만 손에서 떨어뜨리고 말았다.

우연히도 화면이 위로 된 채 우리 쪽으로 떨어졌다.

매너모드로 된 그것은 테이블 위에서 가늘게 떨렸다.

발신인의 이름은—— '이치노세'.

그 이름의 주인은 눈앞에서 휴대폰을 귀에 대고 진지한 눈빛으로 유키무라 그리고 나를 쳐다보았다.

"무슨 짓이야, 이치노세. 이런 순간에 유키무라한테 전화를 왜 걸어?"

마치다가 이상하다는 표정으로 이치노세를 쳐다보았다.

나와 유키무라 말고는 이해하지 못 할 상황을 만든 이치노세가 조용히 전화를 끊었다.

"학교는 『문자 내용이 수정 및 복사는 금지』라고 말했지. 그래서 우리가 본 문자는 백 퍼센트 진짜야. 그건 틀림없어. 하지만 휴대폰 자체를 수정하는 건 금지사항이 아니야. 그게 무슨 뜻인지 알겠니?"

이치노세가 휴대폰을 들고는 유키무라가 아닌 나에게 내밀었다.

"이 우대자라고 적힌 휴대폰의 진짜 주인은 아야노코지, 너 맞지? 지금 내가 전화를 건 상대는 아야노코지였지 유키무라가 아니었거든."

예전에 나는 이치노세와 연락처를 주고받았었다.

그래서 이 녀석은 내 전화번호를 알고 있었다.

아니, 설령 몰랐다고 하더라도 세밀하게 조사했을 수도 있다.

"하, 하지만 이상하잖아? 유키무라는 눈앞에서 비밀번호를 눌렀어. 게다가 개인 문자랑 이력도 다 확인해봤는데."

"그건 페이크. 비밀번호야 아야노코지한테 미리 물어두면 간단히 알 수 있어. 게다가 발신 이력이랑 문자. 어플도 좀 수고스럽지만 바꿔치기하면 가능하지."

그 말을 들은 마치다는 혈색을 바꾸고 내게 내밀어진 휴대폰을 낚아챘다.

"그리고 사람이란 그리 간단히 거짓말을 할 수 없어. 특히 목표가 코앞까지 다가온 최후의 순간에는 방심, 긴장, 틈이 생기기 마련이지. 유키무라는 거짓말을 했기 때문에 동작이라든가 태도가 어딘지 평소와 달리 수상쩍게 보였는걸."

이치노세는 우리의 위장술을 제대로 간파했다.

이미 유키무라는 얼굴이 창백해지며 이야기를 듣고 있었다. 아니, 듣고 있는 건지도 의심스럽다.

"우리도 생각해본 적 있었거든. 우대자가 우리 반에서 나오면 휴대폰을 바꿔치기하는 것도 한 가지 방법이겠다면서. 비밀번호로 본인이라고 확인시키는 것까지 말이야."

아무래도 내 작전을 이치노세도 똑같이 떠올렸던 모양이다.

"하지만 이 작전에는 결정적인 약점이 있어. 바로 전화번호야. 이력, 어플까지 바꾸는 건 생각했겠지만 전화번호는 어떻게 못 하거든. 나랑 하마구치가 서로 SIM카드를 바꿔 넣어봤지만, 이 휴대폰의 SIM카드는 단말기 통째로 잠금이 되어 있어서 두 대에 사용할 수 없게 되어 있었어. 즉 바꾸면 통화가 불가능하지. 누가 어떻게 휴대폰을 바꾼다고 해도 전화가 울리면 주인이 누군지 알 수 있다는 거야. 그렇지 않았다면 우리도 휴대폰을 서로 보여주는 계획을 주장하지 않았을 거야."

다시 말해서 이치노세는 거짓을 꿰뚫어보는 사전 준비를 했기 때문에 이렇게 강력한 방법을 투입한 것이다.

하마구치가 말을 꺼낸 것도 당연히 계획적이었으리라.

나와 유키무라가 휴대폰을 바꿔치기했다는 틀림없는 사실이 드러나는 순간이었다.

"휴대폰을 바꿨다는 것, 어플이랑 이력을 고쳤다는 것. 거기까지는 완벽했어. 하지만 SIM카드의 단말 잠금을 이용해서 확인당하는 것까지는 예상하지 못했던 거니?"

후우 하고 이치노세가 숨을 토했다. 정확히 1시간이 끝나기 5분 전을 알리는 방송이 흘러나왔다.

5분 이내에 그룹을 해산하고 자기 방으로 돌아가라고 명령했다.

"젠장!"

유키무라의 외침은 진심이었다. 거짓이 아닌 진실이다.

"아쉽네, 유키무라. 의외로 수준 이상이었는데 말이지."

마치다 일행이 히죽거리며 모든 것이 들켜버린 유키무라를 모욕하듯 말했다.

그 작전에 가담한 것으로 보이는 내게도 시선을 툭 던졌다.

아직 동요를 감추지 못하는 유키무라와 D반. 그리고 깜짝 놀란 C반과 A반.

여러 가지로 대화를 더 나누고 싶었지만 규칙상 대화를 계속 이어나가는 것은 허락되지 않았다.

"어쨌든 이걸로 우대자가 아야노코지라는 건 확정되었어. 마치다, 모두 배신하지 말고 결과 1로 승리를 나눈다고 약속해."

"아아, 물론이지. 믿어줘, 그럼 간다."

마치다는 A반의 다른 아이들을 거느리고 누구보다도 빠른 걸음으로 방을 빠져나갔다.

"믿는 자는 구원받는다잖아. 우리는 절대 배신자가 안 될 거니까. 그리고 C반 애들한테도 부탁 좀 할게. 30분만 참으면 돼."

마나베 무리는 슬며시 고개를 끄덕인 다음 퇴실했다.

유키무라는 내가 가지고 있던 휴대폰을 쥔 채 고개를 푹 숙이고 이렇게 말했다.

"작전에 넘어간 내 잘못이야. 최악이다."

퇴실자가 속속 이어지고 순식간에 나와 이치노세만 남겨졌다.

"남은 건 모두를 믿는 것뿐이네."

"응, 그러네."

"아야노코지는 상당히 침착하구나. 불안하지 않아?"

"불안이고 뭐고…… 믿는 것 말고는 할 수 있는 게 없으니까. 난 방으로 돌아갈게."

더 이상 여기에 남아봤자 얻을 게 없다.

"잠깐만."

이치노세가 내 어깨에 손을 얹어 불러 세웠다.

그 순간…… 둘만의 공간이 긴장된 분위기에 점점 휩싸이기 시작하는 것을 느꼈다.

"이 휴대폰 바꿔치기 작전, 누가 생각한 거야?"

"당연히 호리키타지 누구겠어?"

"그래. 그럼 호리키타한테 내 말 좀 전해줄래? 작전은 대성공했다고."

"대성공? 대실패를 잘못 말한 것 아니야? 참패도 이런 참패가 없는데. 이치노세가 다 꿰뚫어봤잖아."

"오호호호. 똑같은 작전을 생각해낸 건 예상 밖이었달까."

"미안, 속이는 짓을 해서. 일단 힘을 합치기로 해놓고. 화났어?"

"설마. 나도 내 마음대로 작전을 결행해버렸으니, 피차일반이야."

"그렇게 말해주면 호리키타도 안심하겠군."

그렇게 대답한 나는 휴대폰을 쥐고 방을 나가려고 했다.

"아, 잠깐 잠깐. 아직 중요한 이야기가 남았어."

"중요한 이야기?"

"정말, 의외로 고약한 면이 있네, 아야노코지는. 물론 휴대폰의 SIM카드는 단말기 통째로 잠금되어 있어. 하지만 그 잠금을 해제할 방법이 있어…… 그렇지? 호시노미야 선생님한테 확인해보니까 포인트를 지불하면 곧바로 잠금이 풀리게 되어 있다고 말하셨는걸."

찌릿, 하고 뒤통수에 미세하게 전기가 흐르는 느낌이 들었다.

"가짜 대답 뒤에 나온 답을 사람들은 흔히 진실이라고 착각해버리곤 하지. 비밀번호를 해제하는 행동까지 보였던 유키무라는 우대자가 아니었다. 그런 거짓말이 드러난 순간 아야노코지가 우대자였다는 사실이 고개를 내미는 거야. 그리고 결정적으로 SIM카드. 그럼 이제 모두 아야노코지 말고는 눈에 들어오지 않아. 그거야말로 덫인데 말이야. 난 바꿔치기 작전은 미완성이었다고 말했지만, 사실 거짓말이었어. 이 바꿔치기 작전, 상당히 효과적인걸. 다만 『두 개 이상』의 덫을 놓아야 할 필요는 있지만 말이야. 이 방법을 쓰면 진실은 어둠 속으로 사라지지. 누가 진짜 우대자인지 백 파악해낼 방법은 없어."

이치노세는 내 작전, 그 뒤의 뒤까지 다 보고 있었다.

유키무라에게도 감추었던 진정한 진실을 알아차렸다. 먼저 대전제로 나는 '우대자'가 아니다. 하지만 유키무라에게는 우대자로 접근했다. 그 결정적인 증거로 '우대자'의 휴대폰을 이용해서 접촉했던 것이다. 그 핸드폰의 진짜 주인은 카루이자와. 그녀는 우대자라는 신분을 성공적으로 숨겼지만, 히라타에게만은 은밀히 그 사실을 알렸다. 히라타도 같은 그룹인 나와 유키무라에게 처음에는 그 사실을 말하지 않았다. 그래서 우대자에 대해 이야기했을 때 모르는 척했다. 하지만 카루이자와와 히라타의 과거를 듣게 되었을 때, 히라타는 카루이자와가 우대자라는 것을 알려주었다. 그리고 나는 마나베를 이용해 카루이자와를 괴롭히게 만든 후,

상황을 이용해서 휴대폰을 바꾸게 만들었다. 물론 유키무라와 똑같이 이력과 문자 등도 포함해서. 그때 당연히 'SIM 잠금'을 포인트로 해제해두었다. 이 행위에는 위법성도 없고 대리점에 가면 무료로 해주기도 한다. 이곳은 배 위이긴 하지만, 휴대폰을 이용한 시험인 이상 고장 났을 때에 대비해 수리와 대체품 등 최소한의 필요한 준비가 되어 있다고 확신했다. 그래서 카루이자와의 휴대폰을 쓰면서 내 전화번호로 조작하는 것이 가능했다. 그런 다음 그 휴대폰과 유키무라의 휴대폰을 또 교환했다. 물론 '내 휴대폰'이라고 말해서 유키무라는 철석같이 그렇게 믿었다. 위장인 것을 들키면 동요하고 불안해진다. 그것이 진실이 된다.

단순한 인간이라면 순순히 나와 유키무라의 휴대폰 바꿔치기를 깨닫지 못한 채 끝날 것이고, 예리한 인간에게 지적을 받으면 원래 휴대폰의 주인인 내가 우대자라고 판단하게 된다. 하지만 거기까지다. 진짜 우대자가 카루이자와라는 정답에는 도달할 수 없다.

이것이 내가 생각한 휴대폰 바꿔치기 계획.

"만약 D반에 우대자가 없었으면 어떻게 했을 거야?"

"너랑 똑같이. 반에서 우대자라고 판명난 사람의 휴대폰을 빌리고 우대자를 증명하는 휴대폰을 또 한 대 준비해서 가지고 있을 거야. 그리고 우대자라고 나서는 거지."

그때 진짜 우대자가 당황하거나 거짓말을 지적하고 나선다면 유도 작전이 성공하는 거고, 단순히 이치노세를 우대자라고 믿으면 배신자의 실수로 시험이 끝난다. 후자의 경우 B반에 포인트가 들어오지는 않지만, 결과적으로 어느 반과의 차이를 좁히거나 더 벌릴 수 있으니까 말이다.

"들켜버렸나?"

이치노세는 양쪽 주머니에서 휴대폰을 한 대씩 꺼냈다. 한쪽은 어느 그룹에 속한 B반 우대자의 휴대폰, 또 다른 쪽은 우대자가 아닌 자신의 휴대폰이겠지.

"참고로 이건 내 예상인데. 오늘 나눈 대화의 흐름으로 보면——."

이치노세는 자신의 휴대폰에 짧은 메시지를 써넣었다.

"우대자의 정체는, 카루이자와. 라거나?"

그렇게 말하며 화면에 카루이자와의 이름을 입력해 내게 보였다.

그것은 학교 앞으로 보내는 배신 문자.

하지만 그 직후, 나와 이치노세의 휴대폰이 동시에 울렸다.

'토끼 그룹의 시험이 종료되었습니다. 결과 발표를 기다려 주십시오.'

"아아, 역시 누가 배신해버렸나? A반이나 C반 중 하나겠지."

"왜 카루이자와라고 생각했지?"

"유키무라랑 똑같은 이유. 평소랑 달랐거든. 원래는 신경도 쓰지 않는 아야노코지를 몇 번이나 시선으로 쫓기도 하고 필요 이상으로 표정이 굳어지기도 하고. 다만 그래도 카루이자와가 우대자가 아닐 가능성도 있으니 이랬든 저랬든 문자는 못 보냈겠지만 말이야."

보아 하니 내가 세운 작전, 그 모든 것을 이치노세는 간파했던 모양이다.

"아까 왜 그 사실을 말하지 않았어? 적어도 거짓말은 밝혔을 텐데."

이치노세가 웃었다. 그 웃음은 지금까지 본 적 없을 정도로 심연한 것이었다.

"그야 뻔하잖아? A나 C, 둘 중에 어느 한 반이 틀려도 우리한테는 플러스니까. 난 처음부터 모두 함께 클리어하는 결과 1도, 그리고 배신행위인 결과 3도 할 생각이 전혀 없었어. 우대자가 B반에 있지 않다는 걸 알게 된 시점에서, 어느 반이 배신하는 것밖에 생각하지 않았거든. 아마 A반이 배신했을 것 같지만 말이야."

"마치다인가?"

"아니 아니, 모리시게야. 그는 사카야나기 파니까. 카츠라기 파의 말을 따르고 싶지 않을 테고. 배신해서 포인트를 얻는 쪽이 더 이득이라고 생각할 것 같지 않아?"

대담하게 웃으며 이치노세가 내게서 등을 돌렸다.

"의외로 아야노코지도 대단하네. 지금 나랑 나눈 대화는 즉흥적인 거였지?"

"호리키타를 칭찬해줘. 그 녀석이 여러 가지 가정을 나한테 들려준 거니까."

아무래도 이치노세 호나미의 평가를 다시 내려야 할 것

같군.

철저하게 위험을 회피한 다음에 이길 전략을 짰다. 불평할 여지가 없다.

"그럼 난 이만 갈게. 금지사항에 걸리면 곤란하니까."

이치노세가 그렇게 말했을 때 우리의 휴대폰이 일제히 독특한 소리를 연주했다.

그것도 한 번 혹은 두 번이 아니었다. 총 네 번이나 되는 수신음이 짧은 시간에 울렸던 것이다.

"이게 뭐지……?"

휴대폰을 연 이치노세가 소스라치게 놀라며 조용히 그 화면을 내게 기울여 보였다.

3

깜깜한 밤바다에 떠 있는 배는 어딘지 쓸쓸한 모습이었다.

하지만 오후 1시가 가까워져 오면서 점점 인기척이 늘어났다. 정적에 휩싸여 있던 카페는 어느새 시끌벅적해졌고 빈 자리가 하나둘 사라져갔다.

일찌감치 4인석을 확보한 내게 한 소녀가 다가왔다.

"……나 왔어."

조심스럽게 말을 건 사람은 카루이자와 케이. 그녀의 표정은 지금까지와 사뭇 달라 보였다.

"늦은 시간에 불러내서 미안."

"아니야, 괜찮아…….."

특별히 대화를 나눌 필요는 없다고 생각해 아무 말 없이 담흑색으로 물든 바다를 바라보다가 카루이자와가 내 눈치를 살피는 것 같아 쳐다보았다.

"아, 저기…… 정말로, 성공했을까 싶어서."

"괜찮아. 틀림없이 A반 애가 내 이름을 써서 문자를 보냈을 거야."

내가 손 써 둔 보험은 카루이자와와 유키무라의 휴대폰을 바꾼 것 이외에도 한 가지 더 있었다. 멋지게 상승효과로 작용하도록 손써두었으니 걱정할 필요는 없다.

"어째서 그렇게 확신해?"

"나한테 넘긴 종이에 의미가 있었지? 아야노코지."

뒤에서 접근한 존재에 카루이자와가 깜짝 놀라 어깨를 움찔했다. 그럴 수밖에 없다. 카루이자와가 지난번에 헤어지겠다며 화내고 말았던 히라타였으니까.

"시험 수고 많았어, 두 사람 모두. 여기 앉아도 될까?"

"물론이지."

카루이자와는 어딘지 마음이 불편한 듯 시선을 깔았지만 거절하려는 자세는 보이지 않았다.

밤 10시 55분. 이제 5분 뒤면 학생들에게 일제히 문자가 올 것이다.

"슬슬 시간 다 됐네. 호리키타는 아직인가? 연락해보는 게 좋을 것 같은데."

"그 녀석은 의외로 아슬아슬하게 오는 면이 있어서. 앞으로 4분은 더 기다려야 할걸?"

"아, 온 것 같다."

호리키타가 아무래도 이번만큼은 내 생각보다 빨리 도착한 듯하다.

"하아…… 눈앞에 이렇게 모여 있는 모습을 보니 한숨이 절로 나오네."

"드디어 왔군. 그런데 네 뒤에는 뭐야?"

"신경 쓰면 지는 거야. 등 뒤에 달라붙은 귀신같은 거라고 생각하고 있으니까 무시해."

"그건 아니지, 호리키타. 시험 중에는 예민하겠다 싶어서 일부러 조심해서 말 안 걸었다고."

요 며칠 동안 얼굴이 보이지 않았던 스도 켄이 호리키타에게 찰싹 달라붙듯 옆에 서 있었다.

"방해되니까 사라져."

"그, 그렇게 말하지 마. 나 나름대로 최선을 다해 시험에 도전했으니까."

"그럼 성과를 남겼다는 자신이 있니?"

"……앞으로 한 걸음만 더 갔으면 됐는데 말이지. 누가 간발의 차이로 먼저 문자를 보낸 것 같아서."

그런 꾸밈없는 변명을 듣고 호리키타는 상대하기를 포기한 듯 비어 있는 나머지 한 자리에 앉았다. 스도는 당황하며 옆 테이블의 의자를 확보하려고 했다.

"너는 방해돼."

"딱히 괜찮잖아, 듣는 것 정도는. 아, 나만 따돌리지 마."

별로 보기 힘든 조합에 이상하게 생각하면서도 스도는 이야기에 귀를 기울일 모양이었다.

"그것보다도 아까 잇따라 온 문자 말인데⋯⋯."

"응, 나도 그게 마음에 걸려."

지금부터 2시간 전으로 거슬러 올라가, 이치노세와 헤어질 때 일어난 사건 이야기였다.

네 통의 문자가 거의 동시에 왔다. 그 내용은 시험 종료를 알리는 소리.

쥐, 말, 닭, 원숭이 그룹의 시험이 배신자의 등장으로 종료되었다.

"말 그룹은 미나미가 우대자였어."

"응. 다시 말해서 정체를 간파 당했을 가능성이 있다는 거야."

"다른 그룹도, 우리 반에서 누군가가 문자를 보냈을 수도 있지 않을까?"

호리키타의 불안. 만약 우대자를 잘못 짚으면 받게 될 타격이 상당히 크리라.

"그 점이 걱정돼서 아까까지 각 그룹에 연락을 취했어. 남자애들 중에 배신자가 되어 문자를 보냈다는 이야기는 없었어."

거짓말 하는 게 아니라는 대전제는 있지만, 어느 정도 믿어도 좋으리라.

"야마우치는 괜찮았을까?"

나는 어쩌면 승부수를 낼지도 모른다고 짐작한 남자에 대해 물어보았다.

"아, 으음, 그건 걱정 마. 야마우치는 닭 그룹이었는데, 문자를 보내려고 하는 것 같긴 했지만 시간이 아슬아슬할 때까지 고민만 하다가 시험이 먼저 끝나버렸거든."

"어느 반에 누군지는 몰라도, 먼저 배신해주다니 나이스 플레이네."

야마우치가 보냈다면 십중팔구 틀렸을 거라고 호리키타는 예상했다. 아마 그 예상이 맞을 것이다. 시험 종료 때까지도 보내지 못하고 망설였다는 시점에서 이미 승부수를 내기란 글렀다.

"하지만 여자 쪽은 잘 모르겠어."

"그건 내가 확인했어. 아무도 안 보냈대."

카루이자와가 망설임 없이 또렷한 목소리로 대답했다.

D반 여자애들을 총괄하는 만큼 필요한 정보는 히라타와 마찬가지로 금방 모였다.

"……그렇구나."

이러한 정보 전달, 활동 부분에서는 어쩔 도리가 없는 호리키타는 그대로 받아들일 수밖에 없었다.

"그나저나 이번 시험, 소수로 불러서 설명한 건 결국 무엇 때문이었을까?"

히라타는 그 의문이 아직 풀리지 않았는지 이상하다는 듯 중얼거렸다.

"이 시험은 『씽킹』, 생각하는 시험이잖아. 꼭 모든 의문에 답이 있다고 말할 수는 없⋯⋯는 게 아닐까?"

의미 없는 허세를 간파했으니 그렇게 받아들이는 것이 자연스러울지도 모르겠군.

몇 가지 의문 속에 진실이 숨어 있다.

"그보다 더 신경 쓰이는 건 문자 네 개가 거의 동시에 왔다는 거야. 배신할 수 있는 최후의 시간이 30분밖에 없었다고는 해도 1, 2초 사이에 집중되는 게 흔한 일이니?"

"단순한 우연 아닐까?"

이야기를 듣고 있던 스도가 보기에 이 현상은 우연 같겠지만.

"코엔지가 배신 문자를 보냈을 때 학교 측의 연락은 거의 시차가 없었어. 자동으로 보내나 싶을 정도로 빨랐던 걸 생각하면⋯⋯."

"미리 짜고 동시에 보냈을 가능성이 높아. 그러니까 한 반이 일으킨 배신일지도 모르겠어."

그 말이 맞다. 나 역시 그 타이밍에 네 통이 온 것은 그런 이유밖에 없다고 생각했었다.

"자기들이 보냈다고 과시하기 위해 타이밍을 일부러 맞춘 건지도 모르지."

"응. 그것 말고는 생각할 수 없어. 그리고 그런 짓을 할 인물은 딱 한 사람 뿐……."

호리키타와 히라타의 자연스러운 패스.

내가 나서서 쓸데없는 말을 하지 않아도 이어지니 고마운 부분이다.

우리가 몇 번이나 썼던 이 카페에서 모인 데에는 다 의미가 있다.

"역시 여기에 있었나?"

여섯 번째 방문자가 되는 그 남자를 유인하기 위해서이기도 했다.

"류엔……!"

존재를 알아차린 스도가 위협하듯 일어섰지만 류엔은 그를 거들떠보지도 않고 빈 의자를 집어 강제로 호리키타 옆에 의자를 쑤셔 넣어 앉았다.

"너랑 함께 결과를 즐기고 싶어서 말이지. 찾기 쉬운 곳에 있어 줘서 편했다."

"그래. 머리 나쁜 네가 알 수 있도록 일부러 여길 골랐어. 감사히 생각해."

"그나저나 스즈네. 너답지 않게 꽤 많은 애들이랑 같이 있군. 무슨 심경의 변화지?"

테이블에 둘러앉은 네 사람(스도는 계산 밖이지만)을 본 류엔이 중얼거렸다.

"네가 집요하게 따라다녀서 곤란하다고 고민 상담 받던 중이야."

"호리키타를 따라다니지 마!"

"스도, 넌 입 다물고 있어 줄래?"

"……으응……."

속공으로 호리키타의 저지를 받은 스도는 얌전히 의자에 다시 앉았다. 의외로 순순히 따른다.

"친구다운 친구는 없다고 생각했는데 말이지. 뭐, 아무튼 상관없어."

이게 바로 내가 류엔에게 뻗은 한 가지 방어책이다. 호리키타와 접촉하는 사람을 늘려서 눈속임하는 작전이다. 당연히 감시하는 눈이 그만큼 더 필요해지고 소홀해진다.

"이제 곧 결과가 발표되는데 느낌은 좀 왔나?"

"나름대로. 너도 꽤나 여유로워 보이네."

"크큭. 그렇지 않으면 굳이 여기로 나오지 않았겠지. 마침 저번과 같은 녀석도 보이는군."

"그래, 맞다. 저번 결과 발표 때는 잘났다는 듯이 있었던 주제에 결과가 참 바보 같았지?"

생각났다는 듯 스도가 손가락질 하며 비웃었다.

그에 동조하듯 호리키타도 살짝 애매함을 담아 류엔을 내려다보듯 쳐다보았다.

"그만둬라, 스즈네. 지금 쓸데없는 짓을 하면 창피해지는 건 너거든? 난 그룹의 우대자가 누구인지 다 알고 있었으니까."

그 거짓인지 진실인지 모를 말을 듣고도 호리키타는 눈

하나 꿈쩍하지 않았다.

류엔에게 지지 않았다는 확신이 있어서다.

"그거 좋겠네. 결과가 기대되는구나."

"결과까지 기다리지 않아도 용 그룹의 우대자가 누군지 알려줄 수 있는데?"

"미안하지만 패배자가 짖는 소리로밖에 안 들려. 이미 시험은 종료되었고 우리 용 그룹에서는 배신자가 나오지 않았어. 그게 의미하는 건 하나야."

류엔은 쿠시다가 우대자라는 것을 알아내지 못한 채 시험을 끝냈다.

그것은 틀림없는 사실이었다.

"내 깊은 자비심을 알게 되면 감격에 겨워 허벅지 사이가 젖을지도 몰라."

상스러운 말을 쓰며 류엔은 재미있다는 듯 낄낄거렸다.

"……그럼 알려줄래? 용 그룹의 우대자가 누구였는지?"

그 말을 기다리기라도 했다는 듯 류엔은 웃는 얼굴을 손으로 가렸다. 그 틈으로 보이는 눈빛은 마치 짐승 같았다. 사냥감의 목덜미를 물기 위해 기다리고 있는 것 같았다.

"쿠시다 키쿄."

"뭐……?"

지금까지 류엔의 그 어떤 말에도 반응을 보이지 않았던 호리키타가 작은 목소리와 함께 그대로 굳어버렸다.

절대 모를 거라고 자신했는데 예기치 못한 정답.

같은 용 그룹이었던 히라타도 동요했다.

　"미안하지만 난 이튿날 이미 알아차렸어. 쿠시다가 우대 자라는 걸 말이야."

　"농담, 이지……? 그럼 넌 배신자로 시험을 종료시켰을 게 분명해. 하지만 결과적으로 시험은 도중에 끝나지 않았어. 즉, 시험이 끝난 후에 무슨 방법을 써서 깨달았다고밖에 생각할 수 없어. 아니야?"

　"우대자의 존재를 들키지 않았다고 생각하고 필사적으로 만든 이야기를 늘어놓는 네 모습, 승리를 확신한 네 여유작작한 태도가, 구석구석 핥아주고 싶을 만큼 귀여웠기 때문이지. 그만 나도 모르게 끝까지 끌고 와버린 거다."

　"어떻게 알아차렸지?"

　류엔의 말에 히라타 역시 공포와 흥미를 동시에 느끼고 그렇게 묻고 말았다. 그만큼 쿠시다의 존재를 끝까지 밝히지 않은 자신감과 배신행위를 하지 않은 영문 모를 행동이 궁금했으리라.

　"안타깝지만 그 답은── 스즈네, 너한테 있어."

　"나한테……?"

　호리키타는 지금 필사적으로 평정을 가장하며 머릿속으로 시험을 되새겨보고 있을 것이다.

　언제, 어디서, 어떤 식으로 간파당하고 말았는지를.

　"네 눈의 움직임, 입의 움직임, 호흡, 동작, 말투까지 몸의 모든 부분을 통해 꿰뚫어보았지. 이 녀석은 거짓말을 하고 있다고 말이야."

"농담은 그만두고——."

"농담? 그럼 내가 결과를 아는 이유가 따로 있다는 건가?"

"그건…… 방금 전에, 분명 누군가한테 듣고……."

"인정하고 싶지 않은 마음은 알겠지만 말이야. 넌 그룹 안에서도 가장 무능했다는 거다. 하지만 너 자신을 너무 탓하지 마라, 스즈네. 상대가 안 좋았던 거야. 그리고 이번 시험은 험할 대로 험했으니까 말이야. 특히 얼굴이 창백해지는 쪽은 A반이다. 안심해."

"무슨…… 무슨 짓을 한 거야, 너."

"그 대답은 곧 알게 돼."

아무래도 그 네 통의 배신 문자에는 이 류엔이 크게 관여하고 있는 듯했다.

오후 11시가 되자 모두의 휴대폰에 일제히 문자가 도착했다.

우리는 류엔에게 눈길도 주지 않고 결과를 알기 위해 시선을 떨어뜨렸다.

자(쥐)——배신자의 정답으로 결과 3이 되다
축(소)——배신자의 오답으로 결과 4가 되다
인(호랑이)——우대자의 존재가 지켜져 결과 2가 되다
묘(토끼)——배신자의 오답으로 결과 4가 되다

진(용)──시험 종료 후 그룹 전원의 정답으로 결과 1이 되다

사(뱀)──우대자의 존재가 지켜져 결과 2가 되다

오(말)──배신자의 정답으로 결과 3이 되다

미(양)──우대자의 존재가 지켜져 결과 2가 되다

신(원숭이)──배신자의 정답으로 결과 3이 되다

유(닭)──배신자의 정답으로 결과 3이 되다

술(개)──우대자의 존재가 지켜져 결과 2가 되다

해(돼지)──배신자의 정답으로 결과 3이 되다

이상의 결과에 따라 이번 시험에서 각 반 및 프라이빗 포인트의 증감은 아래와 같다.

cl, pr이라는 단위가 포인트의 뒤에 붙어 있는데, 이것은 각각 반 포인트와 프라이빗 포인트의 약칭이기도 했다.

A반……마이너스 200cl, 플러스 200만pr

B반……변동 없음, 플러스 250만pr

C반……플러스 150cl, 플러스 550만pr

D반……플러스 50cl, 플러스 300만pr

"C반이…… 1등……."

결과에 아연실색하는 호리키타와 아이들.

"잘 됐네, 스즈네. 네 실책으로 비밀이 드러난 용 그룹은

설마 했던 결과 1이잖아. 이렇게 해서 모든 반이 많은 포인트를 손에 넣게 되었군."

건조한 박수를 느리게 친 류엔이 만족스럽다는 듯 웃었다.

"네가 머리를 숙이고 나한테 부탁하면 정답 맞춰보기를 해 줄 수도 있는데?"

"누가——."

그렇게 말한 호리키타였지만, 거세게 입술을 깨물며 입을 꾹 다물었다.

"좋은데, 그 표정. 상당히 야해."

류엔은 주머니에서 휴대폰을 꺼내더니 우리 테이블 쪽으로 스윽 밀었다.

화면에 적혀 있는 것은 류엔이 입력한 것으로 보이는 리스트였다.

쥐, 닭, 돼지에는 A반의 우대자로 보이는 이름이 쓰여 있었다.

"난 이 시험의 엄정한 조정, 이라는 것의 근간에 도달했지. 그리고 A반 녀석들만을 노렸어. 이게 그 증거다."

류엔은 굳이 D반과 B반을 노리지 않고도 문제를 잘 해결했다, 그렇게 말했다.

그런 비효율적인 일을 할 리가 없지만, 사실을 들이미니 말도 나오지 않았다.

"그리고 안타까운 소식이 있다, 스즈네. 다음 타깃은 바로 너야. 다음 시험에서는 철저하게 너를 저격해서, 몸도 마음도 너덜너덜해질 때까지 고통을 맛보게 해줄게."

돌려줄 말을 잃은 호리키타는 그저 시험 결과 문자를 되풀이해서 보았다.

다른 반의 압도적인 승리를 막은 C반은 여기 와서 큰 포인트를 얻게 되었다. 그때 장난스럽게 답을 전송했다고 생각했던 코엔지가 결과적으로 적중한 것은 나이스 플레이라고 할 수 있었다. 그렇게 하지 않았다면 C반 한 사람의 승리가 되었을 테니까 말이다. 반대로 코엔지가 소속되어 있던 다른 반의 우대자는 빗나간 총알에 맞아버렸으니 불운했군.

"2학기를 기대해라."

무인도에서의 빚을 제대로 갚은 류엔은 만족스러운 표정으로 사라졌다.

축배 분위기였던 아이들은 이겼다고는 생각하지 못할 만큼 심란한 표정들이었다.

"류엔이 정보를 모아 A반의 우대자를 알아낸 것까지는 이해할 수 있어. 우리한테는 없는 재능이 있다고 생각하면 납득도 가. 하지만 용 그룹의 결과는 뭐지?"

아무도 정답이 떠오르지 않는지, 히라타의 의문 다음으로 말이 이어지지 않았다.

하지만 이 점에 관해서는 깊이 생각할 필요가 없었다.

"별로 어려운 문제는 아니야. 하려고 생각하면 비교적 간단해."

"그게 무슨 소리야……?"

"류엔이 어디서 우대자라는 걸 알아냈는지는 일단 제쳐두고, 시험 종료 전에 『쿠시다가 우대자』라는 걸 알렸다면? 물론 류엔의 발언 따위 아무도 믿지 않아. 특히 우수한 인재가 모인 그룹이라면 당연히. 하지만 최후의 정답 시간만큼은 예외야. 정답을 틀려도 리스크가 없지. 그럼 방어에 철저한 카츠라기도 어쩌면 하고 생각해서 투표할 거 아냐? 쿠시다가 우대자인 가능성이 1%라도 있으면 결과 1인 쪽이 자신들에게 더 좋으니까."

비밀을 밝혀놓고 보니 지극히 단순했다. 하지만 일반적으로는 절대 실행 불가능한 일이었다.

누군가 한 사람이라도 쿠시다라는 걸 믿지 않으면 성립할 수 없는 모험. 정말 그런 일이 가능한지, 나 스스로 생각해봐도 반신반의하게 된다. 성공시킬 수 있으리라는 생각이 들지 않는다. 어떻게 해서 D반을 제외한 모두를 믿게 만들어 결과 1로 이끈 것인지 순수하게 궁금해져서 참을 수 없었다.

설마 '믿을 수밖에 없는 절대적인 근거'가 있었던 것일까……?

"호리키타. 어쩌면── 우리는 앞으로 궁지에 내몰리게 될지도 몰라."

그것도 한두 차례로 끝나지 않고, 경우에 따라서는 영원히 D반으로 남을 수도 있다.

"……궁지라면 류엔한테? 물론 류엔이 이 시험을 잘 치른 건 사실이야. 하지만 그렇다고 앞으로도 우리가 고전할 거라고 단정할 수는 없어. 사실 너희 그룹은 이겼잖아. 내 말 틀려?"

"그래. 내 생각이 너무 지나쳤나봐. 신경 쓰지 마."

지금은 아직 예감에 불과하다. 하지만 이 예감이 맞으면?

그것은 절망으로 가는 첫걸음이 아닌가 하는 생각을 지울 수가 없었다.

그리고 그와 동시에 '재미있다'는 미지의 감정이 싹트기 시작하는 듯한 느낌이 들었다.

흐음흐음(3권 후기를 확인한다). 그랬군 그랬어.

아무래도 과거의 저는 3권 후기에서 '원고가 계획보다 빨리 완성되었답니다' 하고 전할 계획이었나 보군요. 하지만 이번에도 그러지 못했——(이하 생략).

안녕하세요, 다음 권에야말로 반드시! 하고 결의하는 키누가사입니다. 4권에서는 특별시험 제2라운드가 펼쳐졌습니다. 반 단위의 협력에서 이번에는 혼합 협력전. 이번에도 각 반의 생각이 움직이고 명암이 엇갈리는 형태가 되었습니다. 제가 학교에 다닐 때도 다른 반 학생들과 같은 팀이 되니 평소 컨디션이 잘 나오지 않아 곤란했던 기억이 있습니다. 누구와도 거리낌 없이 소통하는 사람은 정말 대단하죠! 여하튼 다음 권부터는 말이죠, 무대가 다시 학교로 이동해 드디어 2학기가 시작됩니다.

5권에서는 주인공 아야노코지 키요타카의 과거와 관련된 인물이 등장할지도 몰라요. 게다가 동급생뿐 아니라 상급생들과도 얽히고설킬 예정입니다. 등장인물이 도대체 얼마나 더 늘어나느냐고요? 계속 늘어날 겁니다. 무진장 많아요 (포기하지 않고요).

다만 가능하면 그전에 외전 같은 느낌으로 한 권 내려고 생각합니다. 이번 작품은 전체적으로 진지하게 내용을 전개하고 있습니다만, 이따금은 힘을 좀 빼는 차원에서 웃음이 피식 나오는 이야기도 해보고 싶어서요. 그럼 짧지만 이번에는 이렇게 후기를 마무리 짓겠습니다.

아, 마지막으로—— 개인적인 이야기입니다만, 얼마 전에 약혼했습니다. 토모세 씨 미안해요!!!! (의미 깊음)

*국내 발간 사정과 차이가 있습니다.

만화: **이치노 유유**

YOUKOSO JITSURYOKUSIJYOUSYUGI NO KYOUSITSU E 4
©Syougo Kinugasa 2016
First published in JAPAN in 2016 by KADOKAWA CORPORATION, Tokyo
Korean translation rights arranged with KADOKAWA CORPORATION, Tokyo

어서 오세요 실력지상주의 교실에 4

2017년 7월 1일 1판 1쇄 발행
2023년 11월 15일 1판 11쇄 발행

저　　　자	키누가사 쇼고
일 러 스 트	토모세슌사쿠
옮　긴　이	조민정
발　행　인	유재옥
이　　　사	조병권
출판본부장	박광운
편 집 1 팀	박광운
편 집 2 팀	정영길 조찬희 박치우 정지원
편 집 3 팀	오준영 이해빈 이소의
디자인랩팀	김보라 박민솔
디지털사업팀	박상섭 김지연 윤희진
라이츠사업팀	김정미 맹미영 이윤서
영업마케팅팀	최원석 박수진 박소연
물　류　팀	허석용 백철기
경영지원팀	최정연
인쇄제작처	㈜코리아피엔피
발　행　처	㈜소미미디어
등　　　록	제2015-000008호
주　　　소	서울시 마포구 토정로222, 403호 (신수동, 한국출판콘텐츠센터)
판매 및 마케팅	(070) 8822-2301

ISBN 979-11-5710-946-3 04830
ISBN 979-11-5710-286-0 (세트)